मैं हवा पानी परिन्दा कुछ नहीं...

मैं हवा पानी परिन्दा कुछ नहीं...

राजेश जोशी

राजकमल प्रकाशन

ISBN : 978-81-19835-33-1

मूल्य : ₹595

पहला संस्करण : 2023

प्रकाशक : राजकमल प्रकाशन प्रा. लि.
1-बी, नेताजी सुभाष मार्ग, दरियागंज
नई दिल्ली-110 002
शाखाएँ : अशोक राजपथ, साइंस कॉलेज के सामने, पटना-800 006
पहली मंजिल, दरबारी बिल्डिंग, महात्मा गांधी मार्ग, प्रयागराज-211 001
1, अनमोल सोराबजी संतुक लेन, धोबी तलाव, मरीन लाइंस, मुम्बई-400 002

वेबसाइट : www.rajkamalprakashan.com
ई-मेल : info@rajkamalprakashan.com

मुद्रक : विकास कंप्यूटर एंड प्रिंटर्स
ट्रॉनिका सिटी-201 102

MAIN HAWA PANI PARINDA KUCHH NAHIN...
Stories by Rajesh Joshi

शशांक और अशोक आत्रेय
के लिए

क्रम

इब्तिदा फिर वही कहानी की *9*

मैं हवा पानी परिन्दा कुछ नहीं... 13

साँप 24

सोमवार 34

आलू की आँख 53

सींग 68

जाल 76

चमगादड़ों वाला पेड़ 85

मोबाइल-झूठ 91

कपिल का पेड़ 96

धूप 111

घड़ी, तुम किताब हो न? 118

अख़बार 122

हर मनचाही चीज़ मुफ़्त 129

हँसी 132

नाम क्या है उर्फ़ अंडे चोर 134

बग़ल की सीट 136

नई आँख 138

ग़ाइबबाज़ 139

इब्तिदा फिर वही कहानी की

मेरी इच्छा और आदतों के बीच शुरू से ही एक झगड़ा चलता रहा है। मेरी इच्छा एक कहानीकार होने की थी पर आदतों में पालथी मारकर बैठे आलस्य और अराजकताओं के चलते यह सम्भव नहीं हुआ। गद्य को साध पाना कठिन काम है और उससे भी कठिन है उसके लिए जमकर बैठना। जो कभी मेरे स्वभाव में ही नहीं रहा। बचपन से ही मेरा पाँव कभी घर में नहीं टिकता था और इसके लिए मुझे अक्सर डाँट खानी पड़ती। मेरा स्वभाव हमेशा मेरी इच्छा के आड़े आता रहा। सिर्फ़ पटियों पर दोस्तों के बीच गप्प मारते या शतरंज खेलते हुए ही मैं घंटों एक जगह बैठ सकता था। लिखने और ख़ासकर गद्य लिखने के दौरान तो मैं अक्सर बहाने तलाश कर उससे भागता रहता हूँ। लिखने से बार-बार भागना और लौट-लौट कर वापस लिखने के उसी घेरे में चले आना यही प्रक्रिया हमेशा चलती रही। इस द्वन्द्व के बीच ही मैं कभी-कभी कहानियाँ लिखता रहा। इसीलिए कहानियों के बीच लम्बे-लम्बे अन्तराल बने रहे। तीन-तीन चार-चार साल के अन्तराल। हाल ही में लिखी कहानी 'मैं हवा पानी परिन्दा कुछ नहीं' तो मैंने अपनी पिछली कहानी से तक़रीबन दस साल बाद लिखी। कोई कहानी जब सिर पर सवार होकर नाचने लगती है तो मैं बिना लिखे ही उसे दोस्तों को सुना देता हूँ। कभी-कभी इससे कहानी बनाने में मदद मिलती है पर अक्सर इससे उलटा होता है, अक्सर कहानी लिखने की झंझट से निजात मिल जाती है। कई कहानियाँ इसी तरह सुनाईं और उन्हें लिखने का फिर कभी मुहूर्त नहीं आया। कभी-कभी तो कई कहानियाँ विस्मृत भी हो गईं और बहुत कोशिश के बाद भी

उनका कोई सिरा पकड़ में नहीं आया। यह भुलक्कड़ होना भी मेरी इच्छा को धता दिखाता रहा है।

भुलक्कड़ होने का सुख कहानीकार के लिए नहीं है। मुझे लगता है कि कवि को थोड़ा भुलक्कड़ होना चाहिए और कहानीकार की याददाश्त चाक-चौबन्द होना चाहिए। कहानीकार का काम भूलने से नहीं चलता। उसे न जाने कितनी चकल्लसों को, भंगिमाओं को, चीज़ों को, चरित्रों को याद रखना पड़ता है। बार-बार याद कर-करके उन्हें पुकारना पड़ता है। कथा के कई छूटे और बिखरे सूत्रों को बार-बार जोड़ना पड़ता है। कभी-कभी यह ज़रूर लगता है कि यह 'बहुत ज़्यादा याद रखना' उसकी स्वतंत्रता को कम भी करता है। उसमें काट-छाँट करता है। कई जकड़बन्दियाँ तो ऐसी हैं जिन्हें कहानी ने ख़ुद ही अपने लिए तैयार कर लिया है। कहानी में काव्य-तत्त्व को कुछ सन्देह से देखा जाता रहा है। कुछ मन मसोसकर, कुछ नाक-भौं सिकोड़कर। हालाँकि यह एक अजीब सा विरोधाभास है। कविता में जब-जब कहानी का प्रवेश होता है तो उसे बहुत दिलचस्पी के साथ देखा जाता है पर कहानी में कवियाना मना है। कहानी और कविता के संयुक्त परिवार के टूटने के बाद भी कविता बार-बार अपने उस टूटे और छूटे हुए घर की ओर अलग-अलग ढंग में लौटती रही है। वह उस घर को जोड़ने की नई-नई तरकीबें ईजाद करती रहती है। पर कहानी अपने उस छूटे हुए घर को याद करने से हमेशा ही बचती है। उस रास्ते पर जाने से कतराती है, जिस पर उसके छूटे हुए घर के अवशेष और स्मृतियाँ हैं। इतना ही नहीं, कहानी की चर्चा में कवियों द्वारा लिखी गई कहानी भी अक्सर देहरी से बाहर ही बिठा दी जाती है, गाहे-बगाहे अगर उस पर चर्चा होती भी है तो उसे थोड़ा अलग रखकर ही विचार किया जाता है।

ज्ञानरंजन के एक लेख में कहानी के बारे में उनका यह मन्तव्य मुझे बहुत आकर्षक लगता है कि 'दी हुई दुनिया को स्वप्न की दुनिया से जोड़ना कहानी का गन्तव्य है।' मैं एक ऐसी ही कहानी पाना या लिखना चाहता हूँ। एक ऐसी कहानी जिसमें कवियाने की छूट हो। नाटक करने पर कोई मुँह न बनाए। जिसमें जादू हो, मज़ा हो, खेल हो, खेलने के लिए भरपूर स्पेस हो। जिसमें जीवन की गतियाँ हों।

टेक्नोलॉजी की भ्रामक और छद्म गतियाँ और उनकी सनसनी नहीं। जिसमें सिर्फ़ मेरे निजी अनुभव नहीं हों। जिसमें हज़ारों लोगों के अनुभवों का संसार हो। एक दूसरे से अपने अनुभवों को बाँटता और उसमें हिस्सेदारी करता हुआ। जिसमें सच को पाने के लिए झूठ को गढ़ने का कौशल भी हो और साहस भी। सच को पाने के सारे रास्ते सिर्फ़ सच से होकर नहीं जाते। वे इतने सीधे और सपाट नहीं होते। हमारी वास्तविकताओं की इतनी तहें हैं कि उनमें धँसने के कई तरह के उपकरण और औज़ार हर कला को अपने लिए ईजाद करने पड़ते हैं। परहेज़ के सहारे इलाज का रास्ता कलाओं की तन्दुरुस्ती के लिए मुफ़ीद नहीं होता।

आयरिश कवि राबर्ट ग्रीव्स की कविता 'कहानी कहने वालों को शैतान की सलाह' में शैतान की कुछ दिलचस्प सलाहें हैं। एक तो यह कि ऐसी तस्वीर गढ़ो जो जाली हो, नक़ली हो पर सच्ची लगे और पूरे जाग्रत विवेक के साथ वह करो जो एक झूठा करता है। शैतान का मानना है कि तथ्य और तथ्य के बीच का अन्तर्विरोध ही एक सही और मुकम्मिल मनुष्य की शक्ल को गढ़ सकता है।

हमारे अपने आसपास के जीवन की कहानी को कहने के लिए शैतान की अगर पूरी नहीं तो कुछ सलाहों पर कान देने से ज़रूर कुछ बेहतर पाया जा सकता है। भारतीय मनुष्य का मन अपने दुख का अतिक्रमण करने के लिए जिस तरह दिक और काल के साथ उलट बाँसियों का खेल खेलते हुए तरह-तरह की फंतासियों का सृजन करता है, एक वैसी या लगभग वैसी-ही कहानी रच सकूँ ऐसी इच्छा लगातार बनी रही है। कई बार यह लगता है कि हमारी कहानी ने कई ऐसे संकोच और अन्तर्बाधाएँ अपने भीतर पाल ली हैं जिनने उसके पंख नोच लिये हैं। एक ऐसी कहानी मैं लिखना चाहता हूँ जिसकी आँख में सपने और पाँव में भटकने का माद्‌दा हो।

एक अच्छी सी कहानी को लिख लेने के बाद जैसा सुख होता है वैसा शायद किसी और विधा में रचने के बाद नहीं होता। कविता से भी होता है पर कहानी के भरे-भरे पृष्ठों को देखकर उसके आयतन से सुख का आयतन भी शायद कुछ बढ़ जाता है। मेरे इस संग्रह में मेरी अभी तक लिखी सभी नई-पुरानी कहानियाँ शामिल हैं।

इन कहानियों को संकलित करते हुए मन में लगातार संकोच बना रहा है। मुझे हमेशा ही यह लगता रहा है कि ये कहानियाँ वैसी नहीं बन सकी हैं जैसा एक कहानी को होना चाहिए। बस इतना ही है कि मैं अपनी सारी कमियों के बाद भी कहानियाँ लिखना चाहता हूँ। कहानी पर जो ऊटपटाँग बातें मैंने की हैं, हो सकता है उनका कोई सिर-पैर न हो और वे नितान्त ग़ैरज़रूरी हों। अनगढ़ और अटपटी हों।

बस एक ऐसी कहानी पाने की इच्छा मन में है जिसमें मैं भी मीर की तरह अपनी नींद खो दूँ और दूसरे दिन सुबह फिर उसी कहानी को कहने का मन करे।

जिसमें खोई थी नींद मीर ने कल
इब्तिदा फिर वही कहानी की।

—राजेश जोशी

मैं हवा पानी परिन्दा कुछ नहीं...

दोपहर कबूतर के पंख की तरह थी। सुरमई, मुलायम और बहुत हल्की। इतनी हल्की कि किसी का भी मन उड़ने को कर सकता था। अली अपनी लिखने की मेज़ के सामने बैठा कुछ सोच रहा था तभी उसके बदन में अजीब कँपकँपी-सी हुई और देखते ही देखते वो एक चिड़िया में बदल गया। पहले वो चकराया। गर्दन घुमा-घुमा कर अपने को देखा। अपनी कुर्सी से वो थोड़ा-सा उड़ा और फुदककर मेज़ पर रखी एक मोटी-सी किताब पर जा बैठा। गर्दन झुकाकर उसने किताब को देखा। यह उसकी आत्मकथा थी जो अभी कुछ दिन पहले ही छपकर आई थी। किताब से उड़कर वो आईने के सामने गया और बहुत देर तक अपने को देखता रहा। उसने महसूस किया कि अचानक ही उसकी आँखें और कान बहुत तेज़ हो गए हैं। वो पूरी तौर पर एक चिड़िया बन चुका था। अब वो इस कमरे में नहीं रह सकता था। उसे बाहर जाना ही था। जहाँ गुलेलें थीं। जाल थे। तीर-कमान थे और बन्दूक़ें थीं। उसे याद आया कि पक्षीविज्ञानी बनने से पहले उसने कई चिड़ों को एक ही दिन में पत्थर से मार गिराया था। इस घटना की याद आते ही अली के बदन में एक फुरफुरी-सी हुई। वो उड़कर खिड़की के पल्ले पर बैठा, आसपास नज़र दौड़ाई और फिर उड़ान भर दी।

अली का चिड़िया में बदलना जितना अचानक लगता था, उतना अचानक था नहीं। सरीसृपों की बिरादरी से चिड़िया के जन्म की दास्तान तो लोगबाग जानते थे, पर मनुष्य के चिड़िया बन जाने की यह पहली घटना थी। पिछले काफ़ी दिनों से अली का बदन सिकुड़ता जा रहा था। दिनोंदिन उसका वज़न कम हो रहा था। अभी कुछ दिन पहले ही सईद आया था। सईद अली के बचपन का दोस्त था। सईद ने कहा था कि अली तुम्हारा चेहरा दिनोंदिन चिड़ियों की तरह छोटा और चोंचदार होता जा रहा है। अली ने उसे मज़ाक़ की तरह लिया और यह कहकर कि सोहबत

का असर तो होता ही है, ठहाका लगाया था। अली को आज लग रहा था कि सईद ने शायद पहले ही इस बदलाव को ताड़ लिया था। अली ने एक लम्बी-सी उड़ान भरी। उसे बस एक ही बात की तसल्ली थी कि वो चिड़ियों की तरह भी बोल सकता था और मनुष्यों की तरह भी। बदलते-बदलते भी उसका दिमाग़ और बोलने की कूवत बची रह गई थी।

लम्बी उड़ान के बाद अली का मन हल्का हो गया था। सुस्ताने को वो एक पेड़ की डाल पर जा बैठा। उस समय उस पेड़ पर कोई चिड़िया नहीं थी। उसने राहत की साँस ली। इसी समय उसने बीट की और उसे अचानक ध्यान आया कि वो एकदम नंगा है। पहले वो झेंपा, फिर उसे ख़याल आया कि अब वो मनुष्य नहीं, एक चिड़िया है, और कोई चिड़िया कभी कपड़े नहीं पहनती। चिड़िया तो कपास के पेड़ पर भी नहीं जाती। वो मन-ही-मन मुस्कराया। पहले जब वो मुस्कराता था तो उसके छोटे-से चेहरे की झुर्रियाँ हल्के-से काँपती थीं। अब यह सम्भव नहीं था। एक ही दिक़्क़त थी कि उसके हाथ पंखों में बदल गए थे। उनमें क़लम नहीं पकड़ी जा सकती थी। किताब के पन्ने नहीं पलटे जा सकते थे। और सिगरेट... सिगरेट का ख़याल आते ही उसे लगा कि चिड़िया बनने के बाद से उसे एक बार भी सिगरेट की तलब नहीं लगी थी। वो सोच रहा था कि जब जंगल की चिड़ियों से वो हिल-मिल जाएगा तो उनसे उन्हीं की बोली में बातें कर सकेगा। वो जानना चाहता था कि अध्ययन के दौरान वो जिन निष्कर्षों पर पहुँचा था, कितने सही और कितने ग़लत थे। उसने सोचा कि नई जानकारियों के आधार पर वो अपनी तमाम किताबों को ठीक-ठाक करेगा। वो जितना सोच रहा था उतना ही परेशान हो रहा था।

अली चिड़िया तो बन गया था, लेकिन वह दिखने में और चिड़ियों से थोड़ा अलग था। धरती पर पाई जाने वाली चिड़ियों की आठ-साढ़े आठ हज़ार जातियों की बनक से उसकी बनक अलग थी। शाम हो रही थी। दूसरी चिड़ियाँ वापस लौट रही थीं। चिड़ियाँ एक नज़र अली को देखतीं और कतराकर निकल जातीं। उनकी आँखों में आश्चर्य भी था और संशय भी। उन्होंने आपस में कहा—लगता है कहीं दूर देश से उड़कर आई है। लगता है भटक गई है। अली यह सुन मन-ही-मन मुस्कराया। एक बार सोचा कि इन्हें बता दूँ। पर डर था। उसकी बात पर कौन भरोसा करता। उसने सोचा, इनसानों की बिरादरी से तो पहले ही बाहर हो गया हूँ, अब हक़ीक़त बताने जाऊँ तो कहीं पंछियों की बिरादरी से भी बाहर न कर दिया जाऊँ। वो चुप लगा गया। इसी समय पास की डाल पर एक फुलचुक्की दिखी। यह टिकेल फुलचुक्की है, उसने मन-ही-मन में कहा।

यह चिड़िया उसे बहुत पसन्द थी। सुन्दर रंग-बिरंगी चिड़ियों में उसे शकरखोरा भी बहुत पसन्द था। फुलचुक्की पहले तो थोड़ी घबराई, लेकिन फिर वो अली से बतियाने लगी। अध्ययन के दौरान अली ने जो कुछ इस चिड़िया के बारे में जाना था, वही सब उसने कह सुनाया। अँगूठे के बराबर वह छोटी-सी चिड़िया थोड़ी देर तो आँखें मटकाकर सुनती रही, फिर अचानक ज़ोर-ज़ोर से हँसने लगी। इसमें हँसने की क्या बात है? अली ने उससे पूछा। पर वह तो हँसती रही। जब हँसी थमी तो उसने अली को अपने बारे में बहुत सारी ऐसी बातें बताईं, जो अली नहीं जानता था। अली चकरा गया। इत्ती-सी चिड़िया का इतना बड़ा जंजाल। उसे तमाम किताबें अधूरी लग रही थीं। काश! उसने मन-ही मन कहा और एक लम्बी साँस लेकर चुप हो गया।

अली एक बार लिखने-पढ़ने वाले कमरे में जाना चाहता था। कई दिन हो चुके थे, वह वहाँ नहीं गया था। उसे घर की याद आ रही थी। ग़नीमत थी कि कमरे की खिड़की खुली हुई थी। खिड़की से वो कमरे में आया। कमरा उसकी अनुपस्थिति में साफ़-सूफ कर दिया गया था। किताबें करीने से रैक में सजी थीं। बचपन से चिड़िया बनने तक कभी उसका कमरा साफ़-सुथरा नहीं रह पाया। बचपन में इस बात को लेकर वो अक्सर माँ की डाँट खाता और शादी के बाद बीवी के ताने सुनता। कमरा इधर साफ़ किया जाता और उधर उसका बिखरना शुरू हो जाता। देखते ही देखते एक के बाद एक किताबें निकलती जातीं। अख़बारी कतरनों, काग़ज़ों और घूम-घूमकर खींचे अलग-अलग पक्षियों के फ़ोटोग्राफ्स का ढेर लगता जाता। पहले टेबिल भर जाती। फिर बिस्तर और अन्त में ज़मीन पर ढेर लगने लगते। इस चक्कर में कई-कई दिनों तक कमरे में झाड़ू भी नहीं लग पाती।

पक्षियों का पीछा करने का शौक़ अली को बचपन से ही लग गया था। बचपन में सबको लगता कि अभी छोटा है। बचपन में हर किसी को परिन्दे अच्छे लगते हैं। सच पूछो तो बचपन में हर उड़ने वाली चीज़ अच्छी लगती है। चिड़िया हो, पतंग हो, गैस के गुब्बारे हों या हवाई जहाज़। अली के अब्बू और अम्मी को भी लगता कि लड़का जब बड़ा होगा तो सब ठीक हो जाएगा। पर ऐसा हुआ नहीं। अली जैसे-जैसे बड़ा होता गया उसका जुनून भी बढ़ता गया। घरवालों को रात-दिन यही फिकर लगी रहती कि पता नहीं इस लड़के का क्या होगा। मारा-पीटा, समझाया-बुझाया। डॉक्टर की सलाह पर मनोचिकित्सकों को भी दिखा दिया। पर कोई फ़ायदा नहीं हुआ। स्कूल के बच्चे भी उसे सनकी समझते। कई बार ऐसा होता कि मैदान में बच्चों के साथ खेलते-खेलते अचानक अली को कोई चिड़िया दिख जाती और वो बच्चों और खेल को छोड़कर चिड़िया का पीछा करता दूर निकल जाता।

यह पागलपन धीरे-धीरे सारी हदें पार कर गया। स्कूल से घर को निकला अली जंगलों की तरफ़ चला जाता और कई-कई दिनों तक उसका पता नहीं चलता। जेब में पैसे भी नहीं होते। भूखा-प्यासा न जाने कहाँ-कहाँ भटकता रहता।

अली उन दिनों चिड़ियों के बारे में ही सोचता, उन्हीं के बारे में पढ़ता, उन्हीं का पीछा करता और जब-तब उन्हीं के बारे में नोट्स लेता रहता। उसके नोट्स से कई मोटी-मोटी कापियाँ भर गई थीं। सईद उसका अकेला दोस्त था। सईद के पिता वहीद मियाँ को भी परिन्दों के बारे में पढ़ने का शौक़ था। वहीद मियाँ ने बताया था कि स्कूल के दिनों में उन्होंने आर्निथोलॉजिस्ट बनने का सपना देखा था, लेकिन उनके घर वालों ने उड़ान से पहले ही उनके पर कतर दिये थे। सीने में एक अधूरी इच्छा दबी रह गई थी। जो अब परिन्दों के बारे में नई किताबें पढ़ने तक महदूद हो गई थी। अली में उन्हें अपनी अधूरी इच्छा पूरी होती दिखती थी। इसलिए वहीद मियाँ अली के लिए नई से नई और पुरानी से पुरानी किताबें इकट्ठी करने लगे थे। शुरुआती दिनों में उन्होंने अली को थामसन की 'बायोलॉजी ऑफ़ बर्ड्स' पढ़ने को दी थी। यह एक दुर्लभ किताब थी। इस किताब ने अली पर जादू-सा असर किया था। इसके बाद तो अली ने वहीद मियाँ की लाइब्रेरी में रखे सालिम अली और डिल्लन रिप्ले की 'हैंड बुक ऑफ़ दी बर्ड्स ऑफ़ इंडिया एंड पाकिस्तान' के दसों खंड चाट डाले थे। इन दोनों मुल्कों के आदमियों के बारे में भी कोई इतना नहीं जानता होगा जितना अली वहाँ के परिन्दों के बारे में जानता था। ग़नीमत थी कि परिन्दों में कोई सियासी झगड़ा नहीं था। सईद को परिन्दों के बारे में जानने का कोई शौक़ नहीं था। लेकिन अली जब किसी ख़ास परिन्दे के बारे में बताने लगता तो सईद बहुत ग़ौर से सुनता। उसका कहना था कि अली जब परिन्दों के बारे में बोलता है तो वो ख़ुद भी एक परिन्दे जैसा ही लगने लगता है—भोला और ख़ूबसूरत।

अली अभी टेबिल पर बैठा पुरानी यादों में खोया हुआ था तभी उसकी बीवी अन्दर दाख़िल हुई। उसने अपने ख़ाविंद की किताब पर चिड़िया को बैठे देखा तो हुश-हुश करके उसे उड़ाने लगी। अली कुछ देर इधर-उधर उड़-उड़ कर बीवी को छकाता रहा। फिर उसने बदन को झटकारा और कुछ छोटे पंख यहाँ-वहाँ गिरा दिये। बीवी झुँझलाकर बड़बड़ाने लगी। कितनी बार मियाँ से कहा है कि इस खिड़की में जाली लगवा दो...यहाँ से गौरैया अन्दर आ जाती हैं...पंखे के ऊपर घोंसला बना लेती हैं...सारे कमरे में कचरा करती हैं...पर मियाँ को तो लगता है ये ही उनकी असल रिश्तेदार हैं...उनका बस चले तो इन मुँहजलियों के लिए अपनी बीवी को तलाक दे दे...बीवी बड़बड़ा रही थी और अली अलमारी के ऊपर बैठे मज़े ले रहा था। बीवी ने झाड़ू उठाई और अली के पीछे लपकी। अली उड़कर खिड़की से बाहर निकल गया।

अली मन-ही-मन मुस्करा रहा था। चाहता तो अपनी आवाज़ में बोलकर बीवी को चौंका सकता था। पर उसे लगा फिज़ूल में अभी रोना-धोना मच जाएगा। लोगों को लगता है आदमी या तो धरती पर रहे या सीधा जन्नत में चला जाए... ज़मीन और जन्नत के बीच किसी तीसरी जगह का कोई तसव्वुर लोगों के पास नहीं था। जहन्नुम अगर कहीं था तो वह या तो ज़मीन पर ही था या जन्नत के बग़ल वाले फ़्लैट में था। अली चुपचाप निकल गया।

खिड़की बन्द करके अभी अली की बीवी पलटी ही थी कि उसे लगा उसका मन उसी चिड़िया में अटका रह गया है। वो चिड़िया का चेहरा याद करने की कोशिश करने लगी। थककर अपने पलंग पर जाकर लेट गई। अचानक उसे लगा कि उस चिड़िया का चेहरा अली से मिलता था। लेकिन यह ख़याल आते ही वो उठ बैठी और उसने इस ख़याल को झटक देने की कोशिश की। उसे लगा कि उसका दिमाग़ ख़राब हो गया है। वो जितना इस ख़याल को दिमाग़ से हटाने की कोशिश करती उतना ही ज़्यादा उसमें उलझती जाती। उसे याद आया कि अली की नाक के पास जिस जगह मस्सा है उसी जगह चिड़िया की चोंच के पास भी मस्से के बराबर काला निशान था। बात ऐसी थी कि किसी को बताना भी मुश्किल था। लोग सुनते ही तय था कि मज़ाक़ बनाते। शाम को सईद को उसने इस तरह सुनाया जैसे कोई चुटकुला सुना रही हो। सईद भी उसी तरह हँसा जैसे कोई मज़ेदार-सा चुटकुला सुना हो। बेमन से उसने भी हँसी में साथ दिया। वो जानती थी यही होना था। उसने तय किया, अब यह बात वो किसी से भी नहीं कहेगी। सईद के जाते ही वो उठी और अली के कमरे की उस खिड़की को वापस खोल आई, जिसे उसने बन्द कर दिया था।

अली कई दिन से ग़ायब था। उसका इस तरह ग़ायब हो जाना न घर वालों के लिए कोई ख़ास बात थी न दोस्तों के लिए। धीरे-धीरे लेकिन समय का फ़ासला बढ़ रहा था और चिन्ता ने अपने हाथ-पाँव निकालना शुरू कर दिया था। दोस्तों को लेकिन यक़ीन था कि अली एक न एक दिन कोई दूर की कौड़ी लाएगा। अली ने कई दुर्लभ चिड़ियों की फ़ेहरिस्त बना रखी थी। दोस्तों के बीच भी वह कई बार उन चिड़ियों का ज़िक्र कर चुका था। इन चिड़ियों में पहाड़ी बटेर सचमुच एक ऐसी चिड़िया थी जो किसी अन्धे के हाथ भी नहीं लगी थी। 1876 के बाद उसे किसी ने नहीं देखा था। लगता था जैसे अंग्रेज़ बहादुरों ने हमारे कोहिनूर की तरह पहाड़ी बटेर को भी चुरा लिया था। अली ऐसी ही किसी दुर्लभ चिड़िया को ढूँढ़ निकालने का सपना देखता रहता। धीरे-धीरे उसके लेख छपने लगे थे और उसे पक्षी विज्ञानी माना जाने लगा था। दोस्त अब उसका मज़ाक़ उड़ाते तो उस मज़ाक़ में सम्मान जैसा भी कुछ झाई मारता।

अली जल्दी से जल्दी वापस जंगल पहुँचना चाहता था। उसने फ़िलहाल इस ख़याल को मुल्तवी कर दिया कि परिन्दों से मिलने वाली जानकारी किसी दोस्त को बताकर लिखवा दी जाए। चिड़िया बन जाने के इस राज़ को वो राज़ ही रखना चाहता था। उसने सोचा जब अपनी शरीके हयात को ही नहीं बताया तो किसी और नामुराद की क्या औक़ात! यही सब सोचता हुआ वो उड़ रहा था तभी उसकी नज़र बालकिशन के मकान पर पड़ी। बालकिशन बरामदे में बैठा चाय पी रहा था। अली और बालकिशन कभी स्कूल में एक साथ पढ़ते थे। अली बालकिशन को पसन्द नहीं करता था। बालकिशन हल्की तबीयत का आदमी था और अपने फ़ायदे के लिए किसी भी हद तक जा सकता था। अली यूँ ही बेमतलब बालकिशन के बरामदे में उतर आया। वो बरामदे की छत से टँगे एक गमले पर जा बैठा। बालकिशन के सामने सुबह के अख़बार का शेयर बाज़ार वाला पन्ना खुला हुआ था। अली ने मन-ही-मन गाली दी...साले को शेयर बाज़ार के सिवा कुछ नहीं दिखता...कभी बाज़ार में निकलकर देख कि तेरी औक़ात के शेयर का भाव कितना नीचे गिर चुका है...इसी समय एक ऐसी घटना या कहें दुर्घटना हुई जिसने अली के लिए सब कुछ उलट-पुलट कर डाला।

बालकिशन चाय पीते हुए शेयर बाज़ार वाला पन्ना पढ़ रहा था। इसी समय बालकिशन की बहन हाथ में एक पिंजरा लिये बाहर आई। इस पिंजरे में एक पहाड़ी मैना थी। यह लड़की मन-ही-मन अली से प्रेम करती थी। अली को पहचानने में देर नहीं लगी कि यह वही मैना थी जो पिछले दिनों उसे जंगल में मिली थी। अली पौधे के पीछे छिपने की कोशिश कर रहा था। यह मैना पहले कभी किसी घर में रह चुकी थी। इसलिए वो कुछ रटे हुए वाक्य बोल लेती थी। जंगल में इसी बात से अली गच्चा खा गया था। मैना एक दिन जब उसके पास से गुज़री तो उसने मनुष्यों से सीखा कोई वाक्य बोला। अली के मुँह से अचानक ही वाह निकल गई। परदेस में जैसे कोई हमज़ुबाँ मिल गया हो। बस वाह निकलना था कि मैना अली के पीछे पड़ गई। अली को थक-हार कर अपने बारे में बताना ही पड़ा। अली ने सोचा भी नहीं था कि उसका यह अंजाम होगा। किसी चिड़िया पकड़ने वाले ने शायद उस मैना को पकड़कर बालकिशन के हाथ बेच दिया था। अचानक ही मैना ने पौधे के पीछे छिपे अली को देख लिया। वो अली...अली...कहकर ज़ोर-ज़ोर से चिल्लाने लगी। बालकिशन की बहन समझी कि मैना उसे चिढ़ा रही है, वो मैना को वहीं बरामदे में छोड़कर अन्दर भाग गई।

बालकिशन का दिमाग़ एक साथ ढाई घर चलता था। उसके बारे में कहा जाता था कि उसकी आँख में सूअर का बाल है और वो उड़ती चिड़िया के पंख गिन लेता है।

उसने एक बार मैना को देखा और दूसरे ही पल लपककर अली को धर दबोचा। अली के पास कोई चारा नहीं था। उसे अपने चिड़िया में बदल जाने के बारे में बताना ही पड़ा। बालकिशन के हाथ तो जैसे लॉटरी ही लग गई थी। इसी ख़ुशी में उससे एक ग़लती हो गई, उसने अली को हाथ की पकड़ से मुक्त कर दिया। मौक़ा मिलते ही अली उड़न-छू हो गया। बालकिशन चिल्लाता रहा, पर अली ने मुड़कर नहीं देखा।

अली तो उड़ गया। बालकिशन लेकिन एक चलता-फिरता अख़बार था। ख़बर फैलते ज़्यादा देर नहीं लगी। बालकिशन के बारे में कहा जाता था कि उसका सर्कुलेशन किसी राष्ट्रीय अख़बार से भी ज़्यादा है। इसी बात का फ़ायदा उठाकर वो कई बार तरह-तरह की अफ़वाहें भी उड़ाया करता था। उस पर ज़्यादा लोग भरोसा नहीं करते थे। कई दोस्त उसे गप्पीकिशन भी कहने लगे थे। इस बार लेकिन तुरत-फुरत उसने एक लेख लिखा और उसे छपा दिया। लेख इतना रोचक और सनसनीखेज़ था कि पूरा शहर इस पर बात कर रहा था। शहर में दो ग्रुप बन गए थे। एक मानता था कि यह कोरी गप्प है, लेकिन दूसरा ग्रुप बालकिशन की बातों पर यक़ीन कर रहा था। अली की बीवी को लगा कि उसका शक सही निकला। उसे बालकिशन की बात एकदम सही लग रही थी। और वो बेचैन थी और उदास भी।

सरकार के कान पर जूँ जितनी तसल्ली से रेंगती थी, उतनी ही तसल्ली से उसने रेंगना शुरू किया। सरकार ने पहले गुपचुप ढंग से सच्चाई जानने की कोशिश की। उसकी गुप्तचर एजेंसियाँ कुछ-कुछ ख़बर दे रही थीं लेकिन कोई ठोस सबूत हाथ नहीं आ रहा था। बालकिशन के लेख ने लेकिन कई सरकारी महकमों में हड़कम्प मचा दिया था। उसने अली नाम की चिड़िया का जो हुलिया बयान किया था, उसमें बारीकी नहीं थी, उस विवरण से उस चिड़िया को पहचानना मुश्किल था। जिस बात ने सबसे ज़्यादा हड़कम्प मचाया वो यह थी कि अली नाम की चिड़िया आदमी की ज़बान में भी बोल लेती है और वो भी कोई रटे-रटाए वाक्य नहीं, ख़ुद के सोचे-समझे वाक्य। जंगल महकमे में सबसे ज़्यादा हवाइयाँ उड़ी हुई थीं। शक हालाँकि अभी भी बना हुआ था। शक चीज़ ही ऐसी थी जो ज़रा-सी संध मिलते ही घास की तरह उग आती थी। उसके लिए किसी को बीज डालने की ज़रूरत नहीं पड़ती। लगता था जैसे हवा हमेशा ही अपनी जेब में शक के बीज लिये घूमती हो। इस शक पर लेकिन यक़ीन का पलड़ा भारी था।

यक़ीन की शक्ल भी लेकिन यक़ीन की तरह नहीं शक की तरह थी। जो बार-बार कान में फुसफुसाता था कि मान लो कि सचमुच ऐसा हो गया हो, अली सचमुच एक चिड़िया में बदल गया हो, तब...तब क्या होगा? नहीं होने के शक

पर होने का शक भारी था। जिससे ज़्यादा नुक़सान हो सकता हो वह शक हमेशा भारी होता है। जंगल में अवैध कटाई और शिकार से जुड़े कई शक्तिशाली गिरोह थे। जंगल जैसे एक दिमाग़ था और देश के पूरे शरीर में उसकी नसों का जाल फैला था। कहीं कोई नस दबाओ जंगल महकमे की नींद में ख़लल पड़ता था। जंगल माफिया का सम्बन्ध जंगल विभाग के हर छोटे-बड़े कर्मचारी से था। जो इस सामूहिक कीर्तन में शामिल होने से ना-नुकर करता, मार दिया जाता। कई नौजवान रेंजर और सुरक्षा कर्मचारी आए दिन मार दिये जाते थे। इस निरन्तर चलते हत्याकांड में कुछ अपनी ईमानदारी के कारण मारे जाते और कुछ अपनी चादर से बाहर पाँव फैलाने के लिए। मर जाने के बाद सभी को लेकिन ईमानदार ही माना जाता था। मर गए आदमी के पाप दबी ज़बान से कहे जाते थे।

मंत्रिमंडल की आपात बैठक कई बार बुलाई जा चुकी थी। सरकार का कहना था कि अली एक महत्त्वपूर्ण पक्षी विशेषज्ञ हैं, इसलिए उनकी सुरक्षा सरकार की ज़िम्मेदारी है और इसे हर स्तर पर सुनिश्चित किया जाएगा। सरकार जो कुछ प्रकट में बोलती थी, स्वगत में उससे ठीक उलटा बोलती थी। उसके वाक्य या तो भविष्य काल पर समाप्त होते थे या 'चाहिए' जैसी हिदायत पर। इसलिए अपराधी इस अन्तराल में अपना काम करते रह सकते थे। ऐसी समझदारी सरकार और अपराधियों के बीच बिना कुछ तय हुए भी, तय हो चुकी थी। सरकार की इस घोषणा में भी एक चालाकी बिल्ली की तरह छिपकर बैठी थी। अली ने नये ख़तरे को सूँघ लिया था। उसका सारा काम ठप्प हो गया था। पहली बार उसे परिन्दे में बदल जाने से उलझन हो रही थी। वो न तो एक परिन्दे की तरह आज़ाद रह सकता था न वापस मनुष्य बनना सम्भव था। इन दिनों उसे बार-बार फ़ज़ल ताबिश का एक शेर याद आ रहा था—मैं हवा पानी परिन्दा कुछ नहीं...*

सारे जंगल शिकारियों से भर गए थे। अली छिपता फिर रहा था। चिड़ियों से नई जानकारियाँ इकट्ठी करने की उसकी इच्छा अन्दर-ही-अन्दर घुट कर दम तोड़ रही थी। उसने सोचा भी नहीं था कि इस तरह के उपद्रव भी हो सकते हैं। नौकरशाही और राजनीति का पूरा तंत्र उसके लिए अनजाना था। परिन्दों से बाहर की दुनिया कितनी जटिल और ख़ूख़्वार हो चुकी है, इसकी कोई जानकारी उसे नहीं थी। अली को सबसे ज़्यादा दुख इस बात का था कि उसके चक्कर में शिकारियों के हाथों बहुत सारी दुर्लभ चिड़ियाँ मारी जा रही थीं। कई बार उसे लगता कि उसे अपने को

---

* मैं हवा पानी परिन्दा कुछ नहीं...।
ये नदी जाने कहाँ तक जाएगी।
—फ़ज़ल ताबिश

प्रकट कर देना चाहिए। दूसरे ही पल लेकिन मारे जाने का भय उसे दबोच लेता और वो फिर छिपने की नई जगहें तलाशने लगता। सारे परिन्दों में अफ़रा-तफ़री मची हुई थी। उनमें अपने को बचाने की कोई समझ नहीं थी। सहज बुद्धि से वे कभी-कभी ख़तरे को पहचान लेते थे। उनके लिए ये एकदम नई मुसीबत थी। चिड़ियों को समझ नहीं आ रहा था कि वो कहाँ जाएँ, क्या करें। पहाड़ी मैना और कुछ तोते जो कभी-कभी मनुष्यों से सीखे वाक्य बोल लेते थे, अब एकदम चुप थे। सारे जंगल जो सुबह-शाम चहचहाटों से गूँजते रहते थे, अब बहुत सूने-सूने-से हो गए थे।

अली को एक फ़ायदा था कि वो अभी भी मनुष्यों की तरह भी बोल सकता था। शिकारियों का कोई दल जब उस पेड़ के लगभग पास पहुँच जाता, जिस पर अली बैठा होता, तो पत्तों के पीछे छिपकर अली मनुष्यों की आवाज़ में बोलता... अरे उधर...उधर...उस बड़े वाले सागौन के पीछे...उस शहतूत की तरफ़...अरे बेवकूफ़ इधर नहीं...उधर...करौंदे की झाड़ी की तरफ़...शिकारियों के दल बहुत बड़े थे। वे अक्सर झुंड में घूमते थे। इसलिए उन्हें लगता कि उन्हीं में से कोई बोला होगा और वे आगे निकल जाते। अली ने कई बार इसी तरह अपनी जान बचाई थी। धीरे-धीरे उसके लिए यह एक खेल भी हो गया था। कुछ खीज और ग़ुस्से के कारण कई बार वो सिर्फ़ शिकारियों को छकाने के लिए यह हरकत करता। जब शिकारियों को चोट लगती या वो थककर लस्त-पस्त हो जाते और गालियाँ बकने लगते तो अली को बहुत मज़ा आता। अभी दो दिन पहले एक गोली उसके बिलकुल बग़ल से निकल गई। अगर वो ज़रा सा नहीं हटता तो काम लग जाता। वो कई दिनों से ठीक से सो नहीं पा रहा था। रात में भी बड़ी-बड़ी रोशनियाँ जंगल के अँधेरे को छेदती रहती थीं।

इन्हीं दिनों एक नया आन्दोलन शुरू हो गया था। पर्यावरणवादी संगठनों ने पक्षियों के बड़ी संख्या में मारे जाने के ख़िलाफ़ धरने और रैलियाँ निकालना शुरू कर दिया था। इन संगठनों को अन्तरराष्ट्रीय समर्थन मिला हुआ था। इसलिए रातों-रात सारे अख़बारों और मीडिया में भी इन संगठनों की ख़बरें आनी शुरू हो गईं। विदेशी टी.वी. और अख़बारों के प्रतिनिधियों ने जंगलों की ओर कूच करना शुरू कर दिया। सरकार के लिए यह एकदम नई आफ़त थी। पहले तो सरकार पर्यावरणवादियों के आरोपों का खंडन करती रही, फिर जाँच के आश्वासन दिये जाने लगे। अन्दर-ही-अन्दर सरकार ने माफिया गिरोहों को चुप हो जाने की हिदायत भी दी। अली छिपते-छिपते और एक जंगल से दूसरे जंगल उड़ते-उड़ते तंग आ गया था। सनसनाती गोलियाँ, गुलेल से छूटे पत्थरों और तीरों से वो घबरा चुका था। एक दिन उसने तय किया अब वो जंगल से अपने घर चला जाएगा।

और एक दिन अली ने जंगल से निकलकर अपने घर की ओर उड़ान भरी...बहुत सारी बन्दूकें एक साथ गरजीं...बहुत सारी गुलेलों से पत्थर छूटे...

प्रिय पाठको!

कहानी में इसके बाद क्या हुआ यह किसी को भी ठीक-ठीक पता नहीं। जिस तरह अली के चिड़िया बनने पर, आज भी बहुत सारे लोग यक़ीन नहीं करते। हक़ीक़त वैसी ही थी जैसा मुहावरे में कहा जाता है...जितने मुँह उतनी बातें। बल्कि बातें मुँह से भी ज़्यादा ही थीं। कुछ लोगों का कहना था...बकरे की माँ कितने दिन ख़ैर मनाती। एक छोटे-से परिन्दे की क्या मज़ाल कि इतने घाघ शिकारियों से बच पाता। मतलब यह कि कुछ लोग मानते थे कि अली उस दिन मारा गया और उस छोटे-से परिन्दे की लाश को कहीं फेंक दिया गया...लेकिन कहाँ फेंक दिया? कैसे फेंक दिया? सारे लोग क्या आँख मूँदकर खड़े थे? किसी ने कुछ भी न देखा हो भला ऐसा कैसे हो सकता है? सौ तरह की बातें और हज़ार तरह के सवाल थे। कुछ लोगों का मानना था कि पर्यावरणवादियों के आन्दोलन का दबाव और सरकारी घोषणाओं के चलते शिकारी उस दिन सड़कों पर नहीं आ पाए। इसी का फ़ायदा लेकर अली सबको चकमा देकर अपने घर पहुँच गया था। फुसफुसाकर बोलने से क्योंकि बात की विश्वसनीयता बढ़ती थी इसलिए लोग ज़बान दबाकर कहते...अली की बीवी ने उसे कहीं छिपा दिया है। देखना एक दिन वो जंगल के सारे कारनामों का ऐसा भंडाफोड़ करेगा कि बड़े-बड़ों की पतलूनें गीली हो जाएँगी। कई लोग अलग-अलग बहानों से जब-तब अली के घर में ताक-झाँक भी करते रहते थे। कहा तो यहाँ तक जाता है कि सरकार ने भी पुलिस भेजकर अली के घर की बाक़ायदा तलाशी करवाई थी। बात बनाने में लोगों को महारत हासिल थी। वो किसी भी तिल का ताड़ और राई का पहाड़ बना सकते थे।

इन सबसे अलग एक समूह और था। उसके क़िस्सों और तर्कों का कोई तोड़ नहीं था। वे लोग सारी घटना का वर्णन इस तरह करते थे जैसे वे उसके चश्मदीद गवाह हों। वे कहते...अली को घर की तरफ़ उड़ते हुए गोली तो लगी थी...अरे जनाब हमने देखा, हमारी आँख के सामने अली को गोली लगी...ख़ून की एक बूँद भी ज़मीन पर गिरी...लेकिन इसके बाद, आप यक़ीन नहीं करेंगे, आप जिसकी कहो उसकी क़सम खाकर कहता हूँ कि साब...इसके बाद सचमुच चमत्कार हुआ... गोली पिघलकर...सुनहरी पानी की शक्ल में ज़मीन पर आ गिरी...और साहब पलक झपकते अली एक दूसरे ही परिन्दे की शक्ल में बदल गया...क़सम परवरदिगार की...उसने ऐसी उड़ान भरी कि आँख भी पीछा नहीं कर पाई...इस कहानी पर भी

यक़ीन करने वाले शहर में कम लोग नहीं थे। उनसे कोई तर्क करता तो उनका एक ही जवाब होता...आदमी अगर परिन्दा बन सकता है तो फिर कुछ भी हो सकता है...बहरहाल, कहते हैं कि शिकारियों के कई दल अभी भी जंगलों में घूम रहे हैं और अली को तलाश रहे हैं...

इसी बीच हमारे शहर के एक शायर ने उस परिन्दे की मौत पर एक मर्सिया भी लिख लिया था। अली के बारे में लेकिन कुछ तय नहीं हो पा रहा था। इसलिए मर्सिया जिसे अंजाम भोपाली ने अंजाम दिया था आज भी उनकी जेब में रखा रहता है। पता नहीं कब ख़बर आ जाए और कब उसे पढ़ना पड़े...।

साँप

वह एक जीता-जागता रेंगता हुआ ज़हर है। हरा कच्च ज़हर। उसकी पूरी देह जितनी डरावनी और बीभत्स है, उसकी आदतें उतनी ही अश्लील और वहशियाना। नासिका-रंध्रों के पास उगी हुई छितरी-सी मूँछों को फुरफुराता हुआ वह जंगली बच्चों की तरह दोनों होंठों से भुर...र्...की बेहूदा आवाज़ करता, हर वक़्त ज़हरीला थूकड़ा उड़ाता रहता है। उसके आगे के दो बड़े-बड़े पोले दाँत खबड़े लोगों की तरह मुँह से आधे बाहर निकले हुए हैं, जो विषग्रंथियों से जुड़े हैं, कोई शिकार चंगुल में फँसा नहीं कि दाँतों में ज़हर उतर आता है। किसी जवान आदमी के लार गिराने-सा अश्लील। इच्छा तो होती है कि दोनों दाँतों को तोड़कर उसके मुँह में खुड्डी बना दूँ, लेकिन सँपेरा नहीं होने की असमर्थता उँगलियों में सरसराकर रह जाती है। फन के ठीक ऊपर, उठी हुई दोनों तरफ़ आँखें हैं, जिनकी रेडियमी चमक में हर वक़्त एक क्रूर हिंसा लपलपाती रहती है। उस चकाचौंध कर देने वाली वहशी लपलपाहट की तरफ़ देखना तक मुश्किल होता है, ऐसा लगता है जैसे सारे बदन में कोई सूइयाँ चुभो रहा हो। नाक के नाम पर केवल दो अन्धे काले गड्ढे हैं, जो थूथन की ठीक नोक पर हैं। गड्ढों के पीछे चमड़ी पर के दो स्केल्स बड़े एवं चौकोर हैं, फन के बीच के भी तीन-चार स्केल्स आयताकार और बड़े हैं, और यहीं फन पर वैष्णवी ब्राह्मणों के कपाल पर खिंचे हुए तिलक-सा एक अंग्रेज़ी के 'यू'-सा भूरा निशान है। बाक़ी पूरी देह पर काले और भूरे चकत्तों वाले स्केल्स दुम तक पहुँचते-पहुँचते लगातार छोटे होते गए हैं। उदर भाग में स्केल्स आड़े और सफ़ेद-भक्क हैं। कान नाम का कोई अंग उसके पास नहीं है। वह अपने काम की ध्वनियों को चमड़ी के सहारे महसूसता है और सोख लेता है। कुल मिलाकर उसे देखकर एक जुगुप्सा-सी होती है। आड़े-तिरछे रेंगते हुए उसका पनाले की गंदी नालियों तक में घुस जाना, छोटे-छोटे मेढकों को जबड़ों में दबोच लेना, और तड़पते हुए मेढकों की असहाय

टर्राहटों का काफ़ी देर तक मज़ा लेते हुए ज़मीन पर पूँछ फटकार-फटकार कर मिट्टी उड़ाते हुए प्रसन्न होना, मुझे एक हिक़ारत से भर देता है। लगता है, जैसे नसों में ख़ून की जगह घोड़े का झागदार पेशाब बह रहा हो।

पिता को भी उससे सख़्त चिढ़ थी। पिता थे ही बहुत नकचढ़े और हद दर्जे के हेकड़। ग़ुस्सा तो जैसे हर वक़्त सोंटे पर सवार रहता। हर वक़्त तलाश में रहते कि कब मौक़ा लगे और उसे चपटा कर दें। इसी कारण पिता के रहते उसकी लेंडी-फिस्स होती थी। पिता को समझाने की जुर्रत कौन कर सकता था। वे इस क़दर ज़िद्दी और ग़ुस्सैल थे कि उनके जबड़े की हड्डियाँ चेहरे पर उभर आई थीं। हर वक़्त ऐसा लगता जैसे किचकिचा रहे हों। एकाध बार माँ ने कहने की कोशिश की थी, कि ग़ुस्सा थूक दें, लेकिन उत्तर में उन्होंने माँ के मुँह पर थूक दिया। इस घटना के बाद से इस बारे में उनसे किसी ने, कभी कुछ नहीं कहा। धीरे-धीरे शासकीय कार्यालय के रजिस्टर से मटमैले और जर्जर होते पिता, एक दिन स्वर्गवासी हो गए।

एक भयानक हादसा थी—पिता की मौत। मरते वक़्त उनके जबड़े की हड्डियाँ अतिरिक्त रूप से उभरी और भिंची हुई थीं। उनकी आँखें फटी की फटी रह गई थीं। एक गूँगा भय काली खुरदरी हथेलियाँ फैलाकर चीख़ने की कोशिश कर रहा था। साँस रुकने से पहले पिता ने केवल एक शब्द कहा था 'साँप' और उनका मुँह अँधेरी गुफा की तरह खुला रह गया था। खुले मुँह, फटी आँखों और भिंचे जबड़ों वाली वह भयानक लाश पिता की ही थी—पहचानना भी मुश्किल था, क्योंकि इससे पहले किसी ने उन्हें भयभीत मुद्रा में कभी नहीं देखा था।

पिता की मृत्यु क्या हुई, संवेदना प्रकट करने के बहाने घर में ऐसे-ऐसे लोग घुस आए, जिनकी उनके रहते कभी देहरी की तरफ़ आँख उठाकर देखने की भी हिम्मत नहीं पड़ती थी। और इन्हीं बहानेबाज़ों के बीच उसकी भी आवाजाही शुरू हुई थी। संवेदनाएँ और सहानुभूति दर्शाना भी कभी-कभी लाभप्रद बहाना होता है, ख़ासकर जिन घरों में जवान लड़कियाँ या औरतें हों, ऐसे श्रद्धालुओं के पौबारे हो जाते हैं, सांत्वना के दो शब्द कहे, और सर के बालों से पोलके के नीचे तक की नंगी पीठ पर हाथ फिरा दिया। नहीं तो कम-से-कम आँखें ही सेंक आए। कहीं से भी घाटा नहीं है। इसी सम्भ्रान्त अश्लीलता के बीच शोकायमान मुद्रा में उसने भी अपनी दाल गला ली। वैसे भी घर भर में किसी के भी जबड़े पिता की तरह सख़्त नहीं थे। हम भाइयों की नाक भी पिता की तरह सुतहा और तीखी न होकर माँ की तरह पकौड़े जैसी थी। और इसी बीच उसके भाग्य से एक और छींका टूटा, पिता के अन्तिम शब्द को लेकर घर में एक नया ही बखेड़ा खड़ा हो गया। पंडितों और मोहल्ले भर की पोपली बुढ़ियों ने शंका और समाधानों का एक अच्छा-ख़ासा बही-खाता तैयार कर मारा था।

सबका एक ही निचोड़ था, कि यमदूत पिता के प्राण लेने के लिए साँप का वेश धारण करके आए थे। इसी तरह यमदूत सैकड़ों वेश धारण करते हैं। उदाहरण के बतौर बेवाओं ने अपने पतियों और सुहागनों ने अपने बाप-दादाओं के कई सारे क़िस्से धाराप्रवाह सुना डाले थे। फुसफुसाहटों से फिर एक दर्शन उभरा था कि साँपनाथ की पूजा से ही मृतात्मा को शान्ति मिल सकती है। इधर निष्कर्ष का निकलना था, उधर पेटू-पंडों ने अपनी थुलथुल तोंदों पर हाथ फेरा और पूजा की सामग्री और विधिविधान की संरचना कर डाली, कार्यक्रमों और ब्राह्मण-भोजों की एक लम्बी फ़ेहरिस्त तैयार करके हम लोगों को सौंप दी गई। आँखें पोंछती और बार-बार नाक सुड़कती माँ ने सारी बातें चुपचाप स्वीकार कर ली थीं।

दूसरे ही दिन से घर में साँप की पूजा चालू हो गई। आँगन के एक कोने में बनी उसकी बाँबी के पास सुगन्धित अगरबत्तियाँ जलाई जातीं, रोली और चंदन से उस स्थान की पूजा होती, गुलाब, मोगरा और चमेली के ख़ूब महकदार ताज़े फूल चढ़ाए जाते और चमचमाते हुए चाँदी के एक कटोरे में भोग का दूध रखा जाता। यह सब धर्मशास्त्रों के अनुसार आवश्यक था। वह आता और कटोरे में मुँह डालकर गटर-गटर सारा दूध गटक जाता। नथुने फुलाकर फुफकारता और मूँछों के बाल में लिपटा दूध झटकार देता। वह तेज़ी से मुटाता जा रहा था। ज़हरीला और डरावना भी वह पहले से अधिक लगने लगा था। शुरू-शुरू के दिनों में तो वह केवल बाँबी से बाहर निकलता, दूध पीता और वापस चला जाता, लेकिन जैसे-जैसे उसकी पूजा बढ़ने लगी, वह पैर पसारने लगा। अब वह दूध पीकर वापस नहीं जाता, बल्कि आँगन में टहलता रहता, उसने देखा कि इस पर भी किसी ने कोई आपत्ति नहीं की तो वह पूरे तुर्रे पर सवार हो गया। वह ऊपर के कमरों में चला आता, चौके में घुस जाता, माँ के कमरे में, कभी भाभी के कमरे में, वह घंटों पड़ा रहता, बाहर की बैठक में पसरा रहता, इसी तरह दिन-ब-दिन वह पूरे मकान पर छाता जा रहा था, घर के लोग भी उसे रोकने से तो रहे। उलटे बड़े बिचारे से चेहरे लिये भयभीत से उसके आगे-पीछे लल्लो-चप्पो करते डोलते रहते। जबकि पिता के रहते तो एकाध बार भैया ने भी डंडा चला दिया था। लेकिन उन दिनों की बात और थी, उन दिनों तो पिता की पहलवानी का लँगोट घूम रहा था। उसकी सिट्टी-पिट्टी यूँ ही गुम रहती थी।

वे शुरू-शुरू के दिन थे। हिन्दुस्तानी अन्दाज़ में इब्तिदा थी, यानी कि मुल्क की आज़ादी और पिता की नौकरी को सिर्फ़ पन्द्रह साल ही हुए थे। पिता अधेड़ थे। उनकी दाढ़ से उस वक़्त भी ख़ून नहीं लगा था, अपने इसी अक्खड़पन और ईमानदाराना चूतियापे के कारण ही वह इतने सालों के बावजूद केवल बड़े बाबू हो पाए थे।

जबकि इसी ऑफ़िस के कई जूनियर्स हाईजम्प लगा गए थे। यहाँ तक कि वह बहुत ही घोंचू-सा व्यक्ति, जो पिता से कई वर्ष जूनियर था, देखते ही देखते उनका बॉस बन गया था। उससे आए दिन पिता की चिक-चिक होती रहती। जब-तब पिता सनक जाते, और अफ़सर की बखिया उधेड़ देते। ऑफ़िस में तो वह लड़ते ही, बची-खुची भड़ास को घर में पेल देते। दरवाज़े से ही वह गालियाँ दागते हुए प्रवेश करते, वैसे तो अधिकतर माँ ही उनका कोप भाजन बनती थीं या फिर इस-उस चीज़ को फेंकते रहते, पुराने ख़तों के टुकड़े-टुकड़े कर कमरे में बिखेर देते, और जब कुछ नहीं सूझता तो एक डिब्बे में मिट्टी का तेल लेकर ख़ुद की खटिया पर पिल पड़ते। कभी-कभी तो उस चरमराती खटिया में बरसों से पले-पुसे खटमलों को रात-रात भर इस 'आइकमेन' को बर्दाश्त करना पड़ता।

वह दिन भी हर उस दिन की ही तरह था, जब पिता दरवाज़े से ही गालियाँ दागते हुए प्रवेश करते थे। उस दिन भी पिता देहरी से ही भड़भड़ाते हुए दाख़िल हुए। पहले उनने माँ को लतियाया, फिर पानी का मटका फोड़ डाला और रात को जाने कितनी देर तक खटमलों का संहार करते रहे। शायद वे सोये ही नहीं थे, गुस्से के मारे रात भर ही फनफनाते रहे होंगे।

अभी भिनसारा फूटा ही था। चाय का पानी चढ़ाने के लिए माँ सिगड़ी में कोयले भर रही थीं और टट्टी जाने के लिए भैया ने बीड़ी सुलगाने को माचिस खोली ही थी, तभी पिता की गुर्राहट से मिट्टी का कच्चा मकान थर्राने लगा। देखते ही देखते किसी भारतीय युद्ध फ़िल्म का दृश्य उपस्थित हो गया। इधर सीमा पर गोला फूटा, उधर हर प्रान्त के रणबाँकुरे अपने-अपने ख़ेमों से सीमा की ओर दौड़ पड़े। घर के सभी लोग दौड़कर आँगन में आ गए थे जहाँ पिता हाथ में लट्ठ लिये बाँबी तोड़ने में पिले हुए थे, गुस्से में उनने डंडे का अगला चौथाई हिस्सा बाँबी में घुसेड़ दिया था, और पूरी ताक़त से उसे और घुसेड़ने की कोशिश कर रहे थे। उनका बस चलता तो वह पूरा डंडा अन्दर कर देते। उनकी आँखें भट्टी की तरह दहक रही थीं, और चेहरे पर गँड़ासों से उभर आए जबड़ों के बीच दाँत गुत्थम-गुत्था हो रहे थे। दीवार से सटकर खड़ी माँ के चेहरे पर किसी अज्ञात आशंका की काली परछाइयाँ मँडराने लगी थीं। जीने के दरवाज़े के पास खड़ी क़स्बाई भाभी की देह तो लगातार किसी कन्नीदार पतंग की तरह थरथरा रही थी। डर तो मैं और भैया भी गए थे लेकिन मन-ही-मन सोच रहे थे कि अच्छा ही हुआ, इसी बहाने शायद साँप से पिंड छूट जाएगा। थोड़ी देर इसी तरह महाभारत चलता रहा, फिर पिता ने डंडे को एक कोने में सन्ना दिया और भन्नाते हुए बिना नहाए-धोए और बिना खाना खाए ऑफ़िस चले गए।

पिता तो चले गए लेकिन घर अभी उनके चेहरे की ही तरह तना हुआ था, उसके स्नायु शिथिल नहीं हुए थे, जैसे कि आमतौर पर उनके जाते ही हो जाया करते थे। हर व्यक्ति सहमा-सहमा और चुप था। सर से पाँव तक फैली ब्राह्मणीय संस्कारों की जड़ें सबकी ही ज़ुबानों को ऐंठे हुए थीं, हर व्यक्ति इसी डर से चुप था कि कोई अपशकुनी बात उसके मुँह से न निकल जाए। अन्दर ही अन्दर शायद सबको ही विश्वास-सा हो चुका था कि आज कुछ बुरा ज़रूर होगा। इसलिए अपशकुनी बोलकर, काली ज़बान होने का लांछन ढोना कोई नहीं चाहता था। इसी ऊहापोह में सब एक दूसरे के बोलने की प्रतीक्षा कर रहे थे। इस समय अगर कोई भी कुछ भी बोल देता तो दूसरे भी भरभराकर फूट पड़ते। एक पूरे पके हुए मुँहासे-सी हालत थी, जिसमें मवाद पूरी तरह से तरल हो चुका था, बस सूई चुभाकर मुँह बनाने का सवाल था। घर एकदम निर्जीव लग रहा था। वक़्त किसी कीड़े को लील लेने के लिए झपट्टा मारने से पहले स्थिर बैठी छिपकली-सा स्थिर था।

डेढ़ घंटा ही बीता था कि गालियों की मावट बरसाते पिता घर लौट आए। अचानक धरती हिल गई। भूकम्प आया। नहीं, यह हिरोशिमा था। और यह ठीक 1945 का वही दिन था, जिस दिन हिरोशिमा—टाँगों से खींचकर उतारे गए चूड़ीदार पाजामे की तरह उलट गया था। लेकिन नहीं, न यह हिरोशिमा था न कोयना की कोयला खदान। यह फ़कत एक निम्न-मध्यवर्गीय परिवार का छोटा-सा घर था। जिसका कर्ता बेहद ही उजड्ड, ग़ुस्सैल और सोंटे पर सवार आदमी था। जिसने सुबह-सुबह ही साँप की बाँबी में लट्ठ घुसेड़ दिया था।

घर में उत्पात मचाकर गए पिता ऑफ़िस में अपने अफ़सर पर चढ़ दौड़े थे, केबिन में घुसकर उन्होंने अफ़सर की सिर्फ़ माँ-बहन ही बराबर नहीं की, अपनी लम्बी-लम्बी टाँगों और हड्डैल हाथों का पराक्रम भी दिखा दिया था। जवाब में मैनेजमेंट ने उनके हाथों में 'बम्बू' थमा दिया। वे बरख़ास्त हो गए। अब वे दिन भर घर में पड़े-पड़े खाट तोड़ते रहते या सुबह से ही निकल जाते तो बिना खाए-पिए दिन भर सड़कें नापते रहते। कभी-कभी तो काफ़ी देर से रात में लौटते और जाने क्या खटर-पटर करते रहते। अब वह सोते में भी बड़बड़ाने लगे थे, लेकिन इस सबके बावजूद न तो उनकी सुतहा नाक में कोई फ़र्क़ आया था और न ही उभरे और भिंचे हुए जबड़ों में। रंग ज़रूर उनका दिनोंदिन ख़ाकी होता जा रहा था, सरकारी दफ़्तर की फ़ाइल-सा। और एक दिन यह फ़ाइल बन्द हो गई थी। उनकी शोक-सभा में मुझे भी अगर कोई श्रद्धांजलिनुमा भाषण देना होता तो अन्य लोगों की तरह मैं भी पूरे जोशख़रोश में कहता, 'वे मर गए लेकिन टूटे नहीं, झुके नहीं, कभी भी किसी के भी सामने उन्होंने समर्पण नहीं किया।' जबकि यह सरासर झूठ है और

ज़ोर से बोला हुआ झूठ। पिता टूटे थे। टुकड़े-टुकड़े हो गए थे—वे, इस आर्थिक मोर्चे और स्वाभिमान की लड़ाई में। दीमक खाई किताब के पन्नों की तरह उनका हर पन्ना और हर शब्द टुकड़े-टुकड़े हो गया था, जिल्द ज़रूर रेक्ज़ीन की थी, जो इसे उम्रभर ढाँपे रही, लेकिन मृत्यु के समय यह जिल्द भी इस बुरी तरह फटी, जैसे किसी ने सूजे की नोक गड़ाकर पूरी क्रूरता से फाड़ डाला हो।

किसी की भी लिजलिजी सहानुभूति पाए बग़ैर ही पिता मर गए। मैं इसी से सन्तुष्ट था, कि वे एक थेगलेदार आदमी नहीं थे। उनकी लाश पर सहानुभूति की चिपचिपी लेई से चिपकाए गए सांत्वना के रंगीन थेगले नहीं थे। 'हमदर्दी' शब्द से ही उन्हें नफ़रत थी और इतनी जुर्रत भी किसी की नहीं हो सकती थी, कि उनकी इच्छा के प्रतिकूल कोई व्यवहार उनसे कर पाता। कभी-कभी लगता है, वे व्यक्ति नहीं केवल एक ख़ौफ़नाक गुर्राहट थे। जिस गुर्राहट की प्रतिध्वनियाँ अब धीरे-धीरे लुप्त होती जा रही थीं, उनके जीवन के चन्द सुन्दर अंशों का पारायण अब समाप्त हो चला था और उनके नकचढ़े एवं उजड्ड व्यवहार को भी स्वाभिमान या साहस जैसे शिष्ट शब्दों का मुलम्मा चढ़ाकर लोग बखान चुके थे। और एक दिन तेरहवीं हो गई। पिता की भी, और उनकी स्मृतियों की भी।

॥ इति श्री पिता पुराणे पूर्वार्धम ॥

और यह उत्तरार्ध है, लीलावती-कलावती की कथा-सा रहस्य, रोमांच और आश्चर्यजनक जादुई चमत्कारों से परिपूर्ण। बम्बइया फ़िल्मों के मध्यान्तर के बाद-सा सुखद। साँपनाथ उत्तरोत्तर मुटाते जा रहे हैं। सुदामा-सा हमारा जर्जर मकान, बँगले में परिणत हो गया है। साँपनाथ की पूजा का चमत्कार देखिए, गोबर से पुती दीवारों की जगह, अब सीमेंट का पलस्तर है। छतों पर विद्युत चलित पंखे हैं। दूधिया प्रकाश की मरकरी ट्यूब्स लगी हैं। ज़मीन पर रंग-बिरंगी मुजेक चमचमा रही है। बाहर की बैठक, जिसमें वर्षों से तीन पाँव वाला बूढ़ा तख़्त और टूटे हुए सरकंडों के दो मूढ़े थे, इस बैठक का नाम अब ड्राइंग रूम हो गया है। मुग़लिया कलाकृतियों वाला कालीन यहाँ बिछा है, जिस पर एक गुदगुदा सोफ़ासेट रखा है। सोफ़ों पर खादी के रंग-बिरंगे गिलाफ़ चढ़े कुशन हैं। एक दीवार के सहारे रखी काँच के दरवाज़ों वाली अलमारियों में आधुनिक शैली की कई मूर्तियाँ रखी हैं। कोने में रखी छोटी नक़्क़ाशीदार पायों वाली टेबिल पर एक छोटा-सा काँच का मछलीघर रखा है, जिसमें दिन में क़रीब दो बार स्वचालित तरीक़ों से पानी बदल जाता है। इसमें कुछ पानी के हरे-हरे ख़ूबसूरत पौधे हैं, नीचे तल में चमकीली रेत है, जिस पर छोटी-छोटी-सी सीपें और शंख पड़े हैं, और इन्हीं सबके बीच चार-छह सुनहरी और लाल-नीली

बहुत ही प्यारी-प्यारी, छोटी-छोटी मछलियाँ विचरण करती रहती हैं। बड़े वाले सोफ़े से थोड़े फ़ासले पर एक 'राइटिंग टेबिल' है, जिस पर एक टेबिल लैंप लगा है। इसे जितने कोण से चाहो मोड़ा जा सकता है। टेबिल के दाएँ हाथ पर एक खुला हुआ आदमक़द रैक है, जिसमें दर्जनों अंग्रेज़ी उपन्यास और दूसरी मोटी-मोटी पुस्तकें क़रीने से जमी हैं। ये पुस्तकें हर वक़्त इतने ही क़रीने से सजी रहती हैं, क्योंकि इन्हें कोई छूता तक नहीं। नीचे के खाँचे में चाँदनी-सी उजली-उजली चिकने पन्नेवाली ढेर सारी पत्रिकाएँ रखी हैं। पाठक तो इनका भी कोई नहीं है, लेकिन इनका एक विशिष्ट महत्त्व है, जब भी घर में कोई बड़ा आदमी यानी कोई बड़ा नेता या अफ़सर आता है, भैया उसमें से कोई सी भी पत्रिका निकालते हैं और या तो आगन्तुक के सामने बढ़ा देते या स्वयं पन्ने पलटने लगते हैं। घर का तो कायाकल्प हुआ ही है, परिवार के लोगों का भी कायाकल्प हो गया है। पोशाक, रहन-सहन, चाल-ढाल से लेकर बोलचाल की भाषा तक सबने यत्नपूर्वक सुधार ली है। अब सहज होकर नहीं बोलते। सबकी भाषा परिमार्जित हो रही है। पहले की तरह बात-बात में देहाती शब्दों और मुहावरों का उपयोग बन्द हो गया है, और अंग्रेज़ी के शब्द बोलचाल के बीच प्रयुक्त होने लगे हैं। चाहे एकाध शब्द ग़लत ही क्यों न हो। नितान्त घरेलू क़िस्म की क़स्बाई भाभी अब उलटे पल्ले की साड़ी और मैचिंग ब्लाउज़ पहनने लगी हैं। चौके-बासन और झाड़ू-बुहारी के लिए नौकरानी लग गई है। भाभी के पैरों की फटी बिवाइयाँ प्राय: समाप्त हो चली हैं। अब उनके पैर हरदम उजले-उजले रहते हैं। सफ़ेद कबूतरों से एकदम झक्क। पैरों में वे हरदम स्लीपर पहने रहती हैं। घर में अब कोई भी बिना स्लीपर के विचरण नहीं करता। यहाँ तक कि माँ भी स्लीपर पहनने लगी हैं। वैसे शुरू-शुरू में आदत डालने में उन्हें बहुत मुश्किल लगी थी और कई बार इसी पर भैया की झिड़कियाँ भी उन्हें सुननी पड़ी थीं। अब चौके तक, जिसे हम लोग किचिन कहने लगे हैं—में भी स्लीपर पहनकर ही प्रवेश किया जाता है। पट्टे बिछाकर भोजन करने की प्रथा यहाँ समाप्त हो गई है। अब डाइनिंग टेबिल पर ब्रेकफास्ट, लंच और डिनर लिया जाता है। हर सदस्य के पास अपना पृथक 'बेडरूम' है। खटियाओं की जगह मच्छरदानियाँ लगी मसहरियाँ हैं। बस यह पूछिए कि क्या नहीं है? सब कुछ है। जो नहीं है, आता जा रहा है। वर्षों की दयनीय स्थिति की अब कहीं परछाईं तक शेष नहीं रही। घर में समय-समय पर अब यक्षराज की कथा का कार्यक्रम होता है। नाइनों द्वारा बस्ती भर के घरों में बुलावे भेजे जाते हैं। बीच के हॉल में एक कोने में झाँकी सजाकर यक्षराज की प्रतिमा का पूजन होता है, और फिर नगर के प्रकांड विद्वान पुरोहित कथा बाँचते हैं।

यक्ष यक्षेश्वर नागनाथ की 'यक्षायण' का कथा-सार इस प्रकार है, 'श्रद्धालु भक्तजनो, नर एवं नारियो—यह समूची पृथ्वी नागनाथ की थूथन पर टिकी है। अगर वे क्रुद्ध हो जाएँ तो समूची पृथ्वी पाताल में समाविष्ट हो जावेगी। प्रलय निश्चित है। समस्त जीव पलक झपकते रसातल में पहुँच जाएँगे, अतः शिव के मस्तक एवं कंठ पर विराजमान ऐसे भगवान यक्षेश्वर की पूजा विपदाओं से मुक्ति, दुखद से सुखद जीवन, और निर्धनता से ऐश्वर्य-प्राप्ति करवाती है। हर नाग पंचमी को पवित्र भावनाओं एवं श्रद्धा से नागदेवता का दर्शन करने, धूप-बत्ती एवं सुगन्धित पुष्पों से पूजा करने तथा शुद्ध दूध का नैवेद्य चढ़ाने से विवाहित नारियों का सौभाग्य अखंड होता है। बाँझ महिलाओं को पुत्र-प्राप्ति होती है। सौभाग्यकांक्षिणियों को भरे-पूरे परिवार वाले ससुराल तथा धनाढ्य एवं ऐश्वर्यशाली सुन्दर पति मिलते हैं।

क्योंकि हे श्रद्धालुओ—यह महायक्ष यक्षेश्वर कहे जाते हैं—जहाँ कहीं भी अदृश्य धन है, कुबेर के इन मुद्गरपाणी, रक्तांबरधारी, रक्तनयन यक्षों का पहरा है। प्रवाद है कि यह धन के ऊपर कुंडली मारे विकराल सर्प के रूप में प्रकट होते हैं।

अतः भक्तजनो, यक्ष वे हैं, जिनकी गुंजलक में लक्ष्मी क़ैद हैं। तो हे नर-नारियो, सुख-सम्पदा, ऐश्वर्य व पुत्ररत्न की प्राप्ति के लिए यक्षेश्वर कहे जाने वाले साँपनाथ का पूजन ही हर व्यक्ति का परम धर्म है।'

हर कथा के समय बीच का हॉल आस्थावान, असहाय बूढ़ों, जादुई चमत्कार से धन-प्राप्ति के इच्छुक अधेड़ों और कुछ भी न समझने वाले, लार गिराते ढेर सारे बच्चों से खचाखच भरा रहता है। हॉल के बग़ल वाले बड़े कमरे में महिलाओं के बैठने की व्यवस्था रहती है, जिसमें ईश्वर और धर्म में गले तक धँसी हुई एक करोड़ देवताओं का पूजन करने वाली मोहल्ले भर की श्रद्धालु भारतीय महिलाएँ, हर उम्र की, पोपली बुढ़ियाएँ, अधेड़ बाँझें, सौभाग्यवतियाँ एवं सौभाग्यकांक्षिणियाँ पूर्ण श्रद्धावत होकर, तम्बाकू और पान के बीड़े चबाती हुईं, सुपारी कतरती हुईं, कथा सुनती रहती हैं।

नित नये चोले बदलते हमारे परिवार और धर्माचार्यों के समय-समय पर होने वाले प्रवचनों ने साँप को सारी बस्ती में पूजनीय बना डाला है। वह इन दिनों ख़ूब जाड़ा हो गया है, उसकी शक्ति भी पहले से काफ़ी बढ़ गई है। उसकी आँखें पहले से ज़्यादा लाल और मादक हो गई हैं, पलकें हर वक़्त बोझिल-सी आँखों पर आधी लटकी रहती हैं। उसे नई-नई दैवीय सिद्धियाँ प्राप्त होती जा रही हैं। बदन पर पंख उग आए हैं, अब वह सिर्फ़ रेंगता ही नहीं है, उड़ने भी लगा है, इस परिवर्तन से बस्ती में एक नया ख़ौफ़ छाता जा रहा है। लोग इतने भयभीत हो गए हैं कि शरणागत होने के सिवा उन्हें कोई चारा नज़र नहीं आ रहा है। वह उजली रातों में विचरण करता हुआ,

अचानक बादलों के बीच उड़ने लगता है। परछाईं तक इतनी ज़हरीली हो गई है कि जिस किसी पर उसकी परछाईं पड़ जाती है, वह व्यक्ति अपने शरीर से हाथ धो बैठता है। शरीर के जिस अंग पर उसकी छाया गिरती है वही अंग निर्जीव हो जाता है। लकवे के इस प्रकोप से पूरी बस्ती में हड़कम्प-सा मच गया है। बग़ल की लेबर कॉलोनी के गँदले-कत्थई-शरारती बच्चे जो दिन भर हुल्लड़गर्दी करते रहते थे, और साँप को तंग करना तो जैसे उनका खेल ही हो गया था, जहाँ कहीं उसे देखते, झुंड के झुंड उस पर टूट पड़ते, पत्थर मार-मार कर ज़ख़्मी कर देते, थूथन पर धूल फेंक देते और कभी-कभी तो पूँछ ही पकड़कर घसीट देते थे, लेकिन जब से साँप के पंख निकल आए हैं, उसने बच्चों की नाक में दम कर रखा है। सड़कों, ओटलों या छतों पर सोने वाले बहुत सारे बच्चों को उसने पंगु बना डाला है। ख़रगोश-सी जान वाले छोटे-से बच्चों में से बहुत से तो लकवा पड़ते ही 'टें' बोल जाते हैं। लकवे का प्रकोप बढ़ता जा रहा है। कौन कब चलते-चलते पंगु हो जाएगा, कोई नहीं जानता, कई घर अपाहिज हो चुके हैं और प्रतिदिन होते जा रहे हैं, डर के मारे लोगों ने रात में घूमना-फिरना और बाहर सोना बन्द कर दिया है। भय से आतंकित लोग लगातार 'नागनाथ शरणम् गच्छामि' हो रहे हैं।

साँप-साँप-साँप! जहाँ जाओ जिधर जाओ, बस साँपनाथ का पूजन हो रहा है। सारी भयभीत बस्ती उसके समक्ष साष्टांग दंडवत पड़ी है। बस्ती में साँपनाथ मन्दिर कमेटी बनाई गई है। और सारी बस्ती से लाखों रुपये के दान, साँपनाथ के मन्दिर निर्माण के लिए एकत्रित हो रहे हैं। स्वर्णमंडित सिंहासन और चाँदी के विशाल छत्र का गढ़ावन कार्य जारी है। कमेटी में बस्ती के सम्भ्रान्त बुज़ुर्गों को शामिल किया गया है। कमेटी के अध्यक्ष भैया बना दिये गए हैं। सारा कार्य उन्हीं की देखरेख में चल रहा है। भैया इन दिनों बेहद व्यस्त रहते हैं, सुबह घर से निकलते हैं तो आधी रात को घर लौटते हैं। उनके पास आजकल कार आ गई है। ज़मीन पर तो अब उनके पैर ही नहीं टिकते। रात में भी जब उन्हें कार से कमरे तक जाना होता तो सहारा देना पड़ता। उस वक़्त उनकी चाल बेहद लड़खड़ाई हुई, बल्कि साँप की तरह लहरदार होती है। उनकी आँखों में सुर्ख़ डोरे तने रहते हैं। चेहरे पर एक ख़ौफ़नाक क्रूरता आने लगी है। जैसे किसी कर्फ़्यूग्रस्त रात में कोई काली पोशाक वाला नकाबपोश काले जूते पहने काली सड़कों पर गश्त लगा रहा हो।

भैया पर नागदेवता तन-मन से वारी हैं। वैसे तो पूरे परिवार के दिन उन्हीं की कृपादृष्टि से फिरे हैं। माँ ज़रूर कभी-कभी विचलित होने लगती हैं। लेकिन जीवनभर के अभावों के बाद मिली सुविधाओं को भी वे कसकर पकड़े रहती हैं।

जब-जब भी माँ का मन उचाट होने लगता, वे पूजापाठ करके वापस अपने को सँभाल लेतीं, घर में सारे सुख हैं। एक कमी थी। सो भी पूरी होती दिख रही है। भैया को ब्याहे कई वर्ष हो चुके हैं, लेकिन कुलदीपक नहीं जन्मा। टोने-टोटके से लेकर डॉक्टर, हकीम, वैद्य, सब कुछ किया जा चुका था। लेकिन अभी तक कोई परिणाम परिलक्षित नहीं हुआ था। लेकिन अब नागदेवता की कृपा से भाभी के पूरे दिन चल रहे हैं।

आज छुट्टी का दिन है। हर छुट्टी के दिन की तरह साँप-सीढ़ी का खेल चल रहा है। ड्राइंग रूम में खिलाड़ी जमे हैं। साँप और सीढ़ियाँ एक-दूसरे के समानान्तर हैं। जिस गोटी को साँप चाहता, आगे निकल जाने देता, एक नसेनी से दूसरी नसेनी पर गोट ऊपर चढ़ जाती। और जिस गोट पर उसका जबड़ा चल जाता, उसे लीलकर दुम के छोर पर फेंक देता। खेल चालू है। भैया की गोट 98वें खाने में है। 99वें खाने में साँप अपना जबड़ा खोले पड़ा है। भैया को दो अंक एक साथ चाहिए, और यह देखिए, भैया ने पासा फेंका, और वे सौ के खाने में पहुँच गए। कमरे से माँ ख़ुशी से चिल्लाई 'कुलदीपक जन्मा है।' भैया और सारे परिवार की यह इच्छा भी पूर्ण हुई। प्रौढ़ा भाभी को डिलिवरी हो गई। उसने एक छोटे से, चिकनी-चिकनी भूरी चमड़ी वाले, नर्म, गिलगिले शरीर वाले, रक्त नयन, सर्प को जन्म दिया है। इसे नागदेवता का इष्ट मानती हुई माँ की आँखें गंगाजलीय-श्रद्धा से पूरित हैं और भैया, इस कुलदीपक के बाप, फूलकर कुप्पा हुए जा रहे हैं। शहनाइयाँ बज रही हैं। बुलावे भेजे जा रहे हैं। पार्टियों की तैयारी हो रही है। भाभी की मसहरी के पास खड़ा, बड़ा साँप गर्व से फुफकार रहा है। इस धमाचौकड़ी में माँ के कमरे में टँगी पिता की एकमात्र फोटू गिरकर चकनाचूर हो गई। नौकर ने झाड़ू लेकर जल्दी-जल्दी काँच के टुकड़े बुहारे, और भैया ने फोटू को उठाकर टंट पर फेंक दिया, और फिर से व्यस्त हो गए।

सोमवार

सोमवार, अपनी सारी हड़बड़ाहट के साथ जैसा उसे होना चाहिए, जैसा वह हर बार होता था—वैसा ही था। तीन मंज़िला मकान की तीसरी मंज़िल से जैसे कोई भगोनी रुड़कती है और सारा घर एक कँपकँपाती ठनठनाहट से भर जाता है, ऐसा ही घनघनाता भड़भड़ाता हुआ। मुझे वह राज्य परिवहन की बजबजाती बस-सा लगता, लेकिन दोस्त कहते वह बस में बैठकर आता है। बहरहाल चोटी से एड़ी तक वह एक सोमवार था। मुकम्मिल सोमवार।

सोमवार, घर में हर हफ़्ते आता था। दीवारों पर लटके कैलेंडर में वह लाल रंग से छपी तारीख़ के बग़ल में बैठा रहता और जैसे ही लाल रंग वाली तारीख़ बीतती, वह धम्म से घर में कूद पड़ता। इन दोनों पड़ोसियों में लगता जैसे कोई पुरानी रंजिश है। इतवार पहले ही घर का माहौल बदल डालता और सोमवार इस बात को लेकर दिनभर हम पर झल्लाता रहता। इतवार का अपना मिज़ाज है। वह एकदम फुरसतिया और ठाठदार क़िस्म का दिन है। एक शानदार आलस्य भरा दिन। इस दिन हमारा यानी पिताजी और हम तीन भाइयों का मुर्ग़ा भी आराम से बाँग देता। एक तो वह पट्ठा 'अरे कल तो इतवार है' वाले अन्दाज़ में शनिवार को देर रात से सोता, दूसरे सप्ताहभर इसी बात को दिमाग़ में घोंटा करता कि इतवार को तो लम्बी तान के ही सोएगा, अगर ग़लती से भी नींद खुल जाए, अव्वल तो ऐसा होता नहीं, पर ख़ुदा-न-ख़ास्ता ऐसा हो ही जाए तो एक-आध घंटे बिस्तर में घुसा उँघियाता रहता। एकदम उठ पड़ना जैसे इस एकमात्र साप्ताहिक छुट्टी का सत्यानाश मारना हो। एक ठाठदार अलाली में जैसे यह एक नामर्द हरकत हो। आप पूछें—जल्दी उठ जाएगा तो क्या कोई पहाड़ टूट पड़ेगा या दुनिया पर कोई आफ़त बरपा हो जाएगी? वह कहेगा तुम साले एकदम पाजामे हो—अरे वह भी क्या ख़ाक मर्द, जो इतवार को भी रामनामियों-सा मुँहअँधेरे उठ बैठे।

एक ही तो साला दिन मिलता है जब लम्बी तान के सो सको, उस दिन भी सोने को न मिले तो ऐसे इतवार का क्या अचार डालें।

उसका अपना निजी ख़याल है। ख़याल में राग आलस्य गंधार कि जल्दी उठने का ठेका सिर्फ़ औरतों का है। उनके घरवालों और बच्चों को देर से ही उठना चाहिए। इससे औरतों के पास, औरतों के बीच बात करने का एक स्थायी विषय रहता है। आपस में जब वे बातें करती हैं, तो अपने घरवालों के देर से उठने की बात इस ठसक से कहती हैं जैसे देर से उठना उनके पति के नवाब होने का सबूत हो। ठुनककर कहेंगी—हमारे 'ये' तो आठ से पहले आँख भी नहीं खोलते!

मियाँ ग़ालिब फ़रमा चुके हैं कि ऐश तज़म्मुल हुसेन ख़ाँ के लिए बना है। हम नहीं थे तज़म्मुल हुसेन ख़ाँ। और मैं आपको साफ़-साफ़ बता दूँ कि सोने के मामले में हम ग़ालिब तो ग़ालिब, उनके बाप-दादों की भी फ़िकर नहीं करते। हमें अपने घर की महिलाओं के सम्मान का ख़याल था और हम अपने मुर्गे से सौ पैसे सहमत थे। इसलिए सुबह जल्दी केवल माँ और भाभी उठती थीं। सुबह साढ़े पाँच और सर्दी में छह-साढ़े छह तक। इतवार की सुबह चाय बनाने का ज़िम्मा माँ से छूटकर भाभी पर आ जाता था। माँ यानी अम्मा, उस दिन घर की सफ़ाई-धफाई में जुटी रहतीं। टट्टी-ग़ुसलख़ाने को बाल्टी भर-भर कर पानी से धोना। फिनाइल डालना, जाले झाड़ना। सोफ़े की गद्दियों के गिलाफ़, मेज़पोश और पर्दे बदलना। रद्दी इकट्ठी करना।

चौके में डिब्बा-डिब्बी पोंछना। पीतल के डिब्बों को नीबू से धोना। गुलदानों पर ब्रासो रगड़ना। मुजेक के फ़र्शों पर पोंछा लगाना। मसलन उनका सफ़ाई का अभियान काफ़ी देर जारी रहता। नौकरानी थी, पर अम्मा को सफ़ाई का ख़ब्त सवार था। हर रोज़ सुबह छह बजे नहा-धोकर रसोई में घुस जाने वाली अम्मा इतवार को हमारे उठने के भी तीन-चार घंटे बाद तक धूल में अँटी हुई ऊपर-नीचे दौड़ती रहतीं। उनका खाना बनाने का लगा साढ़े ग्यारह-बारह से पहले प्रारम्भ नहीं होता। इस बीच हमारे पेट में बड़े-बड़े चूहे दंड पेलने लगते तो भाभी नाश्ता बना देतीं। नाश्ता केवल इतवार का ही कार्यक्रम था। नाश्ता हो जाता। गुड्डी और बबली को दूध मिल जाता। भाभी निश्चिन्त हो जातीं। बबली सो जाती और गुड्डी खेल में लग जाती, तब भाभी सारे कपड़े, साबुन और मुँगरी लेकर आँगन में उतरती और पानी की हौज़ के सामने उनका धोबी घाट शुरू हो जाता।

मैं आपको बता दूँ कि हम लोग हिन्दू हैं। जात के ब्राह्मण। उपजात से औदीच्च। हमारा गोत्र गौतम है। और हमारे घर में तीनों गण के प्राणी पाए जाते हैं। मतलब देवगण, राक्षसगण, और मनुष्यगण। जब भी हम भाइयों में से कोई ज़्यादा दुष्टतापूर्ण

हरकत करता उसे राक्षसगण कह दिया जाता। हम विरोध करते और अपने को देवगण का कहने लगते। गण, जन्मपत्रियों में थे और जन्मपत्रियाँ पिताजी के पास थीं, उनकी निजी अलमारी में। पिताजी जब मूड में होते तो जन्मपत्री में हमारा भविष्य देखते, बताते कि फलाँ साल बढ़िया है। बढ़िया का मतलब होता परीक्षा में पास हो जाना। नौकरी लग जाना या जग्गी, जिनकी नौकरी भी थी और बीवी भी, उनके लिए बढ़िया का मतलब होता—तरक़्क़ी। मुझे लगता जग्गी इसका मतलब दो लड़कियों के बाद लड़का होने की उम्मीद से भी लगाते होंगे। जग्गी सबसे बड़े थे। मैं और गुड्डू उन्हें दादा कहते।

एक औसत मध्यवर्गीय परिवार जैसा सरल, मज़ेदार और अपनी ही चिकचिक से भरा होता है; ऐसा ही हमारा परिवार था। कोई अपवाद नहीं। हर परिवार का अपना एक वार होता है। हमारा वार सोमवार था। सोमवार को शंकरजी का अभिषेक होता। यह बाप-दादों के जमाने से होता आ रहा था। जैसे सोमवार होता आ रहा था। उसके साथ जुड़ी सारी चकल्लसें भी। सोमवार का मतलब था—पिताजी, अम्मा और भाभी की इकासना। आधा खाना, आधा उपवास। इसलिए खाना एक बार ही बनता। हम लोग जो इस अर्ध उपवास में शामिल नहीं थे, उन्हें सुबह की रोटियाँ ही शाम को भी खानी पड़तीं। यूँ शाम को फलाहार के लिए आई मूँगफली, पिंडखजूर या केलों में से कुछ हिस्सा हमें भी मिलता। इस इकासने का एक कड़ा नियम था कि सोमवार को सुबह पूरी रसोई बनती थी और वह भी दस के पहले। पिताजी को साढ़े दस तक ऑफ़िस पहुँचना होता। उनका ऑफ़िस घर से दो कोस दूर मुंशी हुसेन के तालाब के पास था। तालाब एक उथली-सी तलैया थी, जिसमें सिंघाड़े बोये जाते थे। पिताजी वक़्त के पाबन्द थे। वे ठीक सवा दस पर घर से निकलते, एक मिनट पहले न एक मिनट बाद। सवारी वे लेते नहीं। ऑफ़िस पहुँचकर एक कुर्सी पर जमते तो छह से पहले उठते नहीं। उन्हें असाध्य पेचिश थी, तो ऑफ़िस की कैंटीन में कुछ खाते-पीते भी नहीं। बहुत हुआ तो एक-आध चाय पी लेते, वह भी कभी-कभार ही। टिफिन लेकर जाना उनके लिए सम्भव नहीं था। पीताम्बर पहने बग़ैर सुबह का खाना उनके गले से नीचे नहीं उतरता। जबकि ऑफ़िस वे बारहों महीना बन्द गले का कोट और पैंट पहनकर ही जाते थे। खाने-पीने की इन्हीं आदतों के कारण सोमवार को, अम्मा को उनकी ख़ास ही चिन्ता रहती। रसोई वक़्त पर तैयार हो जाए और पिताजी जीम लें, अम्मा को इसकी ही फ़िकर रहती। सोमवार को अगर ग़लती से भी हममें से कोई पहले चौके में पहुँच जाए तो अम्मा साफ़ कह देतीं—'पहले तुम्हारे पिताजी जीम लें, फिर बैठना।'

सोमवार की पूजा की भी अपनी विशेषताएँ थीं। अभिषेक और पाठ में जल्दी करते-करते भी पौन घंटा बिला जाता। पूजा तो ख़ैर पूजा थी। उसे पिताजी करते थे। हम लोग तो केवल आरती में पहुँचते। गोल-गोल घूमकर प्रणाम करते और प्रसाद खाते। लेकिन पूजा की तैयारी जो हमारे ज़िम्मे थी, उसमें बिला-नागा चिल्ला-चोट मचती। इस तैयारी के दो हिस्से थे, एक बाज़ार से फूल और नैवेद्य के लिए दो-चार फल लाना और दूसरा, पूजा के बरतन इकट्ठे करके उन्हें मँजवाना। पिताजी नहाने जाते हुए फल-फूल लाने का आदेश दे जाते, बाज़ार कौन जाए इसे लेकर मेरे और गुड्डू के बीच हर बार टाल-मटोल होती और फिर अम्मा की डाँट पड़ती। डाँट खाकर हममें से कोई बाज़ार चला जाता, दूसरा बरतन इकट्ठे करने लगता। पूजा के बरतन कभी एक जगह नहीं मिलते। जबकि कई बार तय हो चुका था कि बरतन भगवान वाली अलमारी के ऊपर के खंचे में रहेंगे, पर हर बार कुछ न कुछ गड़बड़ हो जाता। अभिषेक-पात्र की तिपाई का पाया खो जाता या फिर पान-पात्री ग़ायब हो जाती। बरतन तो बरतन, गरुणजी महाराज तक बबली को चुप कराने के चक्कर में अक्सर इधर-उधर रुड़कते रहते। आचमनी तो वक़्त पर न मिलना जैसे एकदम निश्चित था। इसी बीच अगर पिताजी नहाकर आ जाते तो कोई भी स्टील का चम्मच लेकर उनका करपूरगवरम्...करुणावतारम्,...शुरू हो जाता।

सोमवार के गुज़रते ही सब सामान्य हो जाता। पाँच-छह दिनों का सुकून रहता। घरेलू ढर्रा अपने अन्दाज़ में चलने लगता। अम्मा सुबह का खाना बनातीं, भाभी अपनी दोनों छोरियों को सँभालतीं। उनका दूध बनातीं, उन्हें नहलाने-धुलाने और सुलाने में उनका सुबह का वक़्त निकल जाता। छोरियों से निबटतीं तो कपड़े धोने और नहाने चली जातीं। अम्मा सबको खाना खिलातीं, चौका लगातीं और बरतन बरौनी के लिए निकालकर पनाले पर इकट्ठा करतीं और खा-पीकर बीच के कमरे में पड़े तखत पर जाकर सो जातीं। दुपहर में वे नियम से सोतीं। शाम की चाय भाभी ही बनातीं और रात के खाने का ज़िम्मा भी उन्हीं का था।

मेरे और गुड्डू के ज़िम्मे एक ऊबाऊ काम था—बुरादे की सिगड़ी भरना। इसको लेकर हम तक़रीबन रोज़ लड़ते थे। कई सालों तक मैं सबसे छोटा था, सो सबसे ज़्यादा लाड़ला था, सबसे ज़्यादा ज़िद्दी था। सात-आठ साल बाद सबसे छोटा होने का मेरा हक़ छिन गया। गुड्डू हुआ और मेरा छुटपन उसे दे दिया गया, सो वह सबसे ज़्यादा लाड़ला हो गया। उसका हक़ छिनने की सम्भावना रद्द हो चुकी थी, इसलिए वह ज़्यादा लाड़ला होता गया। मझला होना गड़बड़ था, पर मैं मझला बना दिया गया। न बड़े जैसे फ़ायदे, न छोटे होने का लाड़! हर तरफ़ से बीच में पड़कर, बीच में पिस रहा था। मेरा दिमाग़ मझोला होता जा रहा था।

इसलिए गुड्डू और मेरे बीच चिकचिक होना अनिवार्य-सा हो गया। इस तरह हम दो काम नियम से करते थे। लड़ते थे और सिगड़ी भरते थे। सिगड़ी भरते थे और लड़ते थे। हमने सुबह-शाम के हिसाब से कई बार टर्न बाँधे थे, लेकिन झगड़ा अपनी जगह से टस से मस नहीं होता। सिगड़ी भरने का वक़्त आता और हम शुरू हो जाते।

—आज मेरा टर्न नहीं है।

—मेरा भी नहीं है।

—मैंने सुबह ही भरी थी।

—मैंने कल एक साथ दो सिगड़ी भरी थीं।

इस विवाद के बीच ही अम्मा की डाँट पड़नी शुरू हो जाती। कभी हमसे लाड़ जताते हुए भाभी सिगड़ी भरने चली जातीं, इसके कारण अम्मा से और भी अधिक उपदेश सुनना पड़ता। मेरा और गुड्डू दोनों का ख़याल था कि अम्मा नानी की तरह होती जा रही हैं। बात-बात में भाषण देने लगती हैं। एकमात्र यही बात ऐसी थी जिस पर हममें कोई झगड़ा नहीं था। वरना पिताजी के ऑफ़िस से लौटने पर अम्मा अगर एक कप चाय बनाने की कह दें तो बिना किसी देर के हम अपनी औक़ात में आ जाते।

—अरे यार गुड्डू, बना ले यार। (मैं गुड्डू को पटाने की कोशिश करता। लेकिन अब वह एकदम गुड्डू नहीं था। सबसे छोटा था, इसलिए कुछ ज़्यादा ही भाटे-छाप था, वह तड़ाक-फड़ाक उत्तर दे डालता।)

—मैं भी अभी स्कूल से आया हूँ।

—अच्छा, तू स्टोव जलाकर पानी रख दे, चाय मैं बना लूँगा।

—स्टोव आप जला दीजिए चाय मैं बना दूँगा।

कुछ देर अम्मा सुनती रहतीं। शायद वे रास्ता देखतीं कि कोई न कोई चला ही जाएगा। पर जब ज़्यादा ही टालमटोल होने लगती तो भड़क जातीं—तुम लोगों से एक चाय नहीं बनाई जाती, कल से खाना माँगना, मैं भी अपने अकेले के ही लिए बना लिया करूँगी—ऐसे ही मिलते-जुलते जुमलों से वे शुरू होतीं और दूसरों के लड़के-लड़कियों की कार्यकुशलता के बखान और हमारे निकम्मेपन को लेकर उनका भाषण तब तक अनवरत चलता रहता जब तक हम उनकी आवाज़ की सीमा से बाहर नहीं चले जाते।

गुड्डू और मैं डाँट के तक़रीबन आदी हो चुके थे। आपस में झगड़ने के हमारे पास सैकड़ों कारण थे और बुरादे की सिगड़ी उसमें एक स्थायी कारण था। वह एक जीता-जागता सरदर्द था। जबकि उसका आकार न तो सर की तरह था न दर्द की तरह। वह एक छोटे-से तिलिस्म की तरह थी। इस तिलिस्म में एक छोटा-सा

गोल दरवाज़ेनुमा छेद था जो आगे चलकर एक पोली मीनार में खुलता था। मीनार ऊपर से खुली हुई थी। यह मीनार एक खोखले पुंगे से बनाई जाती थी। उसके चारों ओर ठूँस-ठूँस कर लकड़ी का बुरादा भरा जाता था। पुंगा कई बार गुम हो जाता। ऊपर-नीचे के ढक्कन भी ग़ायब हो चुके थे। दो सिगड़ियाँ थीं और दोनों के ढक्कन गुम हो चुके थे। इसलिए एक बार जलाने के बाद आग को बाँधना सम्भव नहीं था। बुरादा दिनोंदिन महँगा हो रहा था। कभी जब स्टोव में तेल ख़त्म हो जाता और सई-साँझ से सिगड़ी जलानी पड़ती तो अम्मा को भी अखरता कि चाय के लिए अभी सिगड़ी जलाई तो रसोई के वक़्त तक राख हो जाएगी। यह प्रसंग टाला जाता। तेल लाने की बात होती, पर हर कोई जानता था, मिट्टी का तेल इतनी आसानी से नहीं मिलेगा, जुमेराती तक जाना होगा और लाइन में लगकर बा-मुश्किल मिलेगा। मन मारकर सिगड़ी जलानी ही पड़ती। बात गुपचुप होती, पर पिताजी के कानों में भनक पड़ जाती। उनके कान काफ़ी बड़े थे और अम्मा की नाक पकौड़े जैसी थी। ये दोनों ख़ूबियाँ हम तीनों भाइयों को पूरी-पूरी मिली थीं।

पिताजी के कानों से सब डरते थे। वे आसपास हों तो हम बहुत धीरे बोलते। वे बहुत कम बोलते थे, उन्हें चिल्लाते हुए तो शायद ही कभी किसी ने सुना हो। एक चुप्पे-से क़िस्म के आदमी थे। पेशानी उनकी काफ़ी बड़ी थी और उन्हें काफ़ी मोटे ग्लास वाला चश्मा लगता था। कभी चश्मा उतारते तो आँखें बेहद सूनी लगतीं। उन्हें जब ग़ुस्सा आता तो पहले उनकी कनपटी की नस फड़कती, फिर कपाल पर त्योरियाँ तेज़-तेज़ ऊपर-नीचे होने लगतीं। जैसे तेज़ हवा के दिनों में बड़े तालाब का पानी हिलता है। कुछ देर वे कुर्सी की पीठ से पीठ टिकाए गुमसुम बैठे रहते, फिर कोई अख़बार या मोटी-सी किताब उठाकर पढ़ने लगते। पढ़ते समय उनके होंठ नहीं हिलते इसलिए पता नहीं चलता कि पढ़ रहे हैं या नहीं। जब पिन्नाटा अपने चरम पर होता तो तेज़ी से चलते हुए बीच के कमरे में आते और रेडियो बन्द कर देते। रेडियो से उनका ताल्लुक बहुत कम था। वे जब कभी बेहद अच्छे मूड में होते तो रेडियो के पेच इधर-उधर घुमाते और कहीं से अगर शास्त्रीय संगीत आ रहा होता तो वहीं लगाकर, रेडियो के पास पड़ी आरामकुर्सी पर जम जाते। ऐसे समय हम लोग अगर वहाँ होते, तो चुपचाप अपने-अपने कमरों में चले जाते।

बीच का कमरा हमारे घर का रंगमंच था। सारे महत्त्वपूर्ण निर्णय यहीं बैठकर लिये जाते। हरतालिकां-तीज का जागरण यहीं होता। बुलौवे यहीं गाये जाते। जो भी घर में ग़ुस्सा होता, पहले इस कमरे में आता, अपना ग़ुस्सा प्रदर्शित करता और फिर अपने कमरे में चला जाता। रेडियो इसी कमरे में था और अम्मा की पैसों वाली अलमारी भी। रेडियो दिनभर गुड्डू के क़ब्जे में रहता, लेकिन रात को जैसे

ही न्यूज़ का समय होता पिताजी बाहर के कमरे से आवाज़ लगा देते—गुड्डू न्यूज़ लगा दो। बुधवार को गुड्डू बेहद तिलमिलाता। बिनाका की आख़िरी पायदानों के गीत ही उसे सुनने को नहीं मिलते। वह भुनभुनाता और बिनाका वालों को कोसता हुआ बाहर चला जाता।

गुड्डू का ख़याल था कि सारी चीज़ें ग़लत ढंग से ग़लत लोगों में तक्सीम हो गई हैं। यह फ़ितूर उसके दिमाग़ में नानी के यहाँ से लौटने के बाद आया था। नानी के घर में रेडियो तो था ही मामाजी जब विदेश से लौटे तो एक ट्रांजिस्टर भी लेते आए, जो अक्सर अलमारी में बन्द पड़ा रहता। मैं गुड्डू की बातों से डर गया था।

एक दिन वह मुझे अच्छा-ख़ासा भाषण पिला गया। रेडियो का प्रसंग उसने नहीं छेड़ा, वह अपनी क्लास के बारे में बताता रहा, कि उसकी क्लास में सेठों के कई लड़के हैं, पढ़ने में एकदम ढब्बू हैं पर एक-एक विषय की उनके पास तीन-तीन किताबें हैं। कुंजियाँ भी और गाइड्स भी। मुझे पता था गुड्डू को कई दिनों से कोर्स की कोई किताब ख़रीदना था और उसे पैसे नहीं मिल पा रहे थे। लेकिन इन सामान्य बातों से उसने सिद्धान्त निकालना शुरू कर दिया था, इसी बात ने मुझे डरा दिया। इस तरह सोचने का ढंग हमारे घर में नहीं पाया जाता। हमें मात्र आदर्शों की ओर देखना सिखाया गया था। मुझे लगा वह ऊल-जलूल सोचने लगा है, उसकी कम्पनी बिगड़ गई है, और सबसे बड़ा डर यह था कि कहीं यह भी भाषण देना न सीख जाए। लेकिन वह भाषण के बजाय कुछ तीखे-से वाक्य बोलता था। एक दिन दुपहर में वह मेरे कमरे में आया और बिना प्रसंग के उसने कहा—'नौकरी करनी चाहिए।' इससे पहले कि मैं पूछ पाता क्यों? क्यों वह इतनी कम उम्र में यह सब सोच रहा है? पर पहले ही उसने अगला वाक्य भी बोल दिया—'नौकरी से स्थिति बनती है, बाहर भी, भीतर भी।'

इसी बीच जग्गी की नौकरी लग गई। जग्गी पहले भी कभी-कभार ही बुरादे की सिगड़ी भरते थे। उनके ज़िम्मे दूसरे काम रहते थे। नौकरी लगने के बाद तो वे पूरी तरह से बुरादे की सिगड़ी से छूट गए। कमाऊ पूत हो गए थे, सो वे दूसरे पिताजी हो गए। अब वे ऑफ़िस जाते तो उनके लिए भी किसी न किसी को चाय बनाना पड़ता। क़ीमती चीज़ों की तरह उनका ख़याल रखा जाता। उनका जुकाम 'तबीयत ठीक नहीं होना' हो गया। उनका सरदर्द मालिश और बाम हो गया। सुरख़ाब के पर कैसे होते हैं? मुझे इसकी जानकारी नहीं थी। लेकिन मेरी इच्छा होती कि जब जग्गी क़मीज़ उतारें तो देखूँ, उनकी काँखों में ज़रूर सुरख़ाब के पर होंगे। मझोले लड़के जैसे जलकुकड़े और चुप्पे होते जाते हैं, वैसा मैं भी हो गया था। मझोला होने के कारण यह बात मेरे दिमाग़ में घर करती जा रही थी कि मेरी उपेक्षा हो रही है।

जग्गी एक शाम ऑफ़िस से लौटे और उन्होंने घोषणा की कि पहली पगार से गैस का चूल्हा ख़रीदा जाएगा। सारा घर ख़ुश-ख़ुश हो गया। बात ही ऐसी थी। बग़ीचा होता तो फूल खिल गए होते, पर वहाँ सिर्फ़ हमारे चेहरे थे, जिनमें पगार के दिन का इन्तज़ार उग आया। सिगड़ी भरने पर अब लड़ते तो झिड़की सुनाई पड़ती—थोड़े दिन की ही बात है—बिना लड़े नहीं रह सकते? झगड़ों का एक स्थायी विषय छिनने-छिनने को था। पर हम ख़ुश थे। मैं भी, गुड्डू भी। गुड्डू कुछ ज़्यादा ही। उसे छिपकलियों से बेहद डर लगता था। घोषणा के बाद जग्गी जानकारियाँ हासिल करने में जुट गए थे। किस कम्पनी के बर्नर का आकार-प्रकार क्या है? किसकी क़ीमत कितनी है? आसानी से कौन-सा मिल जाएगा? टंकी का हिसाब क्या है? घर में भी हर वक़्त इसी बात को लेकर सलाह-मशविरे चलते रहते। गैस के साथ लाइटर ख़रीदा जाए या नहीं? ख़रीदा जाए तो कौन-सा—सेलवाला या कंकड़ वाला? कंकड़ वाले की क़ीमत कम थी और आगे गणित बैठाते हुए एक दिन यह तय पाया गया कि कंकड़ वाला ही लाइटर ख़रीदा जाए, यही ठीक है और सस्ता भी। कंकड़ ने सेल को जुल दे दिया। संस्कारों ने ज़ोर मारा—सेल हार गया।

सेल हार गया। पिताजी उसके आड़े आ गए। अम्मा आड़े आ गईं। जग्गी भी डाँवाडोल थे। मेरा और गुड्डू का कोई वोट नहीं था। अम्मा—अम्मा थीं जैसी हमारे घरों में होती हैं। वैसी ही। व्यावहारिक और थोड़े तंग हाथ वाली। इसलिए जब सब कुछ तय हो गया तो उन्होंने अपनी टिप्पणी जड़ ही दी—गैस का चूल्हा आएगा तो ख़र्चा भी बढ़ जाएगा। जग्गी पहले ही ताड़ गए थे कि अम्मा क्या कहेंगी, सो उन्होंने तुरत-फुरत केरोसिन, बुरादे और कोयले का हिसाब लगाकर बता दिया कि ज़्यादा फ़र्क़ नहीं पड़ेगा। अम्मा ने जैसे कहा था, वैसे ही मान भी लिया। मिली-जुली कुश्ती-सा आनन्द। अम्मा को कुछ कहना था सो कह दिया। मानना था, सो मान गईं। क्षेपक में इतना और जोड़ा कि ज़रा एहतियात बरतो तो टंकी डेढ़-दो माह चल सकती है। गुड्डू और मैं दर्शक-श्रोता थे। पहले कुढ़े, फिर ख़ुश-ख़ुश हो गए। ख़ूब ख़ुश। आत्मा ने कहीं भीतर कहा—वाह-वाह।

गैस का चूल्हा आने से पहले ही हमारी ख़ुशियों में आ चुका था। हमारी दैनिक बातों में आ चुका था। हमारी इच्छाओं में आ चुका था। उसकी एक अदेह उपस्थिति हर वक़्त हमारे घर में बनी रहती। हम किसी चमत्कार के घट जाने की प्रतीक्षा में थे। यह मानसिकता हमें हमारे पौराणिक वातावरण से मिली थी। वातावरण हमारी जाति की देन था। हमें लगता, एक नीली गैस का चूल्हा आएगा और पलक झपकते सारे झंझट ख़त्म हो जाएँगे। अम्मा को दाल या सब्ज़ी उतारकर पिताजी के शेव का पानी गरम करना पड़ता तो पानी रखते-रखते वे इतना ज़रूर कह देतीं—

अब गैस आ जाए तो इन फ़ालतू कामों से फ़ुरसत हो। भाभी को जब गुड्डी और बबली का दूध बनाना होता तो उनके चेहरे पर गैस का चूल्हा झिलमिलाने लगता। मैं गद्गद था। गुड्डू मगन था। बुरादे वाली भंडरिया में छिपकलियाँ बहुत थीं। उसने तो गैस के चूल्हे पर एक गाना ही बना डाला था, जिसे वह सिगरेट के विज्ञापनों की तर्ज पर गाता रहता।

शायद बुधवार था। हथेली पर बुध का पर्वत समृद्धि का होता है। गुड्डू बरांडे से दौड़कर अन्दर आया और चिल्लाकर उसने घर-भर को बता दिया कि गैस आ गई। जग्गी ऑफ़िस से लौटते हुए गैस का चूल्हा और टंकी ठेले पर लदवा लाए थे। मुझे पक्का विश्वास है कि बुधवार ही था। दो-चार दिन पहले ही पिताजी ने बताया था, बुधवार अच्छा दिन है। अक्सर ऐसे मौक़ों पर पिताजी पंचांग देखकर बता देते थे कि दिन कैसा है। किसी को अगर यात्रा पर जाना हो तो पंचांग देखेंगे और कहेंगे—परसों का दिन ठीक नहीं है, दिशाशूल है। किस दिन कौन-सी दिशा में जाना ठीक होगा? कब कौन-सा काम करना ठीक है? यह उनके पंचांग में लिखा होता। पंचांग देखते-देखते वे गम्भीर होकर सोचने लगते, मुझे लगता वे जेब और पंचांग के बीच चलती किसी गुप्त मंत्रणा को सुनते होंगे। क्योंकि ऐसे किसी भी काम के लिए जिसका सम्बन्ध पैसे से होता था, उसके लिए शुभ दिन अक्सर महीने के पहले सप्ताह का होता था, यह बुधवार तो महीने की पहली तारीख़ का ही था। जग्गी सुबह ही कहते गए थे कि शाम को गैस ले आएँगे। हमने दुपहर भर शाम होने का इन्तज़ार किया। जग्गी जैसे ही एजेंसी के मज़दूर के साथ गैस का चूल्हा उठाये अन्दर आए, हम सब उसके इर्द-गिर्द सिमट आए। गुड्डू की ख़ुशी लबालब हो चुकी थी, टंकी और बर्शन का कनेक्शन हो इससे पहले ही उसने रेग्यूलेटर को छुआ और घुमाकर देख लिया। अम्मा ने हल्के से झिड़का—रखा तो जाने दो, भगा नहीं जा रहा है, घर में ही रहेगा, जी भरकर देख लेना। पिताजी दर्शकों में सबसे पीछे खड़े थे। झुर्रियों में हल्के-हल्के ख़ुश होते हुए। भाभी छोटा-सा छेड़ा काढ़े हुए थीं। भाभी को पिताजी का सामने होना अखरा होगा, और शायद पिताजी को अपना बुज़ुर्ग होना भी।

हमारे रसोईघर का भूगोल दो भागों में बँटा हुआ था—बीचोबीच बर्लिन की दीवार-सा एक लकड़ी का पार्टीशन था जिसमें एक दरवाज़ा था। छोटा हिस्सा, जिसमें मिट्टी का चूल्हा था और चिमनी थी, चौका था। दूसरे हिस्से में भगवान की अलमारी थी, पूजा-पाठ यहीं होता। इसकी एक पूरी दीवार पर टाँड़ लगे थे जिस पर मँजे बर्तन रखाते थे। इसी हिस्से में अब गैस का चूल्हा भी रखा गया। भगवान की अलमारी के पास ही एक टेबिल पहले से रख दी गई थी।

यह पहले ड्रेसिंग टेबिल थी, जिसका काँच अरसा पहले टूट चुका था। बेरागढ़ से जब अंग्रेज़ों की छावनी ख़त्म हुई, सामान पानी के मोल बिका था। स्प्रिंग वाले पलंग। मोटे-मोटे गद्दे। कम्पेक्टम और अलमारियाँ। पिताजी स्टोरकीपर थे, सो बहुत-सा सामान ख़रीदकर भर लिया था। ड्रेसिंग टेबिल भी उसी सामान में से एक थी। अंग्रेज़ों के जमाने की याददाश्त की तरह सामान पुराना पड़ता जा रहा था और एक-एक करके टूट रहा था। कनेक्शन करके जैसे ही एजेंसी वाला गया, हम लोग और पास खिसक आए।

जग्गी, जो अभी तक व्यस्त थे, हमारी तरफ़ मुड़े, मुस्कराए और तनकर गैस के चूल्हे के नज़दीक खड़े हो गए। बोलने की बारी अब उनकी थी। वे थोड़ा-सा रुके, फिर शुरू हुए। सभापति कोई नहीं था इसलिए बिना किसी सम्बोधन के उन्होंने अपनी बात चूल्हे के रंग से शुरू कर दी। उसका रंग काई की तरह हरा था। जग्गी ने कहा यह रंग जल्दी गंदा नहीं होगा, मिलने को तो दूधिया रंग का भी मिल रहा था, पर वह जल्दी गंदा हो जाता। हम सबने मुंडियाँ हिलाईं और सामूहिक रूप से कहा—हाँ। जग्गी की रंगरुचि की नहीं, समझदारी की पुष्टि हुई। रंग वाला हिस्सा समाप्त हुआ। फिर इसे जलाने की विधि और सावधानियों का खंड शुरू हुआ। जग्गी ने बताया—पहले टंकी का वाल्व खोलो। एक हाथ में लाइटर लो और दूसरे हाथ से रेग्यूलेटर घुमाओ और जला दो, यह बहुत आसान है। एकदम! गुड्डू ने कहा। बाक़ी ने केवल सुना। फिर जग्गी ने बताया किस तरह रेग्यूलेटर घुमाने से आँच तेज़ होती है और फिर किधर घुमाने से मन्दी। अन्त में उन्होंने हिदायत दी कि बन्द करते समय टंकी का वाल्व भी बन्द करना चाहिए। गैस खुली रहने से कैसे-कैसे भयंकर कांड हो जाते हैं इसके उदाहरण के लिए उन्होंने अपने एक दोस्त के परिवार की दिल दहलाऊ दास्तान सुनाई। इसमें गैस खुली रहने के कारण दोस्त का पूरा परिवार आग से घायल हो गया था। अम्मा ने कहा—गुड्डी और बबली पाँव-पाँव चलने लगी हैं। जग्गी ने एक बार चहुँओर देखा, लाइटर उठाया और चूल्हा प्रज्वलित कर दिया। मेरी भरपूर इच्छा हुई तालियाँ बजाऊँ, मैं बजाता तो गुड्डू भी बजाता, गुड्डी और बबली भी साथ देतीं। पर पिताजी पीछे ही खड़े थे। चूल्हा आने के उपलक्ष्य में तत्काल हलुआ और भजिए बनने का कार्यक्रम तय हुआ। भाभी लग्गा लगाने में जुट गईं। माँ पानी भरने चली गईं। पिताजी बाहर बैठक में चले गए और जग्गी निबटने चल दिये।

बाकी बचे हम चार, हम जमे रहे। हम ख़ुशी के हर हुल्लड़िये समारोह में सबसे पहले पहुँचते थे। आइसक्रीम पूरा-पूरा खाते थे और बची हुई डंडी को भी थोड़ी देर तक चूसते थे, डंडी में बची मिठास को। कथाओं में प्रसाद और चरणामृत के

अन्तिम दौर तक आसपास मँडराते रहते थे। एकदम पूरे-पूरे बम्मन थे। भुक्खड़ और पेटू। हमारे लिए नानी अक्सर एक कहावत का इस्तेमाल करती थीं—खाने को खदान, हगने को मैदान। हलुआ और भजिए बने। भोग लगा और हमने पेट भर खा लिया। जब सब ख़त्म हो गया और अम्मा ने कहा—अब टलो यहाँ से। तभी हम टले। मैं और गुड्डू पूर्ण निश्चिन्त थे कि आज से सिगड़ी नहीं भरना है। उस शाम हम बिलकुल नहीं लड़े।

यह सारा क़िस्सा उस युग का है, जब अधिकांश घरों में मिट्टी के चूल्हे होते थे। कोयले की अँगीठियाँ होती थीं और बुरादे की सिगड़ियाँ होती थीं। गैस का चूल्हा चला-चला ही था। औसत आय वाले घरों में उसका ख़रीदा जाना एक घटना होती थी जो एक राजनीतिक घटना से भी ज़्यादा अड़ोसियों-पड़ोसियों के बीच बातचीत का कारण बन जाती थी। जिसके घर गैस का चूल्हा आता वह घुड़सवार हो जाता। नीली आग की पताका लिये वह अपने परिचितों के क्षेत्र में एक छोटा-मोटा अश्वमेध कर डालता। जग्गी का अश्वमेध जारी था। उनके ऑफ़िस के दोस्त आते तो जग्गी सबको चौके तक ले जाते। चूल्हा दिखाना वे नहीं भूलते। दोस्त गैस देखते तो उनके अन्दर का पानी हिलने लगता। हम अन्दर के कमरे में बैठकर जग्गी के दोस्तों की बातें सुनते।

—मैं भी नम्बर लगा आया हूँ।

—सोचता हूँ यार जी. पी. एफ. से लोन लेकर ख़रीद ही डालूँ।

—ढाई सौ के क़रीब तो मेरे पास हैं अगली तनखा पर ख़रीद ही लूँगा।

जग्गी के लिए ये क्षण परम आनन्द के होते, उनकी टोन कलफ़दार हो जाती। अन्दाज़ कुछ इस तरह होता कि—ऊँह, हमने तो ख़रीद ही डाला। जैसे, ऐसी-वैसी चीज़ें ख़रीद डालना उनके बाएँ हाथ का खेल है।

खेल नहीं था। नीली आग का चूल्हा नील गाय नहीं था। जग्गी की पूरी पगार उसमें बिला गई थी। महीनेभर जग्गी फ़िल्मों को घटिया शौक़ कहते रहे। बनियानों में बने रोशनदानों को ठहाकों और 'घर में सब चलता है' से ढाँपते रहे। पर गैस ख़रीदने की ठसक बनी रही। अम्मा या भाभी से मिलने जो औरतें आतीं उन्हें भी गैस के बारे में जानकारी अवश्य दी जाती। बात कहीं से शुरू हो, गैस का चूल्हा उसमें जुड़ ही जाता। सबको चूल्हा दिखाया जाता, इसकी कार्यप्रणाली और इससे होने वाली सुविधाओं के बाबत बताया जाता। अम्मा सहूलियतों के बखान में इतना ज़रूर जोड़तीं कि—सहूलियतें तो हैं पर ख़र्चा बढ़ गया है। इसमें ख़र्चा बढ़ने का दुख इतना नहीं होता जितना हैसियत का बखान होता कि ये हम हैं जो महँगी के जमाने में भी इस हाथी को पाल रहे हैं, वरना हर किसी की कहाँ बिसात कि ख़रीद सके।

एक-आध सप्ताह बाद जब बुरादे वाला पूछने आया तो मैंने कह दिया—बुरादा नहीं चाहिए। ठसक मेरे कहने में बजी। सहज होते-होते भी ऐसा हो गया। गुड्डू होता तो और खनखनाकर कहता। बुरादे की सिगड़ियों का जब निर्वासन हुआ, तो वही गया था और दोनों सिगड़ियों को सामान वाले कमरे में तेज़ी से फेंक आया था। सामान वाला कमरा नीचे की मंज़िल में आँगन की जेब की तरह जुड़ा था। इसमें अटाला भरा पड़ा था। शादी-ब्याह में काम आने वाले बड़े-बड़े बर्तन थे। तपेले, कड़ाहियाँ और परातें। इतनी बड़ी कि सौ आदमी का खाना पक जाए। बड़े-बड़े बक्से थे। जिनमें उर्दू-संस्कृत की ढेर सारी पोथियाँ भरी पड़ी थीं। दीवाली की सफ़ाई में अम्मा उन्हें निकालतीं, ख़ूब चिढ़तीं और सबको फिंकवा डालने का निश्चय दोहरातीं, लेकिन पिताजी को थोड़ी-बहुत सुना लेने के बाद वापस उन्हें पेटियों में भर देतीं। घरभर में जो भी चीज़ अनुपयोगी हो जाती इस अटालखाने में चली जाती। बाबा की दीवाल घड़ी, भोंगले वाला कुत्ता छाप ग्रामोफ़ोन, दादी का कमोट, आदि अनेक चीज़ें इस कमरे में थीं। एक तरह से पुरातत्त्व संग्रहालय था वह कमरा। जिसमें अब दो बुरादे की सिगड़ियाँ और जुड़ गई थीं। घर में नई चीज़ें पुरानी चीज़ों को खदेड़ रही थीं। स्टोव अभी बाहर ही था। किसी अप्रत्याशित सन्देह की आशंका में उसे बाहर ही रखा गया था। चाय, गुड्डी-बबली का दूध, शेव का पानी आदि ऐसे ही छोटे-मोटे काम अब गैस पर होते। भाभी कभी शाम का खाना भी इसी पर बना डालतीं। जबकि सुबह का खाना अभी तक बाक़ायदा पहले की ही तरह मिट्टी के चूल्हे और कोयले की अँगीठियों पर बनता था। इतना हिसाब सबको था कि अगर खाना गैस पर बना तो टंकी पन्द्रह दिन भी नहीं चलेगी। परिवार छोटा नहीं था। छह अदद बड़े और दो बच्चे, आने-जाने वाले अलग। पहली टंकी के साथ ख़ूब एहतियात बरती गई, सभी जानने को उत्सुक थे कि टंकी कितने दिन चलती है। टंकी ख़त्म होने की प्रतीक्षा थी और उसे ज़्यादा से ज़्यादा दिन चलाने की इच्छा भी। पहली टंकी क़रीब सवा महीने चली। अम्मा ने कहा—ज़रा और ढंग से बरतो तो कम-से-कम डेढ़ माह तो चल ही सकती है।

सारा जोश धीरे-धीरे ठंडा पड़ गया। खलील ख़ाँ की हैसियत के अनेक लोगों ने फाख़्ताएँ पाल लीं और उड़ाने लगे। देखते-देखते कई घरों में गैस आ गई। गैस का चूल्हा मध्यवर्गीय परिवारों में आम बात हो गई। सुविधा की जितनी भी चीज़ें हमारे समाज में प्रवेश करती थीं उनका प्रवेश पहले तो एकदम आक्रामक होता, फिर उनकी गति धीमी पड़ने लगती, और घिसटते हुए वह मध्यवर्ग में औसत स्थिति के लोगों तक आकर रुक जाती थी। इससे आगे उसके क़दम कभी नहीं बढ़े। प्रेशर कुकर, फ्रिज, स्कूटर और गैस का चूल्हा—सारी चीज़ों की गति ने यहीं दम तोड़ा था—

बल्कि काफ़ी हद तक मध्यवर्ग की सारी सोच ने भी इसी सीमा पर दम तोड़ दिया था। इस नये चलन के साथ ही समूहगान का रिवाज ख़त्म होने लगा। भला ही हुआ, उसमें किसका कंठ कैसा है उम्र भर न मालूम पड़ता। पहले की तरह अब न तो सबकी चाय का भगौना चढ़ता न सुबह-सुबह उठाने की चिल्लाचोंट मचती। अब एकल गाने थे या ज़्यादा से ज़्यादा जुगलबन्दी। जो जब उठता उसकी चाय बन जाती। शाम की चाय के लिए जग्गी और पिताजी का रास्ता नहीं देखा जाता। एक दिन अम्मा ने कह दिया—एक चाय बनाने में लगती ही कितनी देर है। और इस एक वाक्य के साथ ही भाभी और अम्मा दोनों इस कार्य से मुक्त हो गईं। कोई देर से उठता तो अम्मा कह देतीं 'ज़रा बना ले'। यह 'ज़रा' देखते-देखते सामान्य हो गया। कभी-कभी पिताजी भी शेव का पानी ख़ुद गरम कर लेते, वैसे पिताजी कभी भी आएँ, उनके लिए किसी न किसी को चाय बनानी ही पड़ती, पर इस पर अब ज़्यादा चिकचिक नहीं होती।

महँगाई एक शानदार चीज़ थी। हमारे देश में वह और भी शानदार थी। उसमें पुराने राजपूतों के गुण थे, बढ़ेंगे तो आगे ही बढ़ेंगे। आगे बढ़कर पीठ दिखाना उसकी शान के ख़िलाफ़ था। वह एक क़दम आगे और दो क़दम पीछे का सिद्धान्त नहीं मानती। उसका सिद्धान्त था आगे बढ़ो, हमला करो, जो कमज़ोर दिखे दबोच लो। हमारी औक़ात के लोग अक्सर उसके आगे रिरियाते रहते और वह शान से हमें जुतियाती रहती। लोग उससे पिटते और ग़ुस्सा घर में निकालते। घरों में तनाव बढ़ रहे थे। हमारे घर में शुरुआत भाभी और अम्मा के बीच शुरू हुई थी क्योंकि तनख़्वाहें देकर पिताजी और जग्गी हर वक़्त इन झंझटों से बरी रहते थे। दुनिया तेल पर लड़ रही थी। देश तेल की धार देख रहे थे। और हमारा घर तेल की धार से निकली गैस से गरम हो रहा था।

शहर के एक छोर पर बिजली के सामान का बड़ा कारख़ाना लगाया जा रहा था। सारे शहर में हलचल थी। बहुत-से लोगों को रोज़गार की आशा थी। स्थानीय राजनीतिज्ञ सक्रिय हो गए थे। शहर की बातचीत का केन्द्र-बिन्दु यही कारख़ाना था। कुछ लोग कहते यह दुनिया का सबसे बड़ा कारख़ाना है। कुछ ठीक करते—नहीं एशिया का। अगले कहते—देश का। बहरहाल कारख़ाना बड़ा था। पूरी उपनगरी की तरह फैलता हुआ। आसपास के जंगल तेज़ी से कट रहे थे और वातावरण में भारी परिवर्तन हो रहा था। होलीपाड़ा में एक पुराना बरगद टूटकर गिर पड़ा था, लोग उसे अपशकुनी कहते। कुछ कहते—जगह खुली लगने लगी। उधर गोविन्दपुरा में तेज़ी से छोटे कारख़ाने और एन्सीलरीज खुल रही थीं। यह इलाक़ा बिजली के कारख़ाने से एक फ़र्लांग पहले था। चार टपरों का यह गाँव एक पूरी औद्योगिक नगरी में बदल गया था।

शहर के व्यापारी इधर दुकानों की जुगाड़ फिट कर रहे थे। भाव अन्धे की लाठी से घूमते। कभी वनस्पति ग़ायब। कभी शक्कर, कभी मूँगफली में उछाला और कभी तुअर चढ़ जाती। गैस की टंकी का भाव तो बढ़ ही चुका था, साथ ही अब वह आसानी से भी नहीं मिलती। फ़ोन करो तो दूसरे-तीसरे दिन। कभी-कभी तो और भी ज़्यादा वक़्त लग जाता। अफ़वाह थी कि गैस का भाव और बढ़ेगा। हमारी टंकी देखते-देखते पच्चीस-छब्बीस दिनों में ही टूँ बोलने लगी। लकड़ियाँ सामने हों तो हाथ कौन बाले। अम्मा की तबीयत नरम-गरम होती तो सुबह का खाना भी गैस पर ही बनता। सुविधा, घर के बाद दिमाग़ में और अब हाथ-पैरों में प्रवेश कर रही थी। अम्मा और भाभी की भुनभुनाहट आए दिन सुनाई पड़ने लगी। चूल्हा आख़िर जग्गी की पगार से आया था। भाभी की भुनभुनाहट में सिक्कों की खनक मौजूद थी। अम्मा पाले से बाहर होती जा रही थीं। इसलिए हर बात को महँगाई और 'तुम्हारे ही भले के लिए कहते हैं हमें क्या...' से जोड़ते हुए बोलतीं। जब उन्हें ज़्यादा ग़ुस्सा आता तो रुआँसी हो जातीं और जाकर बीच के कमरे में सो जातीं। बेटाइम सो जाना उनका पुराना लेकिन कारगर हथियार था। घर में इससे कुछ देर सनाका खिंचा रहता।

गैस को आए अब काफ़ी वक़्त बीत गया था। घर तना-तना रहता। इतना तना हुआ तो तब भी नहीं लगा था जब बाबा ने मिट्टी का पलस्तर खुदवाकर इसमें सीमेंट करवा डाली थी। उन दिनों सर्दियों में मेवे भी खा लेते थे और गर्मियों में आइसक्रीम भी। उन क़िस्सों की क़िस्सा-हातिमताई जैसी किताब बन सकती है। पिताजी जब मूड में होते तो बताते कि उनके जमाने में एक रुपये का सोलह सेर गेहूँ मिलता था, और चार सेर शुद्ध घी। इस बीच भदभदा में बहुत पानी बह चुका है। हम डालडा के युग में बड़े हुए थे, और गुड्डू तो पैदा ही उस साल हुआ, जिस साल शहर राजधानी बन चुका था। राजधानी और महँगाई का चोली-दामन का साथ था।

घर का बजट गड़बड़ा रहा था और हर वक़्त हड़बड़ाते हुए, सोते-जागते बड़बड़ाता रहता। एक दिन सुबह ताँगा नहीं आया। पिताजी ने कहा कि ताँगे वाले को मना कर दिया है। ताँगे में जाना उन्होंने कुछ दिन पहले ही शुरू किया था, पुरानी पेचिस उखड़ आई थी और वे काफ़ी कमज़ोर हो गए थे। ताँगे की घंटियाँ इस तरह हमारी सुबह से अचानक ग़ायब हो गईं, एक अजीब सन्नाटा हमने अन्दर ही अन्दर महसूस किया। महँगाई चने के भीतर अँकुरा रही थी और ताँगे वाला भाव बढ़ा रहा था। इसी वक़्त एक दिन गुड्डू की अच्छी-ख़ासी खिंचाई हो गई। उसे फ़िज़िक्स की किताब लेनी थी। पहले तो दो-तीन दिन अम्मा आज-कल करती रहीं,

फिर सबदूर से भरी बैठीं अम्मा अचानक फट पड़ीं। इस भाषण में उन महापुरुषों का ज़िक्र था जो लैम्प पोस्ट के नीचे पढ़ लेते थे, मौसी के बच्चों का ज़िक्र था, जिन्होंने कभी किताब नहीं ख़रीदी, फिर भी फ़र्स्ट आते रहे। साथ ही इसमें पिताजी के ताँगे वाले को मना कर देने का भी ज़िक्र था। पिताजी ने गुड्डू को बुलाकर कहा—तुम किसी दोस्त की किताब ले आओ और नोट्स बना लो। गुड्डू फिनिन-फिनिन हो गया। नानी अक्सर कहतीं—राई गुड्डू से पिसवाना चाहिए ऐसे चिड़चिड़ों के हाथ से पिसी राई अच्छी उठती है। गुड्डू राई को पीसना तो दूर, राई को पहाड़ बना रहा था।

सभी चाह रहे थे किसी तरह सारी चीज़ें ठीक हो जाएँ। अम्मा ने मानस का पाठ भी शुरू कर दिया था। पर वक़्त के आगे ईश्वर असहाय था। उसकी मर्ज़ी और चमत्कारों की प्रतीक्षा नहीं की जा सकती थी। व्यावहारिकता यहीं से अपनी आँखें तलाश करती है। इस सारे मामले में जग्गी का दिमाग़ उपजाऊ था। अम्मा और उनमें कुछ खुसुर-फुसुर हुई और जब महीने का सामान आया तो वह हमारी अर्थव्यवस्था की तरह मिश्रित था। चाय के पैकिट की जगह खुली चाय आई। गेहूँ में आधा पिस्सी और आधा शरबती। बासमती चावल की जगह काली मूँछ चावल ने मूँछ ऐंठते हुए प्रवेश किया। चाय पीते हुए अब नई चाय के फ्लेवर की चर्चा होती। पिताजी हर बात में हूँ-हूँ करते। घर के अन्दर क्या घपड़तान चल रही है, उन्हें इसका पता कभी नहीं रहता। वे चुपचाप चाय पी लेते, चुपचाप जो बनता खा लेते। यूँ उन्हें केवल अम्मा के ही हाथ की रोटियाँ पसन्द थीं। अम्मा की रोटियाँ होतीं भी एकदम गोल और पतली। एक दिन निवाला तोड़ते हुए जाने किस मूड में पिताजी ने कह दिया—रोटी कुछ मोटी लग रही है। यह पहली बार ही शायद पिताजी ने कहा था। अम्मा ने बहुत संयत होकर उस वक़्त तो कह दिया कि—'इस बार पिस्सी का आटा पिसवाया है इसमें रोटी भी मोटी बनती है और पलेथन भी ज़्यादा होता है।' पर पिताजी के इस वाक्य ने अम्मा को अन्दर तक कुरेद दिया था। वे दुपहर-भर बेहद बेचैन रहीं। पिताजी ने क्या समझा, कितना समझा, पता नहीं। पगार के दिन एक बार उन्होंने बस टेरेलीन की बुश्शर्ट बनवाने से इनकार कर दिया। पिताजी शुरू से ही सूती बुश्शर्ट पहनते आ रहे थे। उनके कफ और कालर इतने चीकट हो जाते कि मैल छुटाए नहीं छूटता। अम्मा अक्सर कलप जातीं। धोबी को धोने डालो तो दो-तीन बार में ही थूथड़े निकल आते। बुश्शर्ट इतने फट-फटा जाते कि बर्तनवालियाँ भी नहीं लेतीं। इधर कंजरनियाँ पुराने कपड़ों के बदले बर्तन बेचने का धन्धा ख़ूब करती थीं। अम्मा कभी-कभी बर्तन ख़रीद लेतीं। अम्मा तर्क करती रहीं पर पिताजी नहीं माने। बात जब ज़्यादा ही होने लगी तो उन्होंने कह दिया—डॉक्टर ने मना किया है। पिताजी के पैर में एक्ज़िमा था, और उन्होंने यह कहकर कि

एक्ज़िमे पर टेरेलीन का बुरा असर पड़ता है, बात ख़त्म कर दी। अम्मा चुप तो हो गईं, लेकिन फाँस कहीं गहरे में धँसी थी सो पैसे-धेले पर जब भी चिकचिक होती, यह बात ज़रूर उखड़ आती।

पिताजी का चेहरा थोड़ा तना-तना रहने लगा था। इससे उनका चेहरा जो पहले ही थोड़ा लम्बा था, कुछ और लम्बा लगने लगा। घर ही नहीं, एक ही घर में रहने का जो पारम्परिक अभ्यास था वह कहीं टूटने को था। पीड़ा दरारों से बाहर आ रही थी, पिताजी ऑफ़िस से लौटते, चाय पीते और मुँह-हाथ धोकर बाहर निकल जाते। उनका ज़्यादा वक़्त बाहर गुज़रता। वे कई धार्मिक समितियों के काम में लग गए थे। मन्दिर समिति से लेकर हिन्दू ओकाफ तक के अनेक काम उन्होंने ओढ़ लिये थे। रात का खाना खाकर वे सीधे अपने कमरे में चले जाते। इस बीच संस्कृत की रचनाओं के कई अनुवाद उन्होंने किये थे। वे घर में एक चुप्पे कोने की तरह थे लेकिन उस कोने की चुप्पी का तनाव सारे घर पर भारी रहता था। अम्मा और भाभी कई दिनों एक-दूसरे से अबोली रहतीं। अम्मा तो घरभर में बड़बड़ाकर गुबार निकाल लेतीं पर भाभी की भुनभुनाहट सिर्फ़ रात को जग्गी के कमरे से ही सुनाई पड़ती। कभी तेज़, कभी मन्दी।

जग्गी मस्तमौला क़िस्म के प्राणी थे, सबको पटाकर रखते। उनकी तन्दुरुस्ती भी हम सबसे बेहतर थी। पढ़ने-लिखने में वे हर वक़्त फिसड्डी रहे थे, लेकिन दूसरे कामों में उनका जी ख़ूब रमता। घर का और बाज़ार का काम करने में वे तत्पर रहते। औरतों के बीच बैठकर बातें करने में उन्हें ख़ूब मज़ा आता, उन्हें घरेलू बातें ख़ूब आती थीं। मौसी, बुआ, नानी और अम्मा सब उनसे ख़ूब ख़ुश रहतीं। सबकी नसें उन्हें पता थीं। वे सुबह उठकर नहाते और गायत्री जपने बैठ जाते। पिताजी को ख़ुश करने का यह मंत्र उन्होंने कुछ ही दिनों पहले ढूँढ़ा था। अम्मा को ख़ुश करना तो और भी आसान और फ़ायदेमन्द था। महीने का सारा सामान जग्गी ही लाते, कभी वे सारा सामान अपनी साइकिल पर ही लाद लाते। ठेले के पैसे बचा देते। इतवार की सफ़ाई में वे भी अम्मा का हाथ बँटाते, पानी की बाल्टियाँ लेकर दौड़-भाग करते और अम्मा से झाड़ू लेकर छत के जाले झाड़ देते। छुट्टी का दिन होता तो चौके में घुसकर रोटियों में घी चुपड़ने बैठ जाते। इन सबके अलावा एक रामबाण नुस्खा और था उनके पास। दुपहर में जब अम्मा सोने जातीं तो जग्गी उनके पैर दबाने बैठ जाते और कोई मातृप्रेम से लबालब डायलॉग बोलते। अम्मा कभी-कभी लाड़ में उन्हें झिड़क भी देतीं, पर अम्मा ऐसे समय गद्गद हो जाती थीं। अम्मा भोली और मजे की मोटी थीं। मुझे लगता अम्मा के लिए मोटा होना ज़रूरी है। मैं दुबली-पतली अम्मा की कल्पना भी नहीं कर सकता।

मुझमें जो मातृप्रेम की ग्रन्थि थी उसमें गुदगुदी तभी होती जब मैं किसी मोटी और अधेड़ महिला को देखता। जग्गी जितना अच्छा-अच्छा बने रहने की कोशिश कर रहे थे, उनकी स्थिति उतनी ही विकट होती जा रही थी। अम्मा उन्हें बीवी के बारे में सुनातीं और जब वे अपने कमरे में जाते भाभी मुँह फुलाए मिलती।

कई दिनों तक लगातार सोचते रहने के बाद जग्गी इस नतीजे पर पहुँचे थे कि किसी दूसरे शहर में बदली करा लेना बेहतर है। लेकिन यह काम वे चुपचाप कर डालना चाहते थे। उन्होंने इसकी भूमिका बनाना शुरू कर दिया था। वे चाहते थे कि तबादला ऐसा लगे जैसे अपने आप हो गया है, जिससे किसी को बुरा न लगे और काम भी हो जाए। अक्सर जब लोग आसपास होते तो वे चेहरे पर थोड़ी-सी परेशानी लाकर कहते—साला बॉस आजकल बेहद नाराज़ है, लगता है मुझे भगाकर ही छोड़ेगा। गुड्डू सारे घर में घूमता था, उसने एक दिन जग्गी के कमरे में तबादले की दरख़्वास्त देख ली थी। ग़नीमत यह हुई कि गुड्डू ने मुझे ही आकर बताया कि जग्गी ख़ुद बदली कराने के चक्कर में हैं। जग्गी के ख़िलाफ़ अक्सर हम दोनों एक हो जाते थे। हमको लगता था कि जग्गी महीने के सामान से भी पैसा बचाते हैं। पर मैंने गुड्डू को समझाकर रोक दिया कि यह बात अभी किसी को न बताना, वरना ख़ामख़्वाह कोहराम मचेगा। पर गुड्डू का कोई भरोसा नहीं रहता, वह अधिक ही चिड़चिड़ा हो चला था। पिताजी काफ़ी दिनों से खिंचे-खिंचे रहते थे। अम्मा की तबीयत जब-तब ख़राब हो जाती। वे हर रात यह निर्णय दोहरातीं कि 'कल ही मैं शाजापुर चली जाऊँगी।' शाजापुर में हमारा ननिहाल था। पिताजी धीरे से 'हूँ' कहते, उनका चेहरा तनता और ढीला पड़ जाता। रोज़ सबेरे अम्मा का निर्णय बदल जाता।

सेई के काँटे घर के कौन से कोने में रखे थे, किसी को नहीं पता था। जुड़े रहने और एक दबदबे के भीतर कुड़कुड़ाते हुए समझौते करते चले जाने की लम्बी परम्परा के बाद, अचानक मुखर हो जाने से तकलीफ़ तो होनी ही थी। सबको अपनी खिड़कियाँ, अपने दरवाज़े चाहिए थे। गुड्डू तक के पैर में जूता काट रहा था। मेरे और जग्गी के पैर पहले से ही थोड़े खुले हुए थे। एक दिन एक अजीब घटना हुई। पिताजी घर-भर की जन्मपत्रियों की कॉपी टेबिल पर ही भूलकर चले गए। ऐसा पहली बार हुआ था। अपनी चीज़ों, ख़ासतौर से अपने काग़ज़ात के बारे में वे काफ़ी सतर्क रहते थे। उनका कोई काग़ज़ उनकी अनुपस्थिति में बाहर नहीं रहता। लेकिन उस दिन कॉपी रह गई। शायद जग्गी की जन्मपत्री देखने के लिए पिताजी ने सुबह ही कॉपी निकाली थी। पिताजी ऑफ़िस चले गए थे, बाक़ी सब अपने-अपने खटरागों में लगे थे, तभी बबली ने कॉपी उठा ली और एक-एक करके उसके सारे पन्ने फाड़ डाले। जन्मपत्रियाँ बैठक से बरामदे में होती हुईं सड़क पर उड़ गईं।

कुछ पन्ने घर के भीतर, कुछ बाहर, जिधर जिसका सींग समाया उधर उड़ गया। हाय हमारा भविष्य सड़कों पर उड़ गया। हवा सारे घर में भर गई। चीज़ें उड़ने लगीं, लोग उड़ने लगे। दूर-दूर।

मैं भी कहाँ की लचांड ले बैठा। ख़ास बात तो रह ही गई, जो मैं आपको बता रहा था, कि सोमवार था। वह इस बार कुछ अधिक ही पिन्नाता हुआ घर में घुसा था। सुबह से ही लग रहा था कि आज कुछ गुल खिलाकर ही जाएगा। उसके चेहरे पर निश्चय तना हुआ था। उसने दबी लेकिन सख़्त आवाज़ में आँखें तरेरकर कहा—देखना बच्चू, आज तुम सबकी हुलिया बैरंग न कर दी तो मेरा नाम भी सोमवार नहीं। भाभी जब सुबह नीचे उतरीं तो अम्मा दरी को दुहरा किये हुए बीच के कमरे में बैठी हुई थीं। वे छूने से थीं। शुरुआत यहीं से हुई। भाभी के चेहरे पर हवाइयाँ उड़ने लगीं, उन्होंने जल्दी-जल्दी चाय बनाई, बच्चियों का दूध तैयार किया और नहाने चली गईं। सोमवार मजे में बैठा-बैठा घड़ी देख रहा था। सात, फिर साढ़े सात, फिर आठ बज गया। तब तक हम सब भी जाग गए। घड़ी के साथ ही भाभी की हड़बड़ाहट भी बढ़ रही थी। इसी बीच बबली भी जाग गई, उठते ही उसने अड़लाना शुरू कर दिया। उसका राग एक बार शुरू होता तो फिर रुकना मुश्किल होता। मुझे लगा यह सोमवार की ही हरकत है। उसने ज़रूर बबली को चिमटी काटी होगी। भाभी ने कुछ देर बबली को चुप कराने की कोशिश की फिर उसकी पिटाई कर दी वह और ज़ोर से रोने लगी। भाभी ने उसे अम्मा के पास बैठाया और फिर चौके में घुस गईं। भाभी ने एक अँगीठी सुलगा ली थी पर उन्हें लग गया कि अब गैस के सिवा कोई चारा नहीं है।

सोमवार कोने में खड़ा-खड़ा भाभी को ताक रहा था। उसके चेहरे पर एक काइयाँ मुस्कान थी। भाभी ने जल्दी-जल्दी दाल-चावल बीने और कुकर में भर दिये। पर जैसे ही उन्होंने गैस का चूल्हा जलाया वह नीला भभका फेंककर बुझ गया। उन्होंने दो-एक बार और कोशिश की, टंकी भी हिलाई पर सब बेकार था, गैस ख़त्म हो चुकी थी। सोमवार महोदय इसी परम क्षण की ताक में थे। उसने कुटिलता से मुंडी हिलाई 'और कर लो ऐश, इतवार को साले नाश्ता कराओ, पोहे खिलाओ, चार-चार बार चाय पिलाओ, पिलाओ, पिलाओ'। भड़ास निकालकर उसने एक क्षण में सारे घर-भर में यह ख़बर फैला दी कि गैस ख़त्म हो गई है। भाभी रुआँसी हो आई थीं और सोमवार ऊपर-नीचे दौड़ रहा था। वह जग्गी के कमरे में गया और दाढ़ी बनाते जग्गी से कह आया—गैस ख़तम। वह नीचे ग़ुसलख़ाने में गया और पिताजी से कह आया—गैस खल्लास। वह अम्मा के पास गया और बोला—लो हो गई गैस ख़तम।

अम्मा ने सुना और भड़क गईं। पिताजी स्नान करके आए तो उनका चेहरा तना हुआ था। वे ऊपर आए और पूजा में जुट गए। उनके श्लोक और अम्मा का भाषण साथ-साथ चल रहा था। अम्मा की सारी तकलीफ़ यह थी कि पिताजी को अगर बिना खाये जाना पड़ा तो दिन भर ऑफ़िस में भूखे ही ठल्लाना पड़ेगा। कोई और दिन होता तो कुछ खा-पीकर काम चला लेते पर आज तो इकासना था। जग्गी भाँप गए थे, ख़बर सुनते ही नीचे आए, चिट्ठी वाले तार से रसीद निकाली और फ़ोन करने चले गये। सोमवार को कहाँ चैन था, वह भी जग्गी के साथ-साथ नीचे दुकान तक गया और फ़ोन से कान सटाकर खड़ा हो गया। गैस नहीं थी, आई भी तो कल-परसों तक मिलेगी। जग्गी से पहले ही सोमवार आया और सारे घर को सुना दिया कि गैस कल-परसों तक मिलेगी। जग्गी सीधे अपने कमरे में गए, तैयार हुए और निकल लिये। रसोई नहीं बनी थी। पिताजी की आँखें और खिंच गई थीं। वे भी झटपट कपड़े पहनकर निकल गए। उनके चलने की आवाज़ नहीं होती। ज़ीने से चढ़ते-उतरते किसी के जूते-चप्पल की ज़्यादा आवाज़ हो यह उन्हें पसन्द नहीं था। कभी ऐसी आवाज़ उनके कानों में पड़ जाती तो बुरा सा मुँह बनाकर धीमी, लेकिन सख़्त आवाज़ में वे एक ही शब्द कहते—गँवार।

मैंने इधर-उधर ताक-झाँक की। गुड्डू कहीं नज़र नहीं आया। ऐसे मौक़ों पर वह काफ़ी चौकन्ना रहता है। उसने सूँघा और छू...। मैं अकेला था। अपने मझोलेपन के दब्बूपन के साथ। सामने नज़र पड़ी तो सोमवार मुझे ही घूर रहा था। मैं अचकचा गया। भाभी चौके में बैठी सुबक रही थीं। मैंने जैसे-तैसे चप्पल डाली और निकल भागा। सीढ़ियाँ उतरते-उतरते भी अम्मा के शब्द कानों पर हमला कर रहे थे...'दो दिन को कभी-कभार सर पर पड़ती है...पर इतना भी नहीं होता...मैं पहले ही कहती थी...ज़रा ढंग से बरतो...पर मेरी सुनता कौन है...गैस न हुई...।'

आख़िरी सीढ़ी पर पहुँचकर मैंने एक बार पीछे पलटकर देखा पीछे सोमवार खड़ा था। एक विजेता की तरह धीरे-धीरे टाँग हिलाता हुआ।

आलू की आँख

बादल छाए थे, ख़ूब सारे कबूतरों की तरह। गुनगुनी धूप उनके पंखों की छाँव से सँवला गई थी। एक मौजभरा मौसम था—चिड़ियों के लिए, और मट्टू के—'मौसम शास्त्र' में 'मौसम बदमाश' हो रहा था। उसने रात, कहीं से चालीस रुपयों का जुगाड़ जमा लिया था, कि किसी तरह मैं काम चला लूँ फिर पगार मिल जाएगी, और चक्का चल निकलेगा, इसकी टोपी उसके सर कर देना उसके बाएँ हाथ का काम था। मुझे उधार माँगते बड़ी झेंप लगती थी। इसलिए मैं तैयार नहीं था, पर सब दोस्तों ने कहा—सरकारी नौकरी मिल रही है, छोड़ो मत, सरकारी अच्छी है, प्राइवेट में रोज़-रोज़ की चकल्लस है। दो सौ पे सही लेंगे सौ पकड़ा देंगे, ऊपर इल्ले-पिल्लों का रोब सहो, हथेली पे थूक झेलना पड़ता है। सबने कहा—सरकारी में ठाठ है, ठाठ खुला पड़ा है, ठाठ में घुस जाओ। एक-सौ-तीस-ढाई-साढ़े बत्तीस, का ठाठ था। एकाएक ठाठदार हो गया। आत्मा ने मेरे सीने को ठकठकाया तो सीना उभर आया, गर्दन अकड़ गई और थेगलेदार जूते ठकठकाने लगे, ठकठक सुनकर सब हँसे, हँसकर बोले—कह-सुनकर तबादला करा लेंगे, फ़िलहाल—लपक लो। सब मुझसे ज़्यादा अनुभवी थे, जानते थे, किससे और कितना कहना-सुनना पड़ता है। लपकने से पहले रात मैंने सर्राफा जाकर, फीचर खेला। क़िस्मत बुलन्द थी। मट्टू से बहाना करके मैं चुपचाप बलन ले आया, उसे पता लग जाता तो ज़रूर दस-बीस झटक लेता। पूरे पिचत्तर दाबकर मैं चल पड़ा।

खड़खड़ाती-भड़भड़ाती हुई वह एक शानदार बस थी। सर्कस की कार-सी, भुर्र... भुर्र...करती, हिलती-डुलती, जो मंच पर आती और चलते-चलते जिसके सारे पुर्जे बिखर जाते। बच्चे हँसते और तालियाँ बजाते। यही होगा इस बस का भी हश्र। मैंने सोचा, सारे यात्री जोकरों की तरह उछल-उछल कर खाई-खंदकों में बिखर जाएँगे, धूल झटकार कर खड़े होंगे। मुँह फाड़कर कहेंगे—'जंगल सर्कस आपका स्वागत करता है।'

पर वहाँ ताली कौन बजाएगा, पेड़ या बन्दर? बस और स्टैंड के बीच धूल का एक विशाल बगूला खड़ा था, मैं उसके भीतर से गुज़रा और बस में चढ़ लिया। सीटें लम्बाई में लगी थीं, बस की चौड़ाई में नहीं। सारी सीटें भर चुकी थीं, ठसाठस। छत इतनी नीची थी कि मेरी लम्बाई उसमें नहीं अट पाई। आँखों में पिता के लम्बे होने का दुख तैर आया, दुख गरदन की पिछली हड्डी से बाहर आया था, जो गरदन झुके होने से हँसुए-सी उभर आई थी। बस चली, और चार क़दम चलकर रुक गई। ऐसा कई बार हुआ, कोई हाथ दिखाता और वह रुक जाती। लोग चढ़ते और सामान ऊपर चढ़ाया जाता। एक गाँव से हाट-बाज़ार को जाने वाले लोग चढ़े, साथ बहुत-सी डलियाँ और बोरे भी चढ़े। ऊपर सामान चढ़ाया जाता तो लगता, सामान जैसे मेरी खोपड़ी में भरा जा रहा हो। क्या मेरा सर कोई भंडार था? वैसे फ़ालतू की ढेर सारी बातों से तो बेहतर ही था यह सामान, सब्ज़ी थी, अनाज था, और गिलट के जेवर भी! सड़क, बस से ज़्यादा शानदार थी। धूल और धचकों से भरी हुई। बावजूद बस के शोर के लोग-बाग बतिया रहे थे। बस की भड़...भड़... खड़...खड़ बात के किसी भी हिस्से में एक टेक की तरह जुड़ जाती।

बस की खड़...खड़ के बीच एक आवाज़ उभरी—कुड़कुड़ कुड़कुड़, यह आवाज़ बस की नहीं थी, मुर्ग़ों की थी, जो मेरी बग़ल में खड़े आदमी के हाथ में उलटे लटके थे, टाँगें बँधी थीं। भीड़ इतनी थी कि न तो हिलने-डुलने की जगह थी, न पंख फैलाने की। कंडक्टर तिस पर भी भीड़ में दबता-निकलता, टिकट काटता, आगे से पीछे आ रहा था। मुझे लगा कंडक्टरी की नौकरी के लिए अवश्य ही भीड़ में दबते हुए निकलने का अनुभव माँगा जाता होगा। वह काफ़ी अनुभवी लग रहा था। वह जब मेरे पास आया तो मैंने थोड़ी ऊँची आवाज़ में कहा—एक देपालपुर। अनेक चेहरे अचानक मेरी ओर घूम गए। कंडक्टर का मुँह बिगड़ गया। जैसे मैंने कोई गंदी हवा छोड़ी हो। उसने तक़रीबन छीनते हुए मेरा नोट लिया, टिकट काटा, बाक़ी पैसे पीछे लिखे, और मेरी हथेली में खोंस दिया। मैं समझ नहीं पाया, वह दूसरों के टिकट काटने लगा। 'एक ग्यारह कोस' 'एक बड़ा गाम'...एक आवाज़ उभरी 'एक खोलड़ा गाँव दीजो', आवाज़ पर एक साथ कई लोग हँसे, ठठाकर। क्या-क्या नाम हैं गाँवों के भी? मैंने सोचा। बहुत से यात्री लगातार आपस में बतिया रहे थे, मैंने सोचा ज़रूर ही नियमित वाले यात्री होंगे।

देपालपुर एक क़स्बेनुमा छोटी-सी जगह थी। शहर के क़रीब होने के कारण छोटे व्यापारी काफ़ी तादाद में थे। एक औसत दर्जे की मंडी था यह गाँव। यहाँ की मिट्टी काली थी और ज़मीन में पानी ख़ूब था। आलू के लिए बढ़िया ज़मीन थी।

मौसम की नज़र भैंगी न हो तो काफ़ी बड़ा आलू होता, जो इन्दौर-उज्जैन के रास्ते दूर-दूर जाता था। आलू के अलावा यहाँ के डोरिये भी प्रसिद्ध थे, और डोरियों का धन्धा भी ख़ूब था। मोटे खुरदरे सूत की दरियों को डोरिया कहा जाता था। ये दरियाँ यहाँ की विशेषता थीं। पतले डोरिये आसपास के किसान ओढ़ने के काम में भी लेते थे, अनेक घरों में डोरिये बनाने के छोटे-छोटे कारख़ाने थे। लेकिन फिर भी लोग मानते थे कि गाँव का नाम मनहूस है, कोई गाँव का नाम नहीं लेता। किसी दुकान के बोर्ड पर देपालपुर का नाम नहीं लिखा था। व्यापारियों का ख़याल था कि सुबह-सुबह नाम ले लो तो बोहनी-बट्टा तक न हो। मक्खी मारो दिनभर। मुझे जब ये सारी जानकारियाँ प्राप्त हुईं तो कंडक्टर की सूरत कई बार याद आई।

बस स्टैंड बरगद का एक पेड़ था, जहाँ बस रुकी। लोग उतरे, साथ-साथ मैं भी उतरा। कोई पहचान नहीं थी, पहली बार यहाँ आया था। एक दुकानदार से मैंने पूछा 'स्कूल कहाँ है?' 'किससे मिलना है आपको?' उसने जवाब के बजाय सवाल कर डाला। 'मेरी नई नियुक्ति हुई है' मैंने कहा। 'तो आप ही हैं नये मास्साब!' उसने ऐसे कहा जैसे यह कोई अचम्भे की बात हो। मैं क्यों नहीं हो सकता नया मास्टर? क्या नये मास्टर के सर पर सींग होते हैं? उसने मुझे देखा और दूर खड़े एक लड़के से बोला, 'नये मास्साब हैं, स्कूल ले जा।' लड़के ने लपककर नमस्ते की और मेरा सामान लोक लिया। बैग मेरे कन्धे पर था। सामान के नाम पर एक पतला-सा गद्दा था, जो फटी हुई दरी में कसकर बँधा था। इतना छोटा कि डेढ़-दो साल के बच्चे जितना वज़न होगा उस बिस्तर का। लड़के ने उसे बग़ल में उठा लिया। दरी गन्दी थी, लड़के की क़मीज़ सफ़ेद झक्क थी। क़मीज़ गन्दी हो गई, मेरे अन्दर भी कुछ गन्दा होने लगा। उबरने को मैंने पूछा, 'कौन-सी में पढ़ते हो?' 'नवीं में' उसने बताया। सफ़र हो या ज़िन्दगी, सामान कम होना चाहिए, मैं ऐसा मानता था, यह मानना मेरी तंगहाली की उपज भी हो सकता था। जैसा बीज वैसी फ़सल। मेरी मध्यवर्गीयता ने अन्दर कहीं कोंचा, मुझे अपने ही गद्दे को देखकर झेंप लगी, वह इतना छोटा लग रहा था कि मुझे लगा लोग हँसेंगे। 'इसे कहीं रख नहीं सकते?' मैंने पूछा। लड़के ने कहा, 'दुकान में रख देता हूँ।' वह दुकान की तरफ़ बढ़ गया। मुझे राहत मिली।

वह लड़का रमेश था। उसके पिता की परचून की दुकान थी। उसकी क़मीज़ में धूल का दाग लग गया था। पर वह निश्चिन्त था। वह बायोलॉजी का छात्र था। 'मेरा ही छात्र है' मेरे मन ने कहा। जैसे छात्र न हो मेरी जागीर हो, तो सावधान! अब मैं आ गया हूँ, तुम्हारे दिमाग़ों में इस देश की शिक्षा प्रणाली के सड़े आलू की खेती करने!

मेरी सोच को लेकिन अचानक रुकना पड़ा, सामने एक लड़का खड़ा था, नमस्ते की मुद्रा में। 'मैं केशव' उसने कहा। रईस घर का लड़का है, गले में लटकी सोने की चेन और कपड़ों की लकदक ने कहा। वह काफ़ी तपाक-झपाक लड़का था। मिलते ही बोला, 'रहने की फ़िक्र न करें, मेरा घर है, स्कूल से थोड़ा दूर है, आप चाहेंगे तो पास भी मिल जाएगा, चाहें तो अभी देख लें।' मैंने कहा, 'पहले स्कूल हो लें फिर बाद को चलेंगे।' रमेश आगे निकल गया था। केशव ने एक ही झटके में बहुत सारी जानकारियाँ दे डालीं। सारे मास्टरों के नाम, उनके विषय, और फिर अपने परिवार और धन्धे के बारे में, और यह भी कि जब ट्रक इन्दौर, उज्जैन जाता है तो 'अंग्रेज़ी' भी आ जाती है। स्कूल के पास पहुँचते-पहुँचते वह बोला, 'इंग्लिश का एक क्वाटर पड़ा है, आप थक गए हों तो भिजवा दूँ।' रईसी का यही मज़ा है, पैसे से आत्मविश्वास उजड्ड हो जाता है, लिहाज़ नहीं, लिहाज़ का सवाल नहीं। कोई क्या उखाड़ लेगा वाला-सा अन्दाज़। वह तौल रहा था, मैं तराजू में चढ़ने से इनकार कर रहा था। उसे कोई जल्दी नहीं थी, उसने दो-एक बाट और चढ़ाए और चल दिया।

स्कूल-भवन नया-नया था। गाँव में शिक्षा के प्रसार के हमारे पावन उद्देश्यों का ताज़ा प्रमाण! भवन को भिगोकर एक बरसात गुज़र चुकी थी। बाहरी दीवारों पर पानी की चोटें निखरी हुई थीं, जो काई दीवारों पर उग आई थी वह अब कलियाने लगी थी। चारों ओर काफ़ी बड़ा अहाता था। पीछे के अहाते में घास उग रही थी। घास ऊँची हो रही थी, घास हिलती तो हवा सरसराने लगती। शिक्षा हिलती-डुलती नहीं थी, वह बरसों से एक ही जगह जमी हुई थी और मजे से बबुए जन रही थी। स्कूल खुले ढाई से ज़्यादा महीने बीत चुके थे! बायोलॉजी का कोई मास्टर यहाँ नहीं था। मेरे आ जाने से लड़के ख़ुश हुए, जैसे बायोलॉजी पढ़ते ही वे इस देश की नस-नाड़ी समझ जाएँगे! मैं पहुँचा, मेरे पहुँचने से पहले मेरे आने की ख़बर स्कूल में पहुँच चुकी थी, स्कूल छोटा था और मुझे देखने की उत्सुकता से भरा हुआ था। 'लो देखो, जी भरकर देखो!' मैं दाख़िल हो गया। लड़के अलग-अलग झुंडों में खड़े थे। मुझे देखते ही उनकी आँखों में एक आश्चर्य हिलोरने लगा और कानाफूसी शुरू हो गई। कुछ लड़के मुझसे भी बड़े लग रहे थे। वे डीलडौल से इतने बड़े थे कि उनकी उमर भी बड़ी लग रही थी। फिर कुछ लड़कियाँ भी दिखीं। अहा, तो लड़कियाँ भी हैं! मेरे अन्दर मेरा कुँआरापन कुरकुराया। प्रवेश द्वार की बाईं बाजूवाले कमरे पर 'प्राचार्य' की तख़्ती टँगी थी और दरवाज़े पर चिक लटक रही थी। तो यह है प्राचार्य का ऑफ़िस, चिक से झाँकता कि कौन आ-जा रहा है। तख़्ती देखते ही मट्टू की याद आई, वह होता तो पूछता,

'तोते तो कभी तख़्ती नहीं टाँगते कि तोते हैं, फिर इन ससुरे, प्राचार्यों को यह ज़रूरत क्यों पड़ती है?' हँसी आने को हुई पर बहुत-सी आँखें मुआयना कर रही थीं, मैं हँसी को दबा गया। प्राचार्य ज़रूर थुलथुल-सा मोटा आदमी होगा, हमारे यहाँ थोड़ी जमी हुई नौकरी हो और आदमी औसत दर्जे का गृहस्थ हो, तो फैलने-फूलने में वक़्त नहीं लगता। पैंट को बार-बार पेट पर खींचने और पैर फैलाकर चलने की आदत हो जाती है। मैं यही सोचता हुआ, चिक उठाकर अन्दर घुसा। मेरी धारणा ग़लत निकली, आलू की ऐसी उर्वर भूमि के बावजूद प्राचार्य मोटे नहीं थे। वे कुर्ते-धोती वाले बूढ़े से व्यक्ति थे, चेहरा भरा-भरा था, और भौंहों के बीच गोल लाल तिलक चमक रहा था। तो तिलकधारी हैं! मेरे मन ने कहा।

—नमस्कार!

—नमस्कार, नमस्कार! (वे थोड़ा-सा उठे और फिर कुर्सी में धँस गए)।

—आइए बैठिए, आप तो बहुत कम उम्र के लगते हैं, लगता है पहली ही नौकरी है?

—जी हाँ (मैंने थोड़े से दाँत चिरा दिये)।

—अच्छा है, ख़ूब अच्छा है। हम तो नौकरी में बुढ़ा गए। आप अच्छे आ गए, यहाँ तीन माह से देखिए न बायोलॉजी टीचर नहीं है, क्या बताएँ, चिट्ठियों पर चिट्ठियाँ लिखीं, ख़ुद डी. एस. ई. से तीन बार मैं इन्दौर जाकर कहकर आया, पर कौन सुनता है साब? अभी शहर का मामला होता तो पचास टीचर भेज दिये जाते। गाँव है सो किसी को फ़िकर नहीं, बच्चों की पढ़ाई का कितना हर्ज़ा हो रहा है, पर कौन देखने वाला है?...अब अगले ही महीने दीवाली-दशहरे की छुट्टियाँ हो जाएँगी...कब कोर्स पूरा होगा...आप ही कहिए?

—जी हाँ, वक़्त तो बहुत कम है। (मुझे ख़ुशी हुई कि अगले महीने ही छुट्टी हो रही है)

—पर ठीक है, दिक़्क़त तो होगी आपको, आप शहर से आए हैं, यह तो छोटा-सा गाँव है, लड़के भी ज़्यादातर गाँव के ही हैं, कुछ लड़के मगर हुशियार हैं...अयं...अरे कोई चपरासी है? (उन्होंने वहीं से एक आवाज़ बाहर फेंकी, फिर मुझसे बोले) बाक़ी के तो अब क्या कहें, किसानों के लड़के हैं, पर सनक है, पढ़ेंगे, माँ-बाप को भी सनक है पढ़ाएँगे, पढ़ो, पढ़ने से कौन रोकता है, पर हैं सब के सब एकदम ढाँढ़े, पूछिए, पढ़-लिख कर क्या करोगे, फिर शहर भागेंगे, इस देश का कबाड़ा इसी से हुआ है, जिसे देखो शहर भाग रहा है, हम कहते हैं, खेती करो, आलू में, आप ही देखिए कितनी बचत है, यहाँ तो ज़रा साझ-सँभाल कर लो तो ख़ूब बड़ा आलू होता है...विदेशों तक यहाँ का आलू...चपरासी बीच में कोई

काग़ज़ ले आया तो बातचीत रुक गई। वे नहीं चाहते थे, कि किसानों के लड़के पढ़ें, हमारे यहाँ अक्सर उच्च वर्ग के लोग यही सब दलीलें देते हैं, तकलीफ़ उन्हें किसानों के लड़कों के शहर भागने से नहीं होती, तकलीफ़ उनके पढ़ जाने से है, पढ़-लिख जाएँगे तो दबेंगे नहीं, पढ़े-लिखे शातिरों का सारा वर्चस्व समाप्त हो जाएगा, तकलीफ़ सबसे ज़्यादा इसी बात की थी। मैं काफ़ी ऊब चुका था। मुझे मकान भी देखना था और भूख भी लग रही थी। चपरासी जाने लगा तो प्राचार्य ने कहा, 'किशोरी के यहाँ से दो चाय भेज दो।' वे भूल गए थे कि क्या कह रहे थे। चपरासी के निकलते ही वे फिर मुझसे मुख़ातिब हो गए।

—आप तो ब्राह्मण हैं...नागर या सरयूपारी?

—जी नागर। (मन हुआ कहूँ चांडाल हूँ और तुम्हारा अन्तिम संस्कार करने आया हूँ)

—अच्छा है। (मन हुआ पूछूँ क्या अच्छा है, ब्राह्मण होना या नागर होना। पर बोलने में वे इतने बड़े पाज़ नहीं देते थे) अब तो शिक्षा तक में शूद्रों की नियुक्तियाँ होने लगी हैं, हमें तो कोई एतराज़ नहीं, कोई आए, सबको नौकरी चाहिए, पर संस्कार भी तो एक चीज़ होती ही है...शिक्षा का भी एक संस्कार होता है...है कि नहीं?

—जी...

—स्कूल है, फैक्ट्री या ऑफ़िस तो है नहीं, पवित्र काम है, हमने तो पूरी ज़िन्दगी खपा दी। आप हैं, आपके पास संस्कार हैं (मुझे मेरे संस्कृत वाले शास्त्रीजी याद आ गए, वे अक्सर मेरे बारे में कहते थे, यह पंडित के घर गँवार पैदा हुआ है), बच्चों को सिखाएँगे तो उनको भी एक संस्कार मिलेगा। हमारे पिताजी कहा करते थे...'लीजिए चाय लीजिए।' चाय आते-आते थोड़ी ठंडी हो गई थी। वे सुड़क-सुड़क के पीने लगे। चाय ख़त्म करके मैं भी बाहर आ गया।

बाहर निकला तो यादव मुझे स्टाफ़ रूम में पकड़कर ले गया। अध्यापकों और व्याख्याताओं से परिचय हुआ। औपचारिक-सा। सबने कहा आपके आने से बड़ी ख़ुशी हुई। पर किसी के चेहरे से ख़ुशी की एक किरण भी नहीं फूटी। वे शिक्षा देते-देते प्रौढ़ा चुके थे या बुढ़ा चुके थे। उनमें से किसी ने पूछा कि 'डी. एस. ई. तो अभी पुराने वाले ही हैं न?' मैंने कहा, 'मुझे मालूम नहीं।' उन्हें विश्वास नहीं हुआ। सबके चेहरे पर शक की एक झाँई पड़ गई। पता होगा तो भी नहीं बताऊँगा, मैंने सोचा और बाहर आ गया।

बाज़ार के पास ही, एक दरवाज़े और दो खिड़कियों वाला एक कमरा मैंने ले लिया। कमरा बरसाती जैसा था। दरवाज़े के सामने आँगन था, जिसमें पेड़ लगे थे।

मकान मालकिन एक बूढ़ी महिला थी। उसने चटपट झाड़ू लगा दी। और रमेश जाकर सामान ले आया। वह दुबला-पतला, सीधा-सा लड़का था। थोड़ा झेंपू था, और बोलता बहुत था। शक्कर-चाय चाहिए थी, वह जाकर ले आया। पैसे दिये तो उसने मना कर दिया, मैंने ज़्यादा ज़ोर दिया तो बोला दुकान से पूछकर बताऊँगा। मैं समझ गया, वह नहीं लेगा। गाँव वालों की इस भलमनसाहत का मास्टर भरपूर फ़ायदा उठाते। यादव त्रिपाठी जी की मज़ेदार नक़ल करता, त्रिपाठी घूमते-फिरते किसी गुड़बेली पर पहुँचेंगे, कहेंगे—'वाह पटेल बड़ा बढ़िया गुड़ बनाए हो, हमारे बच्चों ने तो अभी तक गन्ना भी नहीं चखा।' और दूसरे ही दिन पटेल गट्ठर-भर गन्ना उनके घर पहुँचा देता। सुबह-सुबह वे किसी भी खेत की ओर निकल जाते और झोला भर सब्ज़ी तुड़वा लाते। चलते समय दोस्तों ने भी कहा था, गाँव में मास्टर बड़ी चीज़ होता है, खाने-पीने की चीज़ों का जुगाड़ तो फोकट में ही हो जाएगा।

शाम हो गई थी। बिजली जलाई तो बग़ल के कमरे वाला किराएदार आ गया। उनका नाम मदन सोनी था। वह पोस्ट ऑफ़िस में बाबू था और केवेंडर सिगरेट पीता था। उसने एक सिगरेट पिलाई और बाहर से दो चाय बुलवा ली। वह पहला हमउम्र व्यक्ति था, जो मुझे मिला। शाम की मनहूसियत थोड़ी छँट गई। वह भी बाहर से आया था और आए इतना अरसा हो चुका था, कि वह भी आलू के आतंक से भर गया था। इधर-उधर की दो-चार बातों के बाद ही वह भी आलू के बारे में शुरू हो गया। 'आलू का क्या है, दो महीने में फसल तैयार हो जाती है, कुएँ वाली ज़मीन हो तो बस पौबारा है, स्टोरेज ही साला एक सरदर्द है, ज़रा गर्मी पड़ी कि सड़ा, ज़रा तेज़ धूप पड़ जाए तो यहाँ के लोगों के चेहरे गधों की तरह लम्बा जाते हैं। 'कितने ही मास्टरों की आलू की खेती है।' 'अच्छा!' मैंने उसे थोड़ा-सा कुरेदा। 'और क्या?' वह बताने लगा। 'हिन्दी वाले त्रिपाठी ने पिछले बरस ही ख़ूब बढ़िया ज़मीन ख़रीदी है। पटेलों के लड़कों से रुपया ऐंठो और आलू उगाओ, गुरु, मास्टरी का धन्धा है चोखा।' वह हँसने लगा। उसका हँसना कनस्तर-सा बजा। वह चुप हुआ तो मैंने कहा—'बड़ा सन्नाटा है यहाँ।' 'अरे काहे का सन्नाटा, अभी सटोरिये आते होंगे, आधी रात तक धमचक रहती है। बाहर ओटले पर।' वह फिर हँसने लगा।

सोनी से मिलकर मज़ा आया। लेकिन 'मास्टरी का धन्धा' शब्द मुझे काफ़ी देर तक चुभता रहा। मैं बाहर निकला, सिगरेटें ख़रीदीं, और ढाबा तलाशता हुआ काफ़ी दूर तक निकल गया। रात घिरने लगी थी, मट्टू साला रम्मूछ बिठा रहा होगा, मैंने सोचा। एक रम्मूछ मैंने भी बनाई, देपालपुर का दुआ, आलू का अट्ठा। दुए से आठ, अब किसके साथ हँसूँ? सड़क पर पेड़ इतने थे, कि अकेले हँसने में झेंप लग रही थी।

नवीं क्लास, पहला दिन, और पहला घंटा। रात भर की बोरियत के बाद ताज़ी-टटकी सुबह थी। मैंने कहा सुबह तुम ताज़ी ककड़ियों की तरह हो, थोड़ा-सा नमक मिल जाए तो मज़ा आ जाए।

पर तभी अनुभवहीन और कम उम्र, आदर्शवाद जी ने कहीं भीतर ठुमककर कहा—तुम्हें एक आदर्श अध्यापक होना है, तुम्हें ही फैलाना है इन गाँवों में शिक्षा का प्रकाश। अहा, शिक्षा का उजाला! महान नागरिक पैदा होने को मेरी बाट जोह रहे थे। आलू की इसी धरती से पैदा होगा कल का महापुरुष, उन तमाम समाजशास्त्रियों को धता दिखाता, जो ससुरे कहते हैं—आलू खाने वाले क्रान्ति नहीं कर सकते। मैं लबालब हो रहा था।

क्लास में सिर्फ़ बारह लड़के थे। पीछे की बेंच पर दो आदमीनुमा लड़के बैठे थे। मैंने पूछा—'आप भी नवीं में हैं?' 'नहीं सर, हम तो पढ़ाई छोड़ चुके, हम तो बस आपको देखने आए थे,' दोनों ने कहा। 'मेरी नाक थोड़ी मोटी है, ज़रा ग़ौर से देखिएगा,' मैंने कहा, तो सब लड़के हँसने लगे। 'अच्छा सर चलें' कहकर वे जाने लगे तो मैंने पूछ डाला, 'आप करते क्या हैं?' 'दूध का काम है' कहकर वे निकल गए। पाँच घंटे लेने थे। दो लग्गत में, तीसरा ख़ाली। ख़ाली घंटे में यादव प्रकट हुआ, बोला, 'तुम्हारे पाँच पीरियड लगा दिये, बाक़ी के पास सिर्फ़ चार हैं।' उसका क्लास था, सूचना-भर देकर वह बढ़ लिया।

बीच की छुट्टी होते ही मैंने सिगरेट जलाई और बाहर निकल आया। साथ-साथ यादव, पुराणिक, वर्माजी, और जैन साहब भी आ गए। सब चाय पीने जा रहे थे, मुझे भी वे साथ ले गए। उनकी बातें चल रही थीं, मेरे लिए सारी बातें उलझी रस्सियाँ थीं, मुझे किसकी खटिया बुननी थी, जो मैं सुलझाता? मेरे सिर्फ़ इतना पल्ले पड़ा कि मास्टरों के दो गुट हैं, प्राचार्य कुछ लोगों का तबादला करना चाहता है, पर डी.एस.ई. उन्हें पास नहीं फटकने दे रहा है। चाय की दुकान से उठे, तो उन्हें मेरा ख़याल आया, बोले—'आप प्राचार्य से कहिए, आप ही को पाँच पीरियड क्यों दिये हैं?' वे मुझे गोट बनाना चाहते थे, जबकि मुझे अभी शतरंज के बारे में कुछ भी पता नहीं था।

वापस लौटा तो त्रिपाठी जी ने आँखें तरेरकर देखा और शर्मा के कान में कुछ कहा। शर्मा का रंग पक्का था, पक्का आबनूसी। वह बत्तीसी फैलाकर बोला—'हम तो चाय के लिए आपका इन्तज़ार कर रहे थे, आप तो अकेले-अकेले पी आए।' मैंने कहा, और पी लेते हैं, पर वे बात उड़ा गए। उनकी बातों से पता पड़ा, गुट दो नहीं तीन थे। प्राचार्य का गुट अलग था। संस्कृत वाले पंडित जी, बड़े बाबू, और गणित वाले ठाकुर साहब समेत चारों का, चौगुटा था। तिलिस्म में तिलिस्म था।

मैं नया था तो सब मुझे अपने साथ खींचने में लगे थे। त्रिपाठी जी ने रहस्य समझाते हुए कहा, 'इन लोगों के चक्कर में मत पड़ जाइएगा, ये सब गोलमाल में फँसे हैं, आपको भी फँसा देंगे।' मैं सोच रहा था अब प्राचार्य का नम्बर है, पर घंटा बज गया तो मुझे लगा कि बच गया।

सब्र किसी को नहीं था, उन्हें किसी मीठे फल की चाह नहीं थी। उन्हें आलू से मतलब था और वह उन्हें इफ़रात में हासिल था। प्राचार्य ने मुझे बुला भेजा। पढ़ाई की किसी को चिन्ता नहीं थी, सब मेरे लिए चिन्तित थे, काश मैं, मैं न होकर देश होता तो इस देश का ज़रूर उद्धार हो जाता। प्राचार्य ने चिन्ता ज़ाहिर की 'आप नये आए हैं, आप जब से आए हैं मुझे आप ही की चिन्ता है, इन लोगों ने सारा माहौल गंदा कर रखा है, एक यादव है, लड़कों को सर चढ़ा रखा है, और त्रिपाठी महाकौशल के हैं तो समझते हैं डी. एस. ई. जैसे उनकी जेब में हैं, महाकौशल वाले वैसे भी होते ही उजड्ड हैं, मैं तो चाहता नहीं, वरना किसके काले-पीले मुझसे छुपे हैं, पर सोचता हूँ बाल-बच्चेदार हैं और सच पूछिए तो, मेरी आदत नहीं किसी का बुरा करने की।' चपरासी बीच में झाँक गया, प्राचार्य ने बुरा-सा मुँह बनाया और कुछ बुड़बुड़ाये भी, जो मुझे समझ नहीं आया। घंटी बजने तक उन्होंने मुझे नहीं छोड़ा। सारा दिन इसी चकल्लस में निकल गया। मैंने आदर्शवाद जी से कहा—आलू पढ़ाओगे यहाँ?

गुट पर गुट थे, गुटों की गोटें थीं, गोटों की चालें थीं, पूरा स्कूल एक शतरंज था। जिन्दा मोहरों का शतरंज। काश! मैं अकबर होता, इतिहास में लिखा जाता कि मैंने जिन्दा मोहरों का शतरंज खेला। छात्र, मास्टरों के मोहरे थे, वे गुटों के हिसाब से बँटे हुए थे। उनकी एक ही शिकायत थी, एक विषय में उनके नम्बर अच्छे आते तो दूसरे विषय का मास्टर उनका डिवीज़न बिगाड़ देता। स्कूल ही नहीं बाज़ार की दुकानें भी बँटी हुई थीं। प्राचार्य जिस दुकान पर बैठते, उस पर त्रिपाठी जी नहीं चढ़ते, जिस पर त्रिपाठी की बैठक थी वहाँ यादव नहीं जाता। फ़ज़ीहत लड़कों की होती। केशव के घर-दुकान पर सबका आना-जाना था, जाने का वक़्त सबका अलग-अलग था, पर जाते सब थे। उसके चाचा इलाक़े के कांग्रेसी नेता थे, और पिता गाँव के सबसे बड़े व्यापारी थे। एक दिन उसने मुझसे पूछा, 'सर आप किस गुट में हैं?' मैंने कहा, 'चौथे में।' वह समझ गया मैं टाल रहा हूँ, सो वह भी टाल गया, टालमटोल में बात टल गई।

ढाबा एक ही था, और बाहर की सड़क पर था। खाना मैं वहीं खाता था। एक सब्ज़ी बनती थी, क्योंकि ढाबा उन किसानों से चलता था जो बाज़ार करने आते थे,

इसलिए सब्ज़ी में मिर्च तेज़ होती। मैं मन मारकर कभी प्याज़ और नमक से रोटी खाता, कभी एक आलू उबलवा लेता। सप्ताह में दो दिन हाट लगता, उस दिन तेल की पूरियाँ बनतीं और सब्ज़ी में मिर्च और तेज़ हो जाती। ढाबे वाले लाला को बतरस का रोग था। ढाबे में मेरी जानकारी में काफ़ी इज़ाफ़ा हो गया था। लाला प्राचार्य से कुढ़ा हुआ था। वे हर साल स्कूल के अहाते में उगी घास बेचते थे। स्कूल के खाते का इससे कुछ लेना-देना नहीं था। इस बार की घास चाय वाले किशोरी ने पचास बढ़ाकर छह सौ में ख़रीद ली थी। लाला इसी से ठना बैठा था। वह बहुत-सी बातें बताता, कि 'बड़े बाबू की बीवी और प्राचार्य में आँख-मटक्का है।' 'संस्कृत वाले पंडित जी नौकर को भेजकर फीचर खेलते हैं, और लड़कों के ज़रिये डोरिये ख़रीदकर इन्दौर जाकर बेच आते हैं, कि शनिवार-इतवार वे कभी गाँव में नहीं रहते।' ऐसी ही बहुत सारी जानकारी उसने मुझे दी थी। स्कूल सारे गाँव का रंगमंच बना हुआ था। ज़मींदारी का पेंदा खिसक चुका था। छोटे धन्धे वाले और नौकरी-पेशा लोग काश्तकारी में घुस आए थे, एक नया वर्ग पनप रहा था।

घूमते-घूमते एक दिन मैं खेतों की ओर निकल गया। मौसम मज़ेदार था, बुवाई चल रही थी। मिट्टी भुरभुरा ली गई थी। सारे खेतों के कपाल त्योरियों से भरे थे। पुराने आलुओं से निकाली गई सैकड़ों आँखों का ढेर लगा था, इतनी आँखें कि इन्द्र के बाप को भी जितनी नसीब न हुई होंगी। आलू मज़ेदार चीज़ था, आँखों से पैदा होने वाली चीज़! अपनी ही आँख का तारा! उस रात मैंने एक सपना देखा, पृथ्वी के बराबर एक विराट आलू रस्सों से बाँधकर चारों ओर से खींचा जा रहा था। एक रस्सा प्राचार्य का गुट पकड़े था, दूसरा त्रिपाठी का गुट और तीसरा यादव का गुट। खींचतान हो रही थी। आलू की सैकड़ों आँखों से छात्र झाँक रहे थे, और गर्दनें निकाल-निकालकर चिल्ला रहे थे 'खींचिए सर...खींचिए...ज़ोर से...हाँ और ज़ोर से...' तभी मुझे लगा मेरा दम घुट रहा है, आलू मेरी ही छाती पर घूम रहा था, गोल-गोल। मैंने चीख़ना चाहा, पर घिग्घी बँध गई, आवाज़ ही नहीं निकली।

कोहरा छाया हुआ था। नींद देर से खुली, इसलिए स्कूल भी देर से पहुँचा। स्कूल में हड़कम्प मचा हुआ था। माताराम चपरासी और प्राचार्य के बीच झगड़ा हुआ था। सारी दूर उसी की चर्चा थी। घटना क्या हुई, कोई नहीं बता रहा था। सिर्फ़—माताराम के जुमले दोहराए जा रहे थे। 'तुम्हारे बाप के नौकर नहीं हैं। सरकारी मुलाजिम हैं।' या 'तुम्हारा सारा काला-पीला ढाँकें और हमीं को आँखें तरेरते हो'

प्राचार्य विरोधियों के लिए माताराम अचानक ही हीरो हो गया था। यादव बेहद ख़ुश था, कि प्राचार्य का अपमान हुआ। वह खेल के सामान की ख़रीद के गोलमाल में फँसा हुआ था। सामान नहीं आया था, सिर्फ़ रसीदें आई थीं और मौक़ा पाते ही प्राचार्य ने यादव को पटखनी दे मारी थी। वह तभी से ताक में था कि मौक़ा मिले और वह अपना हिसाब पूरा करे। एक मौक़ा हाथ आते-आते फिसल गया था। प्राचार्य के यहाँ कथा थी, उसने एकाउंटेंट से मिलकर फीस के रुपयों में से कुछ माल निकालना चाहा था, तय था कि अगले महीने पूरा कर देंगे। पर इसी बीच दोनों में चिकचिक हो गई, सबको ख़बर लग गई, पर रुपये तब तक निकले नहीं थे। इसी से यादव उस बार गच्चा खा गया।

स्कूल कहने को तो नया था पर प्रयोगशालाओं की हालत काफ़ी खस्ता थी। गिनती की चार डिसेक्शन ट्रे थीं, जिनके भी मोम उखड़ चुके थे। न क्लोरोफार्म था, न मेढक थे। किसी लड़के ने आज तक मेढक नहीं काटा था। मेढक ज़रूर प्राचार्य से ख़ुश होंगे।

ग्यारहवीं क्लास में एक इकलौती लड़की थी, नाम तो पद्मावती था, पर मेढक चीरने के नाम पर ही उसे उबकाइयाँ आने लगतीं। ये लोग क्या ख़ाक बायोलॉजी पढ़ेंगे? मैं मन-ही-मन कहता, 'आलू काटो आलू, मेढक काटना तुम्हारे बस की बात नहीं!' कई बार मैं प्राचार्य से कह चुका था, कि सामान मँगाना पड़ेगा। वे हर बार 'हाँ-हाँ' करते और भूल जाते। यादव ने कहा, 'तुम उसे बता दो उसे कितना हिस्सा मिलेगा, वह आज ही मँगा देगा' मैं भरा बैठा था, मैंने कहा, 'जो मेढक आएँगे उनमें से दस-पाँच का अचार डलवाकर मैं प्राचार्य को भेज दूँगा।' 'प्राचार्यन उसे घर से निकाल देगी' कहकर वह ज़ोर-ज़ोर से हँसने लगा।

सुबह से ही सर भन्ना रहा था। पैसे एकदम ख़त्म हो गए थे। सारा ग़ुस्सा लड़कों पर फूट पड़ा। क्लास में घुसते ही मैंने ताबड़तोड़ कई सारे प्रश्न लड़कों से पूछ डाले। किसी से उत्तर देते नहीं बना। मैं बिफर गया। लड़के सहम गए, वे मेरा ग़ुस्सा पहली बार देख रहे थे, मैं चीख़ा 'तुम लोग ज़िन्दगी-भर पास नहीं हो सकते, अगर कल से पढ़कर नहीं आओगे तो किसी को क्लास में नहीं घुसने दूँगा' लड़के चुप्पी साधे बैठे रहे। झुँझलाता हुआ मैं घंटा बजने से पहले ही बाहर आ गया। आदर्शवाद जी ने ऊँट-सी गर्दन उठाकर कहा, 'कहिए मास्साब, खिसक गई हवा?' क्लास से बाहर आया ही था कि यादव ने पीछे से कन्धा थपथपाया 'अच्छा ताना तुमने, तानते रहो ऐसे ही दो-चार दिन, फिर देखो ट्यूशंस का ढेर लग जाएगा।'

बेहद तेज़ ग़ुस्सा आया, 'सबको साले अपने जैसा ही समझते हैं, मुझे नहीं चाहिए ट्यूशंस।' मैं चीख़ना चाहता था, पर कह कुछ नहीं पाया, वही बोलता रहा, 'यहाँ के दुकानदार और पटेल एकदम झक्की हैं, सनक है सालों को कि लड़का किसी तरह दसवीं हो जाए, अपने बाप का क्या जाता है, सबके पास दो नम्बर की रकम है, इम्तहान के बाद देखना कैसी लाइन लगी रहती है, पैसा लो नम्बर बढ़ाओ, मास्टरों का चेत तो तभी कटता है।' मैं मन-ही-मन कुढ़ रहा था। मैंने फिर भी कहा, 'ऐसे पास होने से लेकिन क्या फ़ायदा?' वह चिढ़ गया, 'फ़ायदे को मारो गोली, हमने कोई ठेका लिया है, किसे फ़िक्र है इस बात की? पैसा चाहिए सबको पार्टनर, मास्टरों को मिलता ही क्या है?' उससे तर्क करना मेरे बस का रोग नहीं था। जैसे-तैसे मैंने अपना पिंड छुड़ाया और चल दिया।

दो-चार दिन दिमाग़ पर मन्दी का दौरा रहा।

उज्जैन हो आने की इच्छा कुलाँचें मार रही थी। एक दोस्त की चिट्ठी आई थी, कि उपकुलपति के ख़िलाफ़ आन्दोलन होने वाला है। आग सुलग चुकी है, कभी भी विस्फोट हो सकता है। सब कमर कसे बैठे हैं। मुझे लगा, वहाँ जंग छिड़ने को है और यहाँ मैं टुच्ची झड़पों में फँसा हूँ। आदर्शवाद जी मौक़ा मिलते ही दिमाग़ में दंड पेलने लगते। बर्दाश्त से जब बाहर हो गया तो एक दिन मैंने उनकी गरदन मरोड़कर उनके घुटनों में डाल दी। क़िस्सा ख़तम-माल हजम। शाम शानदार थी, मैंने केशव को पकड़ा और उससे एक पौवा ले आया। दूसरे दिन यादव ने मिलते ही एक तिरछी मुस्कान मारी, मैं थोड़ा खिसिया गया। यानी ख़बर लग गई लोगों को।

स्कूल के साथ ही एक मिडिल स्कूल और था। प्राचार्य उसकी हेडमास्टरी भी सँभाले हुए थे। उन्हें पैसा मिले तो वे पूरे राष्ट्र की शिक्षा का भार अपने कन्धों पर उठा लें। अभी मुझे आए आठ-दस दिन ही हुए थे। प्राचार्य ने एक दिन प्रस्ताव रखा कि 'आप अगर मिडिल स्कूल का काम सँभाल लें तो इधर हम दो पीरियड फ्री कर देंगे। करना-धरना कुछ नहीं है।' उन्होंने समझाया, 'सिर्फ़ सुबह आकर राउंड लगा लें, और मास्टरों की ड्यूटी लगा दें, बस्स।' मैं शायद तैयार हो जाता पर, यादव ने बताया कि प्राचार्य को इस काम का अलग से साठ रुपये एलाउंस मिलता है। और वह तक़रीबन हर मास्टर से इस बारे में बात कर चुका है। प्राचार्य दो-तीन दिन मेरे जवाब का इन्तज़ार करते रहे और मैं उनसे कटता रहा। लेकिन एक दिन उन्होंने बुला भेजा, छूटते ही पूछा।

—तो कल से आप देख लीजिए मिडिल स्कूल का काम!

—मुझसे नहीं होगा, मैं सुबह देर से उठता हूँ (बाद का वाक्य मैं नहीं बोलना चाहता था पर निकल गया)।

—क्या तकलीफ़ है आपको? आप अभी जवान आदमी हैं, सुबह-सुबह आपका घूमना-फिरना भी हो जाएगा। (वे हँसने लगे)

—अगर एलाउंस मिले तो मैं आ सकता हूँ। (मैं एक ही साँस में बोल गया और अन्दर ही अन्दर एक ख़ुशी और खीज से भर गया) उन्होंने लम्बी सी 'हूँ' की और चुप। चुप्पी तन गई।

मैं समझ गया कि ठन गई।

छुट्टी की घंटी बजती इससे पहले ही ठनठनाता आदेश आया। 'बाग़बानी का एक पीरियड और बढ़ गया।' सबके भेजों में अगर बगीचे न लगवा दिये तो मेरा भी नाम नहीं। प्राचार्य खिसक लिया था। ज़बान पर चंडी सवार थी। कोई हत्थे नहीं लगा, तो कमरे पर पहुँचते ही मट्टू को ख़त लिखा, प्राचार्य के सम्मान में जी भरकर गालियाँ लिखीं और लिख दिया कि अब इस नौकरी का भरोसा नहीं। मैंने सोचा, मास्टरी पर एक नीति कथा लिखूँगा, अन्त में लिखूँगा एक नीति वाक्य कि इस कथा से सीख लो, अगर मास्टरी करना है, तो धूर्त और काइयाँ बनो, वरना शिक्षा के क्षेत्र में घुसे बैठे आलू के व्यापारी तुम्हें आलू की टिकिया बनाकर, चाट की तरह खा जाएँगे।

दूसरा दिन। सुबह की हवा ने मेरी अकल के सारे रोशनदान खोल दिये थे। मैं प्राचार्य की तख़्ती को घूरते हुए, अन्दर घुसा (सावधान! अधम प्राणी, तेरा अन्तकाल आ पहुँचा।)।

—मुझे फावड़े-गैंती चाहिए।

—क्यों-क्यों, फावड़े-गैंती का क्या कीजिएगा? (वे अचकचा गए)

—बाग़बानी कराऊँगा, मैदान में बहुत जगह है, सारी घास खुदवा देंगे (और खोद डालूँगा तुम्हारी आमदनी का ज़रिया)।

—क्यों चक्कर में पड़ते हैं आप? थोड़ा-बहुत किताब से पढ़ा दीजिएगा, बाग़-वाग की कौन देख-रेख करेगा, छुट्टियाँ होने वाली हैं। खाद-पानी, सौ चकल्लसें हैं (प्राचार्य की हवाइयाँ उड़ने लगीं, मेरे अन्दर का मास्टर चिल्लाया, यही मौक़ा है, अड़ जाओ, मैं अड़ गया)।

—सब हो जाएगा, आप फ़िक्र न करें, स्टूडेंट कर लेंगे।

—अरे मास्साब फावड़े-गैंती कहाँ रखे हैं स्कूल में...(वे पिंड छुड़ाना चाहते थे, उन्हें यह आशंका नहीं थी कि बात उलटी गले पड़ जाएगी) आप तो किताब से पढ़ा दीजिए।

—नहीं, क्राफ्ट का मतलब ही फिर क्या हुआ? गाँव से मैं फावड़े-गैंती मँगवा लूँगा...

कहकर निकल आया। मुझे सोच-सोचकर मज़ा आ रहा था। मैंने यादव को पकड़ा और किशोरी की दुकान पर चला गया। चाय पी, और चलते-चलते मैंने किशोरी को सुनाते हुए, यादव से कहा, 'सोमवार से बाग़बानी शुरू करवाना है, सारी घास खुदवानी पड़ेगी, कहीं से फावड़े-गैंती का इन्तज़ाम करना है।' किशोरी ने सुना तो उसके कान खड़े हो गए, उसके हाथों की बेचैनी साफ़-साफ़ नज़र आ रही थी। दो दिन की छुट्टी थी, मन एकदम हल्का-हल्का हो गया। मैंने सोचा लगे हाथ उज्जैन हो आऊँ, देख आऊँ, लोहा कितना गरम हुआ।

रात को उज्जैन पहुँच पाया, सारे शहर में कर्फ़्यू लगा हुआ था। एकदम सन्नाटा था, सिर्फ़ ठलुए जगह-जगह घूम रहे थे। तो अंडा फूट गया! 'हाँ'। गदर विश्वविद्यालय परिसर से शुरू हुआ था और शहीद पार्क पर भी छात्रों और पुलिस के बीच जमकर पत्थरबाज़ी हुई थी। पुलिस वाले हवा में अभी भी लट्ठ भाँजते घूम रहे थे। कई छात्र घायल हुए थे और कई जेल में थे। रास्ते में कई जगह पुलिस वालों ने मुझे रोका, बस का टिकिट दिखा-दिखा कर किसी तरह फ्रीगंज पहुँचा, सोचा था दो दिन ऐश करूँगा, पिक्चर और मटरगश्ती होगी। पर कुछ न हुआ। बस तनाव तना रहा। वापस लौट रहा था तो इन्दौर बन्द था, आन्दोलन फैल रहा था।

घास मैं नहीं खुदवा पाया। मेरे पहुँचने से पहले प्राचार्य मेरी जड़ें खोद चुका था। इन्दौर जाकर वे मेरे तबादले का आदेश ले आए थे। उज्जैन से लौटते ही, मैं उलटा दिया गया। ऐन बीच महीने में मेरा तबादला हो गया। मेरे पास यूँ ही पैसे नहीं थे, कुछ लोगों का उधार भी चढ़ गया था, पर कोई चारा नहीं था। प्राचार्य विरोधी भी कन्नी काट रहे थे, मैं समझ गया, सबके पेंदे हिल गए हैं, मैं सबसे कमज़ोर कड़ी था, मुझे उलटा कर प्राचार्य ने फ़िलहाल अपने विरोधियों की हवा खिसका दी थी। लड़के मिलने आए, मैंने लड़कों से कहा, 'रात कमरे पर आना, मैं कल जाऊँगा।'

मैं शाम से ही बेचैनी से लड़कों का इन्तज़ार कर रहा था, रात को अधिकांश लड़के आ गए, तो मुझे तसल्ली हुई। मैंने ख़ूब बढ़ा-चढ़ाकर उन्हें उज्जैन के छात्र आन्दोलन के क़िस्से सुनाए। और लताड़ा कि तुम लोग आग के बग़ल में बैठकर चुप हो। उन्हें चढ़ाया, वे चढ़ गए। केशव तैयार हो गया तो सारे लड़के तैयार हो गए। उन्होंने कहा आप जैसा-जैसा बताएँगे हम वैसा-वैसा कर लेंगे। सारा कार्यक्रम तय हुआ। पर मेरे मन में अब भी बेचैनी थी, पता नहीं लड़के कल तक अपनी बात पर कायम रहेंगे या नहीं, पर अन्दर का मास्टर उछल-उछल कर चिल्ला रहा था—

'सावधान आलुओ! मैं तुम्हारी जड़ों में आग फूँककर जा रहा हूँ, अब पूरी दुनिया थुलथुलाती बादी से मुक्त होकर रहेगी।'

सुबह। हवा में हल्की खुनकी थी, पर बढ़िया चमकीली धूप निकली थी। अपना सामान उठाकर, मैं पेड़ तक आ गया। सामान उतना ही था, जितना मैं लेकर आया था। बस खड़ी थी, वही मज़ेदार जिसने पहली बार मुझे यहाँ पहुँचाया था। सीट इस बार आराम से मिल गई। कंडक्टर पास आया तो मैंने थोड़ी ऊँची आवाज़ में कहा, 'एक देपालपुर'। कहकर मैंने कंडक्टर को देखा, पर उम्मीद के ख़िलाफ़, वह अचानक हँस पड़ा। बस चल पड़ी। बाज़ार बन्द था। स्कूल के बाहर लड़के शोर कर रहे थे, नारे गूँज रहे थे। 'विदा आलुओ, विदा आलू के पट्ठो!' मैंने खिड़की से झाँककर कहा।

एक ही दुख था डोरिया* नहीं ख़रीद पाया।

---

* डोरिया : मोटे सूत की दरी होती है।

सींग

ताज़ी मूलियों की तरह सफ़ेद झक्क और नोकदार सुबह थी। सुबह-सुबह इतनी सुबह हो गई थी कि दिन बाँस भर चढ़ा लग रहा था। छतों से उतरती धूप नीचे तक आ गई थी और गली से गुज़रते लोगों के सर पर टोपियों की तरह चिपक गई थी। काली मिट्टी की अन्दर ही अन्दर चलती योग साधना ने गली में लगी पत्थर की सिल्लियों को ऊबड़-खाबड़ कर दिया था और जगह-जगह से तोड़ डाला था। गली काफ़ी आँकी-बाँकी थी, और घर के एक हाथ बाद ही झोल खाकर आगे बढ़ जाती थी, इसलिए जब दूध वाले गुज़रते तो दूध के बड़े-बड़े डबरे आपस में टकराकर खड़खड़ाने लगते, मोड़ के कारण दूध वाले घंटियाँ भी टुनटुनाते। हाल ही में कोई दूध वाला गुज़रा था, आवाज़ कान में पड़ते ही सोनू ने दूध की रट लगाना शुरू कर दिया। कुछ देर से वह रबर के एक पुराने गुड्डे से खेल रहा था जिसके रंग जगह-जगह से उखड़ गए थे और उसकी सीटी निकल चुकी थी। उसे दबाने से हवा की सिर्फ़ फुस्स-सी आवाज़ होती।

भगवती सुबह की डाक बाँटने चले गए थे। सोनू सबसे छोटा था यानी तीसरा और आख़िरी। बड़ा शिब्बू तीसरी में पढ़ता था, उसके पीठ की लड़की थी—मुन्नी। दोनों स्कूल चले गए थे, भौजी सुबह के काम-काज में लगी थीं, उन्होंने दो-एक बार सोनू को चुप कराने की कोशिश की, फिर अपने काम में लग गईं। तभी बिल्ली आ गई। वह चितकबरी, छोटी-सी बिल्ली थी। जो घर में हिल गई थी। सुकड़कर, दुबककर जब वह बैठी होती तो ऊन की लच्छी की तरह लगती। उसकी अक्सर ख़ूब टाँगाटोली होती, वह जिसके हाथ लग जाती वही उसे उठा लेता। कभी उछाला जाता, कभी अगले पैर पकड़कर खड़ा करके चलाया जाता। वह पकड़ से निकलते ही भाग खड़ी होती। बिल्ली को देखते ही सोनू उसके पीछे लपक लिया। कुछ देर तो बिल्ली इधर-उधर दौड़कर कमरे में ही सोनू को छकाती रही, फिर गच्चा देकर दरवाज़े से निकल भागी।

सोनू भी उसके पीछे-पीछे बाहर भाग गया। गली थी सो सवारियों का डर नहीं था। बच्चे बेधड़क खेलते रहते। झाड़-बुहार से निपट, भौजी ने रसोई का परदा पनाले की तरफ़ खींचा और नहाने बैठ गई।

घर एक लम्बा कमरा भर था। आधे कमरे के बाद, कमरे को दो कमरे बनाता, कमरे की चौड़ाई से आधी चौड़ाई का परदा लटका था। जो ज़रूरत के मुताबिक कभी रसोई की तरफ़, कभी पनाले की तरफ़ खींच दिया जाता।

कहाँ गई बिल्ली
कहाँ गया सोनू
उड़ गई बिल्ली
रह गया सोनू

यह मुन्नी का गाना था, सोनू को जब चिढ़ाना होता तो मुन्नी और शिब्बू दोनों ताली बजा-बजा कर गाने लगते। एक दिन सोनू किसी बच्चे के पास चाबी वाला खिलौना देख आया था और घर आते ही उसने चाबी वाले खिलौने के लिए मचलना शुरू कर दिया था। बिल्ली भगवती की गोदी में थी। भगवती ने बिल्ली सोनू को थमा दी कि देखो...'यह चाबी वाले खिलौने से भी तेज़ दौड़ती है और इसमें चाबी भी नहीं भरनी पड़ती।' सोनू ने बिल्ली ले ली पर मुन्नी खिलखिला पड़ी तो उसे समझ आ गया। वह ग़ुस्सा होकर बिल्ली लेकर बाहर भाग गया, जल्दी ही उसे बिल्ली के साथ मज़ा आने लगा। एक छोटी-सी गेंद थी, जिसे वह रुड़का देता, बिल्ली उसके पीछे-पीछे भागती और गेंद मुँह में दबाकर लौट आती। गेंद एक दिन फट गई और कहीं फिंका गई। गेंद का खेल ख़तम हो गया, बिल्ली और सोनू ने नये खेल तलाश लिये। वह बिल्ली को लेकर ओटले पर आ जाता, ओटले पर बैठी गौरैयों को देख, बिल्ली झपटती। सारी गौरैयें चीं...चीं करके उड़ जातीं और सोनू तालियाँ बजाने लगता।

डाक कम थी। भगवती जल्दी ही लौट आए। बाहर साइकिल टिकाते ही उन्होंने घंटी बजाई। घंटी बजते ही सोनू बाहर आ जाता था, उन्होंने एक बार और घंटी टुनटुनाई, पर इस बार भी जब सोनू बाहर नहीं आया तो हैंडिल को सीधा करके वे घर में घुस गए। अपनी आदत के मुताबिक़, अन्दर घुसते ही उन्होंने क़मीज़ उतारकर कन्धे पर रख ली। इतने में हाथों में बिल्ली को दबाए सोनू भी आ गया। शायद वह कहीं आसपास ही रहा होगा। उसका मुँह तप रहा था। बिल्ली भी शायद थक गई थी, इसलिए मुँह लटकाये सोनू की छोटी-छोटी हथेलियों के बीच झूल रही थी। भगवती को देखते ही उसने बिल्ली को उतार दिया और जाकर भगवती की गोद में लद गया।

कुछ देर वह कुछ नहीं बोला, लेकिन याद आते ही वह फिर दूध के लिए मचलने लगा। साइकिल चलाने की थकान फेफड़ों से निकलकर ऊपर आ गई थी और उसने भगवती के चेहरे को दबोच लिया था। फिर भी उन्होंने पूछा—'अरे तुम्हारी बिल्ली कहाँ गई?' सवाल ऐसा था जैसे दूध वाली बात उन्होंने सुनी ही न हो, बिल्ली वहाँ नहीं थी। सोनू ने एक पल को सारे कमरे में नज़रें दौड़ाईं। वह थक चुका था और बिल्ली में उसकी उत्सुकता फ़िलहाल नहीं थी, वह नहीं उठा और पैर पटकने लगा।

साइकिल की सीट ख़ाली देखकर धूप उस पर लद गई थी। बजा पाती तो उस वक़्त वह ज़रूर घंटी टुनटुनाने लगती और सोनू को बाहर बुलाकर गली का एक-आध चक्कर मार देती। दो-एक बार धूप ने दरवाज़े से झाँककर सोनू को देखा भी, पर वह अपनी ज़िद में लगा था। भगवती को अभी नहाना था और खाना खाकर वापस डाकघर पहुँचना था। शाम वाली तीसरी डाक बाँटनी थी। पिछले महीने दुपहर वाली डाक पर थे, तो थोड़ी फ़ुरसत थी। कोई बड़ा मनीऑर्डर होता तो रकम की तौल पर ख़ुशी वे भी पा जाते। बीड़ी-चाय का ख़र्च निकल आता। सोनू कैसे चुप हो, उन्हें समझ नहीं आ रहा था। यूँ उनका दिमाग़ काफ़ी उर्वर था। नई-नई ख़ुराफ़ातों का एक अच्छा-ख़ासा कारख़ाना! मोहल्ले में वक़्त-बेवक़्त के शिगूफ़ों के लिए ही वे ज़्यादा जाने जाते थे। मस्ती में उनका कोई सानी नहीं था। क़मीज़ जब कन्धे पर होती तो खरी कहने में कभी चूकते नहीं। शिब्बू की कॉपी पास ही पड़ी थी। उसमें से उसने एक काग़ज़ फाड़ा और हवाई जहाज़ बनाकर उड़ा दिया। सोनू ने हवाई जहाज़ उठा लिया। एक-दो बार कमरे में उड़ाया, फिर उड़ाता हुआ दरवाज़े से बाहर चला गया।

सारा मोहल्ला और आधा शहर भगवती की जान-पहचान का था। गलियों के रास्ते उनकी ज़ुबान पर रखे रहते। बचपन इसी शहर में बीता। यहीं तालीम हुई और यहीं नौकरी में लग गए। डाकिए की नौकरी यूँ भी घूमाफिरी की थी। आठ-नौ साल की नौकरी हो गई थी, पर हालत! जैसे अंगद की टाँग हो, ज़रा भी टस से मस न होती। बहनों को ब्याहना था, गाँव भी कुछ न कुछ भेजना होता। इधर भी किसी न किसी का देना हर वक़्त सर पर बना रहता। चौहत्तर में डाक-तार कर्मचारियों की काफ़ी बड़ी हड़ताल हुई, उसी हड़ताल में भगवती निलम्बित कर दिये गए। हड़ताल विफल हो गई और बातचीत, टेबिल पर रखी गई। मामला सुलट जाता पर आपातकाल लग जाने से मामला बरफ़ की थैली में चला गया। भगवती ने कहा—'इसे कहते हैं खड़ी मटर पर पाला गिरना।' मैंने कहा—'पानी ढंग से न चल पाया,

वरना पाला गिरने का असर न होता और न तितलियाँ मरतीं।' बीच-बीच में उन दिनों बिना पर वाली ख़बरें उड़ती रहतीं। लोग-बाग दौड़-भाग में लग जाते। बीच में ख़बर उड़ी कि सारे निलम्बित लोग बर्ख़ास्त किये जाने वाले हैं। ख़बर से सबके कान खड़े हो गए और पाँवों में चरखी लग गई, लेकिन भगवती नहीं हिले। ग्यारह-बारह तक दुर्गा चौरे से उठ जाते थे लेकिन उन दिनों दो-ढाई बजने लगा और उनकी हँसी पहले के बनिस्बत ज़्यादा चौड़ी हो गई। दिन आते-जाते और उनके साथ दुमछल्लों-सी जुड़ी ख़बरें भी।

यह सब गुज़रे ज़माने का क़िस्सा हो चुका था। निलम्बित किये गए लोग बहाल हो गए। पर गुज़रे दिन ऐसे ऊनी नहीं थे कि धूप दिखाते ही ठीक-ठाक हो जाते। तीन लम्बे सालों की सीलन दीवारों के पोर-पोर में बैठ गई थी। भगवती अब भी पोस्टमैन यूनियन के सेक्रेटरी थे, पर पहले-सा जोश अब किसी में नहीं था। विफल लड़ाई की पस्ती अभी तक कायम थी। लड़ाई-भिड़ाई की बातों से लोग कतराने लगते। रामप्रसाद ने एक दिन कहा, 'घूस तो खदेड़ दी पर ज़मीन जो पोली हो गई, उसमें भरने को मिट्टी कहाँ से आएगी?'

हवाई जहाज़ के साथ-साथ सोनू बाहर निकल गया था। कमरे के कोने में उसके छोटे-छोटे कपड़े के जूते, दो लाल चिड़ियों की तरह बैठे थे। 'सोनू को कुछ खिला देतीं,' कपड़े पहनते हुए भगवती ने कहा। भौजी ने एक बार सुनकर भी कोई जवाब नहीं दिया। भगवती ने जब दुबारा कहा तो आटा निकालते हुए उन्होंने जवाब दे दिया कि 'उसने रोटी छुई ही नहीं, दूध के लिए मचल रहा है सुबह से।' दूध लेना दो दिन से ही बन्द हुआ था। दूध के भाव अचानक चढ़ गए थे।

हमारे यहाँ चार मौसम होते हैं। सर्दी, गर्मी, बरसात और बजट। बाज़ार एक मज़ेदार जगह थी। एक ऐसा बैरोमीटर जिसका पारा नीचे जाते कभी किसी ने नहीं देखा था, वह मौसम के हिसाब से ऊपर चढ़ता था। शहर पहाड़ी था, सो बाज़ार भी पहाड़ पर था, तो भाव क्या पर्वतारोही थे? एक चीज़ का भाव चढ़ता तो दूसरी चीज़ों के भाव भी उचक-उचक कर ऊपर चढ़ जाते। गल्ला महँगा होता तो तेल, तिलहन, तरकारी से लेकर ताड़ी और अख़बार तक सारी चीज़ें उसका पौंचा पकड़कर आगे बढ़ जातीं, दूध वाले ने कहा, 'खली और घास आसमान पर धरा है, दूध नीचे कैसे उतरे?' पगार लड़-भिड़कर एक डग भरती और बाज़ार खुले साँड़ की तरह भागने लगता। भौजी धैर्यवान थीं, बरसों से बाज़ार से पटरी बिठाती आ रही थीं। लेकिन भगवती ऐसे मौक़ों पर कलप जाते। सोनू जब लौटा तो हवाई जहाज़ की जगह उसके हाथ में तागे से बँधा पिंजारा था। हरे-हरे पंखों वाला, उड़ता तो पिन...पिन-सी आवाज़ होती। सोनू तागे को झटके दे-दे कर उसे उड़ा रहा था।

कमरे में आते ही उसने पूछा, 'बिल्ली कहाँ गई?' फिर भगवती के पास आकर बोला, 'बिल्ली ऐसे क्यों नहीं उड़ती?' भगवती हँस दिये। जैसे हँसी ही उसके प्रश्न का जवाब हो। भगवती अख़बार देख रहे थे। और उत्तर की चिन्ता किये बग़ैर सोनू अपना पिंजारा उड़ा रहा था। वह टुनकी मारता, पिंजारा एक झोल खाकर नीचे आ जाता, वह फिर लम्बा ठील छोड़ देता, तागा ख़ूब लम्बा था, पिंजारा ऊपर तक उड़ जाता। सोनू को मज़ा आ रहा था। बीच-बीच में वह भगवती की ओर देखता और दोनों हँस देते। सारा कमरा पिंजारे की पिन...पिन...से भर गया था। एक छोटी-सी झिलमिलाती हरी रोशनी कमरे में चक्कर लगा रही थी।

अपने खेल में सोनू की दोस्ती भगवती से ही थी। भौजी को वह शामिल नहीं करता। वे उसे झिड़क देतीं। मैंने सोनू को चुम्मी लेना सिखा दिया था। अब एक गाल की चुम्मी लेकर वह मेरी नक़ल में कहता, 'मीठी वाली दो।' फिर दूसरे गाल पर चुम्मी ले लेता। एक दिन भजियों का कार्यक्रम था। कप्पू, मैं और भगवती बैठे थे। तभी सोनू कहीं से खेल-खाल कर अन्दर आया और सीधा भौजी के पास जाकर बोला, 'चुम्मी दो।' भौजी ने झिड़क दिया 'चल हट, कहाँ से कुछ भी सीखकर आ जाता है।' हम तीनों ज़ोर से हँस पड़े। भौजी झेंप गई। उन्होंने सोनू के गाल पर एक चिकोटी काटी और प्यार से हल्की-सी चपत लगा दी। सोनू हमारे पास आ गया। भगवती उसके कान में फुसफुसाकर उसे दुबारा भेजने की कोशिश करते रहे, पर वह नहीं गया और शरमाकर बाहर भाग गया। भौजी के अन्दर कुछ सोया हुआ अचानक जाग गया था, जो उनके चेहरे पर झिलिर-मिलिर हो रहा था। अगर इस वक़्त कमरे में कोई न होता तो भौजी ज़रूर सोनू को भींच लेतीं। मध्यवर्गीयता अजीब संकोचों की झरबेरी थी। कपड़े धुले-धुले होते और दस तारीख़ आते-आते हाथ जेबों में कोलम्बस की तरह भटकने लगते। बच्चे खिलौनों के सपने देखते। मुफ़्त में लाड़ कैसे हो? सोनू या शिब्बू कभी भौजी के गले में बाँह डालकर लूम जाते, तो उन्हें अलग करते हुए वे कहतीं, 'मुझे ऐसे लाड़ लड़ाने नहीं आते।' मैंने एक दिन भौजी से कहा, 'क्या भौजी, तुम बिलकुल लाड़ ही नहीं करतीं, भगवती भाई को देखो सोनू को कन्धे पर बिठाकर पूरे जुमेराती का चक्कर लगा आते हैं।' भौजी ने बेचूके जड़ा, 'बहुत देखे लाड़-लड़ाने वाले, गाँव में अम्मा-बाबूजी के सामने पूछो, किसी दिन सोनू को गोद में भी लिया हो, सोनू के पैदा होने के पूरे दस दिन बाद पहुँचे थे।' भगवती को इस जवाब की उम्मीद नहीं थी। उनकी हेकड़ी थोड़ी पिचक गई। अटक-अटक कर सफ़ाई पर उतर आए 'क्या करें यार...अब बाबूजी का ख़याल तो रखना ही पड़ता है...हमारी अम्मा कहती हैं...बाबूजी ने हम भाई-बहनों को तोकना तो दूर कभी एक खिलौना तक लाकर नहीं दिया...' अजीब रिवाज थे।

बच्चों से, बूढ़ों के सामने प्यार करना, एक खिलौना तक लाना एक अपराध की तरह माना जाता था।

रोटी बन गई थी। भगवती चाह रहे थे कि जीम कर जल्दी से निकल जाएँ। पर तभी अचानक किसी चीज़ में उलझकर पिंजारे का तागा टूट गया। पिंजारा बाहर उड़ गया। सोनू भी पीछे-पीछे दौड़कर बाहर तक गया पर उलटे पैर लौट आया। 'अरे तुम्हारा पिंजारा कहाँ गया?' भगवती ने पूछा पर उत्तर देने के बजाय सोनू ने कहा, 'भूख लगी है।' भगवती ने उठते हुए कहा, 'हाँ आओ, अपन दाल-भात खाएँगे।' सोनू नहीं उठा और ज़मीन पर पैर घसीटते हुए उसने कहा...'नहीं दूध'... पैर घसीटना ज़िद की चेतावनी की तरह था, 'पिंजारे को भी इसी वक़्त उड़ना था' भगवती ने सोचा। सोनू रुआँसा होने लगा था। झूठमूठ जब वह ज़िद करता तो बुक्का तो ख़ूब फाड़ता, पर आँखें नहीं भीगती थीं। अभी उसकी आँखें भीगने लगी थीं। भगवती न होते तो भौजी उसे डाँट-डूँट कर चुप करा लेतीं। लेकिन भगवती डाँट-डपट नहीं करते थे। वे हर बात का एक ठाठदार तोड़ ढूँढ़ना चाहते थे। ठाठ बना रहना चाहिए, ठाठ के सर पर मजे की टोपी, टोपी में तुर्रा, तुर्रे में हँसी। उनका मन अनमना होने लगता तो वे मन से एक मेढक निकालते और लोगों के बीच फेंककर हड़कम्प मचा डालते। कमतरी का अहसास वहाँ पर भी न मार पाता। बत्तीस दाँतों पर भला दो आँखों की क्या बिसात?

निलम्बन के लम्बे-चौड़े भवन में जब चूहे दंड पेल रहे थे और कनस्तर कनटोप की तरह उलटा पड़ा था, ऐसे ही एक दिन रात में भगवती ने एक ज़बरदस्त हंगामा मचाया। रात ग्यारह-साढ़े ग्यारह का वक़्त रहा होगा, सर्दियाँ थीं, लोग घरों में घुस चुके थे। अचानक भगवती कहीं से एक लकड़ी की तलवार लेकर प्रकट हुए, चौरस्ते पर आए, और गरजने लगे। सोते लोग जाग उठे, कुछ बाहर भी आ गए, भगवती ने आवाज़ दे-देकर आसपास के सारे दोस्तों को घर से निकाल लिया। बोले, 'डंडा, पत्थर, छाता जो हथियार मिले ले लो।' सबने पूछा आख़िर हुआ क्या? पर उनने कुछ नहीं बताया, पूरा जुलूस लेकर घर के बग़ल वाली कायस्थपुरे की गली में घुस गए। थोड़ी दूर चलकर सबको रोक दिया। सामने एक मरियल-सा कुत्ता बैठा था, उससे चार-पाँच हाथ दूर से ही वे गरजे...'अब भौंक साले...अब भौंक अगर दम है तो...हमारी गली की रोटी खाता है...हमीं पर भूँकता है...' इसके साथ ही वे पीछे मुड़े, बोले, 'टुकड़े उड़ा दो साले के...टूट पड़ो...' कुत्ता शोर सुनकर भाग गया। भगवती तलवार नीची करके 'पी.एम.जी. है साला, भाग लिया।' कहकर लौट पड़े। झुंझलाहट दूर हो गई, लोग ठठाकर हँसने लगे। चौधरी कक्का ने कहा, 'वाह भगवते मज़ा ला दिया...कल की चिलम मेरी रही।'

धूप थोड़ी दरवाज़े के और अन्दर तक आ गई। उसने एक बार तो अपना चमकदार हाथ बढ़ा के सोनू का पैर भी छू लिया। भगवती ने धूप को थोड़ा-सा डपटा तो वह वापस दरवाज़े की ओर सिमट गई लेकिन सोनू ने मचलना बन्द नहीं किया। भगवती ने चींटियों के मरने का, ज़मीन के रोने का, गुड्डे के ग़ुस्सा हो जाने का, आदि अनेक बहाने बनाए पर वह नहीं माना, तो अन्त में भगवती ने सोनू को गोद में उठा लिया कि 'आओ अपन नाव बनाएँगे...'

भौजी ने खाने को बुलाया पर भगवती सोनू को पकड़े बैठे रहे। बच्चों को पीटना उन्हें पसन्द नहीं था। उन्हें शरारती और ऊधमी बच्चे पसन्द थे। एक दिन खिलौनों की एक दुकान के पास से गुज़रते हुए उन्होंने कहा, 'बेतुके खिलौने हैं, ऊपर से कितने महँगे', अन्दर ही अन्दर कुछ घुमड़ने लगा, चेहरे पर बल पड़ गए, लगा कोई चीज़ जैसे काफ़ी दिनों से इकट्ठी हो रही थी जो उस दिन फूट पड़ी थी। 'खिलौने इतने महँगे हैं कि कौन ख़रीदेगा इन्हें? जो लोग ख़रीद लेते हैं वे भी घरों में इतने ऊँचे पर सजाकर रख देते हैं कि बच्चे का हाथ न पहुँच पाए। खिलौना जैसे सजाने की चीज़ हो! जब बच्चे ज़िद करते हैं तो बेहद चिढ़कर एकाध खिलौना उतारकर देंगे कि...तोड़ना मत, तुम हर खिलौना तोड़ डालते हो। पूछो, खिलौने ख़रीदकर किसके लिए लाए थे?' काफ़ी देर तक इसी तरह वे बोलते रहे, मैं सुनता रहा। सोनू को अक्सर वे नई-नई खुराफ़ातें सिखलाते रहते। भौजी टोकती, 'तुम्हें क्या, तुम तो डाकघर चले जाते हो, सँभालना तो मुझे पड़ता है दिनभर।' भगवती हँस देते। सोनू सबसे छोटा था, लाड़ला था, सो जिद्दी भी ज़्यादा था। भगवती सोच रहे थे कोई नया खेल सूझ जाए और सोनू चाले से लग जाए।

दूध से ज़्यादा मज़ेदार थे दूध वाले। दूध वाले की घुँघरू बँधी साइकिल...जिसकी आवाज़ सोनू पहचानता था। डबरा जब ओटले पर रखा जाता तो वह डबरे को, दूध का नापना और भगौनी में भरना, एकटक देखता रहता। डबरे में झाँकता और उसकी दूधिया आँखें कौतूहल से भर जातीं। डबरे से मुँह हटाकर उसका नन्हे आश्चर्य से भरा सवाल होता, 'इत्ता दूध कौन पीता है?' दूध वाला मुस्करा देता। अर्थशास्त्र से अभी सोनू का कोई ताल्लुक नहीं था। दूध जब सिगड़ी पर रखा होता तो वह आसपास ही मँडराता रहता। एक दिन उसके सामने ही, उसका सारा दूध बिल्ली पी गई और वह ख़ुश होकर ताली बजाता रहा। दो दिनों से दूध घर में लेना बन्द था। कल तो वह किसी तरह मान गया था पर आज ज़िद ठान बैठा था। उसे समझ नहीं आ रहा था कि घुँघरू वाली साइकिल भी निकली थी, उस पर डबरे भी लटके थे फिर घर में दूध क्यों नहीं आया?

एक के बाद एक उपाय विफल हो गए। लग रहा था कि सोनू आज नहीं मानेगा। बात एक दिन की होती तो शायद भगवती बाज़ार जाकर दूध ले भी आते। जब सोनू भगवती के हाथों से छूटने को ज़्यादा ही हाथ-पैर चलाने लगा, तो उन्होंने पूछा, 'अच्छा तुम्हें दूध पीना है न?' मचलना छोड़कर सोनू ने छोटा-सा हुँकारा भरा।

भगवती ने अपने दोनों घुटनों के बीच उसको खड़ा किया और बोले हमारी बात सुनो।

—तुमने गैया देखी है न सोनू?

—हूँऽऽऽ (रुलाई में भीगी एक छोटी-सी 'हूँ' बाहर आई)।

—गाय दूध देती है, है न?

—(सोनू ने जवाब में हल्के से मुंडी हिलाई। जैसे डाल पर कोई कपास का फूल हिला हो)।

—गाय का बछड़ा होता है?

—एकदम छोटा-सा...। (सोनू ने थोड़ा-सा चहककर कहा, तो दरवाज़े में बैठी बहुत-सी चिड़ियाँ उड़ गईं।)

—हाँ एकदम छोटा-सा, कक्का के यहाँ देखा था न तुमने? कैसा अच्छा था न, भूरा-भूरा!

—और बछड़ा गाय का दूध पी रहा था, है न?

—हाँ...('हाँ' एकदम छोटा-सा था। और आँखों में सवाल उग आया था कि इसका क्या मतलब है।

—सोनू बेटा! (भगवती ने कुछ ऐसे कहा जैसे कोई रहस्य बता रहे हों) बछड़ा गाय का दूध पीता है, फिर जब बछड़ा बड़ा होता है तो उसके भी सींग निकल आते हैं।

—सच्ची?

सोनू एकदम चुप हो गया। उसकी छोटी-छोटी आँखें आश्चर्य से फैल गई थीं। क्या वहाँ सींग हिल रहे थे, डर के सींग? भगवती ने सोनू से आँखें नहीं मिलाईं, तेज़ी से उठे और चप्पल पहनकर बाहर निकल गए। जब तक उन्हें कोई रोकता, दूर जाती साइकिल की खड़खड़ाहट भर रह गई थी।

जाल

कपूर पाँव फैलाए आरामकुर्सी पर बैठा था। सुबह की दो चाय पी जा चुकी थी। अख़बार पढ़ा जा चुका था। वह आँखें मूँदे सिगरेट पी रहा था। आज छुट्टी का दिन था पर धरती सूरज के चारों ओर घूम रही थी। धरती के ही एक कोने में बसी यह आदर्श नगर कॉलोनी और उसका बारह नम्बर फ़्लैट और कपूर साहब की आरामकुर्सी भी। उनकी सिगरेट सूरज के चारों ओर धुएँ का वृत्त बना रही थी। तभी श्रीमती कपूर ने उसकी तल्लीनता भंग कर दी।

फूँक मारो!

क्यों?

फूँक तो मारो!

पर कुछ बताओ भी तो!

पहले तुम फूँक मारो!

अरे यार कुछ मालूम भी तो पड़े...

फूँक मारते हो या नहीं?

पत्नी का लड़ियाता हुआ स्वर घर की चाबी के गुच्छे-सा बजा।

फू...

चिड़िया!! पत्नी ने चट से मुट्ठी खोलकर हथेली फैला दी।

कहाँ?

उड़ गई! और पत्नी हँसने लगी।

कपूर और उसकी पत्नी दोनों ही नौकरी में थे और अभी उनका कोई बच्चा नहीं था। कपूर को गोताखोरी की किताबें और शिकार कथाएँ पढ़ने का शौक़ था। और उसकी पत्नी को ऊटपटाँग बातें करने का। कोई हो या न हो, वह आईने के सामने बैठ जाती और ख़ुद से बात करती रहती। कपूर को घूमने में कोई दिलचस्पी नहीं थी।

बन्दूक उसने आज तक नहीं पकड़ी थी। बचपन में दो-एक बार दोस्तों के साथ वह झले हुए डब्बों और ट्यूब के सहारे तैरा था। किनारे-किनारे। पर तैरना नहीं सीख पाया था। वह एक मोटी किताब लिये बैठा था और उसे खोलना चाहता था। एक चाय हो जाए तो मज़ा आए, उसने सोचा। पत्नी अपनी ड्रेसिंग टेबिल से बातचीत में व्यस्त थी। वह उसे बता रही थी कि उसकी हरी चूड़ियों का सेट एकदम बरबाद हो गया है।

एक चाय बना दोगी?

पता है परियों वाली कहानी में एक मज़ेदार बात है...

चाय के बारे में!

तुम्हारा सर! दो चाय तो पी चुके हो!

पत्नी का मूड उखड़ गया। वह रसोई में चली गई। जब वह चाय लाई कपूर किताब खोल चुका था। पत्नी ने फिर भी कहा। जानते हो राजकुमारी ने अपने सर में कील ठोक ली और वह चिड़िया बन गई। कपूर ने सिर्फ़ हुँकारा भरा।

मुझे भी चिड़िया बनना है!

बन जाओ!

मुझे कील और हथौड़ी चाहिए!

जो चाहिए ले आओ और जो बनना है बन जाओ!

तुम मेरी मदद करो न!

मेरा दिमाग़ मत खाओ और उधर टेबिल से मेरी सिगरेट उठा दो।

कपूर समुद्र में उतरने को तैयार हो चुका था। अब चिड़िया बनना स्थगित करना पड़ेगा। एक विशाल नीला समुद्र फैला था। हवा थमी हुई थी। लहरें बहुत कम थीं। रोशनी बहुत अच्छी लग रही थी। बहुत उजली और गुनगुनी। छुट्टी बरबाद। पत्नी बड़बड़ाई। वह बाज़ार जाना चाहती थी। विंडो शॉपिंग का मज़ा ही और है! पति-पत्नी होने से पहले वे अक्सर विंडो शॉपिंग करते, हज़ारों का माल ख़रीदते। फिर दोनों आइसक्रीम लेते और बाज़ार के बाहर पुलिया पर बैठकर हिसाब जोड़ते कि कितने-कितने का माल ख़रीदा। आइसक्रीम ख़त्म हो जाती। दोनों हाथ झटककर खड़े होते और अपनी-अपनी बस पकड़ लेते। यही खेल था। घर बसाने से पहले घर बसाने का खेल! छुट्टी के दिन भी घर बैठे रहो, उसे बिलकुल पसन्द नहीं था। कभी-कभी वह सोचती कि वह भी कपूर की तरह दिन भर आराम करके छुट्टी बिताएगी। पर वह कर नहीं पाती। दो मिनट बैठती और उसे कोई न कोई काम सूझने लगता।

चमकदार हरा-नीलापन फैला था ओर-छोर। चमकती सी कोई चीज़ सरसराती हुई कपूर के पास से गुज़र जाती। बार-बार। सिलेंडर में अभी काफ़ी ऑक्सीजन थी। उसके पाँवों में बत्तख़ के पाँवों नुमा चौड़े-चौड़े जूते नुमा बँधे थे। गोताखोरी की चुस्त पोशाक और मास्क में वह एक खूँख़्वार समुद्री जीव लग रहा था। जितना नीचे वह जाता, उतना ही और नीचे जाने की इच्छा होती। कितना नीचे होगा समुद्र का तल? क्या-क्या होगा तल में? कई परतें भेदनी पड़ेंगी। परत-दर-परत पानी। पास ही उसे अचानक प्रवाल का एक बग़ीचा दिखा। बग़ीचे के बीच एक विशाल महल था। कैसा सुन्दर और भव्य! उसने मन-ही-मन कहा। मछलियाँ आ-जा रही थीं। हज़ारों-लाखों मछलियाँ। फिर एकाएक उसे पकड़ लिया गया। किसी समुद्री वनस्पति के तारों से उसे बाँध दिया गया। मछलियाँ उसे महल की ओर खींचे ले जा रही थीं। दर्जनों कमरों और गलियारों से होकर उसे एक विशाल कमरे में लाया गया। सामने सिंहासन था। जिस पर एक राजकुमारी बैठी थी। राजकुमारी अद्‌भुत सुन्दर थी। पर उसका धड़ मछली जैसा था। एक सोने की मछली। आदमी को देखकर वह मुस्कराई—ओह, यह तो आदमी है, उसे मुक्त कर दो! उसने हुक्म दिया। फिर अपना एक सुनहरा बाल तोड़ा और बोली—इसे अपनी अँगूठी में बाँध लो! जब भी तुम समुद्र के किनारे आकर मुझे आवाज़ दोगे, मैं आऊँगी और तुम जो चाहोगे, तुम्हें मिलेगा...पर ध्यान रखना एक बार में सिर्फ़ एक ही चीज़ माँगना और मुझे पकड़ने की कोशिश मत करना!

किताब सीने पर रखी थी। कुछ खटर-पटर से उसकी झपकी टूटी। पत्नी ड्राअर में कुछ तलाश रही थी।

क्या ढूँढ़ रही हो?

कील!

क्यों?

बताया नहीं था!

ओह!!

कपूर फिर आँख मूँदकर पसर गया। कैलेंडर में छुट्टी का दिन बीतने लगा था।

धरती की पीठ सूरज की तरफ़ घूमने लगी थी। छुटपुटा छाने लगा था।

पत्नी ने तय किया, सब कुछ अब वह ख़ुद जुटाएगी। एकदम चुपचाप। कपूर को वह भनक भी नहीं लगने देगी। और चुपचाप एक दिन चिड़िया बन जाएगी। देखते ही रह जाएँगे पति महोदय और वह उड़ जाएगी। उड़-उड़ कर छका डालेगी। नाक में दम कर देगी। तब पता पड़ेगा कि मैं भी कुछ हूँ। एक बार पंख निकले और बस। पर सारी चीज़ें जुटेंगी कैसे? होगा, कुछ न कुछ होगा! उसने अपने को तसल्ली दी।

एकाएक उसे अपनी नौकरानी का ख़याल आया और वह ख़ुश हो गई। कोई और मौक़ा होता तो वह इतनी ज़ोर से कूकती कि घर भर चिहुँक जाता, ख़ुशी को उसने होंठ दबाकर पचा लिया।

बाई से उसने पास बुलाकर फुसफुसाकर पूछा—कील कहाँ मिलेगी? धूल-धंगड़ खा चुकी कील नहीं, अभी बनकर निकली एकदम नई कील की ज़रूरत थी उसे। एक ऐसी कील जो संस्कारों और शताब्दियों की धूल-मिट्टी और चट्टानों को भेदकर चेतना तक उतर जाए। अन्दर की सारी उजास एकबारगी फव्वारे की तरह फूट निकले। बाई को शक हुआ। बात के पीछे ज़रूर कोई ख़ुराफ़ात है। गोद-गोद कर उसने पूछ ही लिया सब कुछ। दाई से कब तक पेट छुपता! उसने अपना इरादा बता डाला। जानकर बाई डरी। डरी भी और ख़ुश भी हुई। कम-से-कम एक औरत जात ने तो चिड़िया बनने का सोचा। उसकी झुग्गी के पास ही एक पुराना लुहार रहता था।

एक बार फिर पंछी अपने घोंसलों को लौटे।

और एक दिन और बीत गया।

कपूर ऑफ़िस चला गया। पत्नी ने सरदर्द का बहाना बनाया और छुट्टी मार दी। कपूर के निकलते ही वह बाई को लेकर लुहार के यहाँ जा धमकी। लुहार बहुत बूढ़ा हो चुका था। बूढ़े ने अपने अनुभव से बताया कि इस बात में कोई फ़ायदा नहीं है, आगे चलकर पता लगेगा कि अकेले चिड़िया बनना कितना ख़तरनाक है। पर श्रीमती कपूर की आत्मा में गुलगुली हो रही थी। ख़तरा वह नहीं सूँघ पा रही थी। उसके लिए सब कुछ तमाशे की तरह था। एक जादू जो सर से पाँव तक उसे बाँधे था। नहीं समझना था। उसने नहीं समझा। बूढ़े ने बताया कि कीलें बनाना अब उसके बस का नहीं रहा। अब कीलें मशीन से बनने लगी हैं। फटाफट हज़ारों कीलें मिनटों में तैयार हो जाती हैं। उसका लड़का कील बनाने वाली फ़ैक्ट्री में ही काम करता है। लड़का अभी घर पर ही था। उसने लड़के को पुकारा और श्रीमती कपूर से मिलवा दिया।

लड़का उत्साही था। उसने कहा कि वह ज़रूर मदद करेगा। कल ही वह उसे कारख़ाने में मिल जाएगा और वहीं सब काम हो जाएगा।

एक-एक दिन गुज़रता जा रहा था। धीरज वह खोती नहीं थी पर मन उतावला होता रहता। बुधवार को वह सीधे कारख़ाने पहुँच गई। लड़का बाहर ही उसका इन्तज़ार कर रहा था। मशीन पर काम करने वाले दो-तीन और लोग भी साथ थे। कील का क्या था। कील मिल जाती पर एक अड़चन थी। कील बाहर कैसे जाए? कील के पंख भी नहीं कि उड़ा दो! कील को किसी और चीज़ में रखो तो खड़खड़ बोलती थी।

जैसे मशीन की खड़खड़ाहट पेट में लेकर ही पैदा हुई हो! टिफिन बॉक्स में रखकर चली तो जाए पर जो पकड़ा गया उसकी नौकरी गई। दरवाज़े पर पहरा था। पहरे पर गार्ड सबकी तलाशी लेता था। चोरी छोटी हो या बड़ी, सूराख एक बार हो जाए तो फिर कभी नहीं भरता। मालिक मालिक था। वह दरोगा को अच्छी तनख़्वाह देता था। मज़दूरों से भी ज़्यादा। तो क्या हो? कैसे हो? सबने सोचा। सबने अकल लगाई। बात निकली कि चौकीदार का जमादारिन से आँख-मटक्का है। कपूर की पत्नी ख़ूब मिलनसार थी।

दोस्ती गाँठना उसके बाएँ हाथ का काम था। उसने बाएँ हाथ की चूड़ियाँ खनकाईं और दो-तीन दिन में ही जमादारिन उसकी मुरीद हो गई।

शुक्रवार को आते न आते सब काम बन गए।

सारे तामझाम और तिलिस्म को भेदती हुई एक कील बाहर आ ही गई। सन्द लगनी थी और वह लग गई। कील क्या मिली जैसे उसे ख़ज़ाना मिल गया। किसी अनमोल हीरे की तरह उसे लुकाती-छिपाती वह ले आई। सारी चीजें जुट गईं। किसी को कानोकान ख़बर न हुई। कपूर को भनक तक न लग पाई।

और फिर धीरज के छह दिन की उम्र वाले पेड़ से छुट्टी का गूदेदार मीठा फल टपका। फल का नाम इतवार। कोई हड़बड़ी नहीं। हर बार की तरह दुपहर तक श्रीमती कपूर ने सारे काम निपटाए। पर कोई ख़ुशी थी जिसे दबाने के बावजूद जो सारी देह में थिरक रही थी। हाथ-पैर में, कूल्हों में, आँखों में। कपूर ने कह ही दिया कि आज बहुत ख़ुश लग रही हो! तो ताड़ ही गया! कहीं उसका रहस्य तो नहीं खुल गया? वह डरी। अन्दर जाकर उसने चुपचाप एक बार अपने औज़ारों को छूकर देखा। वे वहीं थे। उसे तसल्ली हुई। कपूर हर छुट्टी की तरह आरामकुर्सी पर टाँगें फैलाए पसरा था और आज एक नई शिकार कथा उसके हाथ में थी।

लाओ यार एक चाय पिला दो तो थोड़ी सुस्ती भगे!

सुबह से चाय पीने के अलावा भी कोई काम है?

बाक़ी काम मैं ख़ुद कर लूँगा, तुम तो बस चाय पिला दो!

बस चाय पिला दो!

पत्नी ने उसकी नक़ल करते हुए मुँह बनाया। वह ठहाका मारकर हँस दिया। वह लड़ता-झगड़ता नहीं था। वह आरामतलब और ढर्रेदार क़िस्म का, मजे-मजे में रहने वाला आदमी था। उसने किताब खोली तो एक पूरा जंगल उसके आसपास फैल गया। जैसे जंगल इसी ताक में बैठा था कि किताब के पट खुलें और वह बाहर निकले।

कपूर जंगल में धँसता चला गया। अरे यहाँ तो कितना अँधेरा है! जंगल बहुत भयावह और डरावना होता जा रहा था। उसे डर लगने लगा। चाय जाने कहाँ छूट गई थी। अचानक शेर दहाड़ने लगा। वह दौड़ने लगा। दौड़ते-दौड़ते हाँफने लगा। फिर कुछ रोशनी नज़र आई। पेड़ों के बीच जगह फैलने लगी। शेर की दहाड़ दूर जाकर महीन होती हुई खोने लगी। यहाँ जानवर आराम से घूम रहे थे। मतलब ख़तरा कम था। उसे तसल्ली हुई। एक ऊँचा सा पत्थर देखकर वह बैठ गया। कहीं पास ही पानी का झरना था, जिससे हवा में ठंडापन बह रहा था। जैसे हवा उसमें नहाकर आ रही थी। गीली-गीली और कोमल-कोमल।

श्रीमती कपूर आईने के सामने बैठी आईने के अन्दर बैठी कपूर से बतिया रही थीं।

आप अच्छी आ गईं श्रीमती कपूर! मैं अभी सोच ही रही थी कि किसे बताऊँ, अभी थोड़ी ही देर में मैं चिड़िया बन जाऊँगी!

आप मज़ाक़ समझ रही हैं?

पर यह मज़ाक़ नहीं है।

मैं अपना इरादा मिस्टर कपूर को भी बता चुकी हूँ। वो हाँ भी कह चुके हैं। वैसे भी वो भले आदमी हैं। किसी बात का मना नहीं करते। आप नहीं जानतीं वो मेरी स्वतंत्रता का बहुत ख़याल करते हैं।

हालाँकि मैं जानती हूँ, उनने बिना सोचे ही हाँ कह दी है। वो सोचते हैं मैं ऐसा नहीं कर पाऊँगी। वो भी इसे मज़ाक़ ही समझ रहे हैं। पर यह मज़ाक़ नहीं है। मिसेज कपूर आप देखना कि ऐसा होगा।

फिर बस मजे ही मजे। ख़ूब उड़ूँगी। जी भरकर घूमूँगी। नये-नये शहर!

आप मुस्करा रही हैं। आपको अभी तक यक़ीन नहीं आ रहा है! कमाल है! मैं पहाड़ों और जंगलों की सैर करूँगी, सारी दुनिया में घूमूँगी। किसी के संग-साथ की ज़रूरत नहीं। आप तो जानती ही हैं शहरों में आजकल अकेली औरत घूम भी नहीं सकती, अपनी मर्ज़ी से, जैसे सारी दुनिया इन मर्दों के लिए ही बनी हो! पर चिड़िया बनते ही यह क़िस्सा ख़त्म हो जाएगा।

बस आप पाँच मिनट इन्तज़ार कीजिए!!

झरने की आवाज़ में अचानक कुछ ठक-ठक की आवाज़ आने लगी। कपूर को लगा जंगल में कोई लकड़ी काट रहा है या कोई कठफोड़वा आसपास ही किसी पेड़ पर बैठा है। पर तभी वह चौंका। भ्रम नहीं था। कमरे के ही किसी कोने से आवाज़ आ रही थी। किताब से सर निकालकर उसने झाँका। पत्नी सर में कील ठोंक रही थी। किताब को फेंककर वह लपका। पर तभी पत्नी ने आख़िरी चोट मार दी।

कपूर ने उसे पकड़ना चाहा पर उसके हाथ में सिर्फ़ कपड़ों के और कुछ न आया। झल्लाकर उसने कपड़ों को एक ओर फेंक दिया। वह चिड़िया बन चुकी थी। ज़ोर-ज़ोर से चहचहाती हुई वह सारे कमरे में उड़ने लगी। कपूर काफ़ी देर इधर-उधर दौड़ता रहा।

वह झल्ला पड़ा।

यह क्या पागलपन है? मैं कहता हूँ वापस आओ!

वह उड़ती रही। उड़ते-उड़ते पंखे पर जा बैठी। कपूर को गुस्सा आ रहा था। उसे यह उम्मीद नहीं थी। थककर वह बीच कमरे में खड़ा हो गया। और चिड़िया को घूरने लगा। उसने दाँत पीसकर कहा।

तो तुमने सचमुच ही यह पागलपन कर डाला!

चिड़िया चिहुँकी। उसे कपूर को तंग करने में मज़ा आ रहा था।

चिड़िया ने देखा। वह देखा, जो न पहले देखा था। न जिसकी उम्मीद थी। कपूर की पैंट बिरजीस में बदलने लगी। क़मीज़ की जगह चमड़े की जाकेट उग आई। देखते-देखते कपूर के सारे शरीर पर शिकारियों का लिबास उग आया। उसकी नाक फड़क रही थी। उसने हवा में हाथ लहराया और एक चाबुक उसके हाथ में उग आया। हवा एक क्षण को थम गई। सब, कुछ ही पलों में हो गया। चिड़िया अब भी एकटक उसे ही देख रही थी। उसे अचम्भा हो रहा था। कपूर एक खूँख्वार शिकारी लग रहा था। तभी शिकारी ने हंटर फटकार दिया। वह मंत्रमुग्ध-सी बैठी थी। सँभलते-सँभलते भी उसे चोट लगी। वह कसमसाई पर उड़ गई।

शिकारी चारों ओर हंटर फटकार रहा था। वह बच रही थी। खिड़की खुली थी। उसने हवा में एक गोता लगाया और बाहर उड़ गई। चिड़िया को अब लुहार की बात याद आ रही थी। पर उसे लगा कपूर का गुस्सा थोड़ी देर में उतर जाएगा। थोड़ी देर वह इधर-उधर उड़ती रही। ऊपर से शहर बहुत मज़ेदार लग रहा था। एकदम खिलौने जैसा। उसने खिड़की से झाँका। कपूर बैठा हुआ था। शायद वह थक गया था। हंटर अब उसके हाथ में नहीं था। वह वापस अन्दर चली आई।

घर से बाहर जाने की उसकी मंशा नहीं थी। वह घर में रहकर ही चिड़िया रहना चाहती थी। कपूर को पर अचानक क्या हो गया? उसे ताज्जुब हो रहा था। वह अलमारी पर बैठ गई। दो-एक बार चिहुँकी। पर कपूर ने नहीं देखा। यानी गुस्सा अभी उतरा नहीं है। उसने मन-ही-मन कहा। चिड़िया का मन अभी भरा नहीं था।

वह ख़ूब उड़ना चाहती थी। तभी उसने देखा उसकी ओर एक बन्दूक़ तनी हुई थी। यह कहाँ से आ गई? इस कमरे की हवा को क्या हो गया! आज इसमें कैसी-कैसी चीज़ें पैदा हो रही हैं! कपूर के पास तो कभी बन्दूक़ नहीं रही। उसे तो चलाना भी नहीं आता। उसने फिर ग़ौर से देखा। उसे लगा डर की वजह से शायद भ्रम हो रहा है। यह कपूर का हाथ है। पर वह चौकन्नी हो गई। उसका विश्वास धीरे-धीरे ख़त्म होने लगा था। हाथ तना हुआ था। तभी एक फ़ायर हुआ धाँय!!

चिड़िया ने एक डाई मारकर अपने को बचा लिया।

मैं कहता हूँ यह पागलपन बन्द कर दो वरना...

कपूर के होंठ फड़क रहे थे। फिर दो-तीन-चार धाँय! धाँय!!

वह खिड़की के पल्ले पर जा बैठी।

बाहर मत जाना वरना मुझसे बुरा न होगा!

वह दहाड़ा, चिड़िया ने उड़ने के लिए पंख खोल लिये थे। एक फ़ायर और हुआ। निशाना ग़लत बैठा और झनझना के खिड़की का काँच बिखर गया। नीचे लोग शोर करने लगे। कपूर ने हाथ जेब में भर लिये और कुर्सी पर बैठ गया। किताब खोलकर उसने गोद में रख ली। चिड़िया आसपास उड़कर वापस कमरे में आ गई। पर अब वह बहुत आतंकित और चौकन्नी थी। उसकी सारी ख़ुशी काफूर हो गई थी। आतंक और उदासी एक साथ उस पर छाती चली जा रही थी।

कपूर किताब खोले बैठा था। मन-ही-मन वह कुछ बुन रहा था। किताब खुली थी। चिड़िया को समझते देर न लगी कि वह पढ़ नहीं रहा है। पन्ने पलट नहीं रहे थे। अचानक ही ज़ोर-ज़ोर से तिरछी हवाएँ चलने लगीं। बाहर खिड़कियाँ और पेड़ ज़ोर-ज़ोर से बजने लगे। बहुत ज़ोर का बवंडर उठा। कपूर खिड़की पर आकर देखने लगा। धूल के विराट बगूले सारे कूड़े-करकट को समेटे ऊपर उठ रहे थे। वह देखता रहा, फिर न जाने क्या सोचने लगा। उसकी आँखें चौकस थीं पर उसके दिमाग़ में कुछ बुन रहा था, लगातार। चिड़िया की तरफ़ कपूर की पीठ थी। जिसे कपूर ने शायद लापरवाही से छोड़ रखा था। उस पर कोई हरकत नहीं हो रही थी। बवंडर की एक सिहरन तक नहीं। एकदम सपाट पीठ। शायद चमड़े की जाकेट के कारण वह और ज़्यादा सपाट लग रही थी। चिड़िया भी बाहर देखना चाहती थी। मगर कपूर खिड़की पर ही खड़ा था। चिड़िया ने सोचा। ज़रा सी सावधानी बरते तो वह आसानी से खिड़की के बाहर जा सकती है। वह उड़ी। खिड़की की ओर आई। वह काफ़ी सावधान थी। बाहर निकलने को उसने गोता मारा ही था कि कपूर की खोपड़ी में बहुत देर से बुनता हुआ जाल बाहर निकला और उसने चिड़िया को धर दबोचा।

बस खेल ख़तम!

इसे जाल कहते हैं जाल!

और मैं कपूर हूँ कपूर, तुम्हारा पति!

हवा का शोर अभी थमा नहीं था। कपूर ने मुस्कराते हुए जाल में फँसी चिड़िया को कमरे के फ़र्श पर फेंक दिया और दरवाज़ा भेड़ते हुए बाहर निकल गया। उसके जूतों की आवाज़ आ रही थी। पहली बार ज़ीना उतरते हुए उसके जूतों की आवाज़ आ रही थी। खट! खट!

चमगादड़ों वाला पेड़

पुराने और नये शहर के बीच दो तालाब थे। एक बड़ा तालाब और दूसरा छोटा तालाब। छोटे तालाब को छोटे मियाँ ने बनवाया था जबकि बड़े तालाब को बनाने के कई क़िस्से थे जो राजा भोज तक जाते थे। दोनों तालाबों पर पुल बने हुए थे जो पुराने शहर से नये शहर को जोड़ते थे। बड़े तालाब पर बने पुल के दोनों तरफ़ की सड़क काफ़ी सँकरी थी। उसके दोनों तरफ़ बहुत पुराने और बहुत घने पेड़ थे। इन्हीं पेड़ों में एक विशाल पेड़ था जिसे सब लोग चमगादड़ों का पेड़ कहते थे। कुछ लोगों का मानना था कि वह पेड़ तीन सौ साल से भी ज़्यादा पुराना था। अलग-अलग लोग उसकी अलग-अलग उम्र बताते थे। उसकी छाँह इतनी चौड़ी थी कि सड़क की पूरी चौड़ाई पर हमेशा बनी रहती थी। चिलचिलाती धूप में भी जब उसके नीचे से गुज़रो तो मौसम बदल जाता था। गर्मियों में पैदल चलते लोग अक्सर चार घड़ी उसके नीचे रुककर राहत की साँस लेते। राहत की साँस लेने का मुहावरा इसी की छाँह में आकर समझ में आता था। दिन के समय हज़ारों की संख्या में चमगादड़ें इसकी डगालों पर लटकी रहती थीं। चमगादड़ें मनुष्यों की ही बिरादरी में आती थीं। यानी स्तनधारी प्राणियों में। कलाकारों की तरह ये चमगादड़ें दिन भर पेड़ पर उलटी लटकी सोती रहतीं और सूरज के ढलते ही पेड़ छोड़कर पूरे आकाश पर छा जातीं। वे मनुष्य की इच्छाओं की तरह उड़ना जानती थीं। झुंड के झुंड जब वे उड़तीं तो पूरे आकाश पर छा जातीं। चमगादड़ों का पेड़ घना तो था ही उसका तना इतना मोटा था कि अगर आठ-दस आदमी अपने दोनों हाथ फैलाकर घेरा बनाएँ तभी उसका तना घेरे में आ सकता था। इस पेड़ पर दिनभर चमगादड़ें लटकी रहतीं जैसे वे इस पेड़ पर लगने वाले फल हों।

नई अर्थनीति के पेट से एकाएक इतनी कारें और मोटरसाइकिलें पैदा हो गई थीं कि शहर की सड़कों पर चलना मुश्किल हो गया था। यह सड़क ख़ास थी।

जो हवाई अड्डे को नये शहर से जोड़ती थी। इस सड़क पर ट्रैफ़िक ज़्यादा था। इसलिए इसको चौड़ा किये जाने का निर्णय लिया गया। कार्यवाही चालू हुई तो इस सड़क के दोनों ओर बने कॉलेजों और पुराने भवनों की चौहद्दी वाली दीवारों को तोड़कर पीछे कर दिया गया। हज़ारों पेड़ काट दिये गए। सड़क और तालाब के बीच बने पार्क उजाड़ दिये गए। चमगादड़ वाले पेड़ पर चमगादड़ों की आबादी पिछले कुछ साल में इतनी ज़्यादा बढ़ चुकी थी कि एक अकेले पेड़ पर उनका गुज़र-बसर नहीं हो पा रहा था। इसलिए उन्होंने उस पेड़ के आसपास के पेड़ों पर भी बसेरे बना लिये थे। चमगादड़ वाले पेड़ की डगालें इतनी ज़्यादा फैली हुई थीं कि वे आसपास के सारे पेड़ों पर पुल बना लेती थीं। चमगादड़ों को इन पुलों की ज़रूरत नहीं थी। डगालें गिलहरियों के लिए फ्लाई ओवर थीं। उन्हें एक पेड़ से दूसरे पेड़ पर आने-जाने के लिए वापस ज़मीन पर नहीं उतरना पड़ता था। चमगादड़ों वाले पेड़ के आसपास के पेड़ों के कटने के कारण आसपास के पेड़ों पर बसेरा बना चुकी चमगादड़ों को भी मुख्य पेड़ पर ही आना पड़ा। पेड़ पर चमगादड़ों की संख्या बढ़ गई। सारी चमगादड़ों को अब बहुत सट-सट कर लटकना पड़ता था। आकाश में जगह बहुत थी। शाम जब चमगादड़ें आकाश का चक्कर लगातीं तो तालाब और आकाश के बीच उनकी आवाज़ों का एक पुल बन जाता। इस पुल पर शाम को तफ़रीह के लिए आए जवान लड़के-लड़कियों की आवाज़ें स्केटिंग करती रहती थीं।

आसपास की सारी सड़कों पर से बाधाएँ दूर हो चुकी थीं। एक चमगादड़ों वाला पेड़ ही बचा था। यह इतना बड़ा था कि इसको काटे जाने के लिए इस सड़क का ट्रैफ़िक रोकना ज़रूरी था। इतवार को ट्रैफ़िक कुछ कम हो जाता था लेकिन तालाब के किनारे तफ़रीह के लिए आने वालों की तादाद बढ़ जाती थी। पुल के बग़ल वाले पार्क के बाहर तरह-तरह की खाने-पीने की चीज़ों के ढेले लग जाते। शाम के बाद वहाँ मेला-सा लग जाता। सरकार ने निर्णय लिया कि पेड़ काटने का काम शाम के बाद किया जाएगा, जब चमगादड़ें पेड़ छोड़कर तफ़रीह को निकल जाती हैं। एक-दो दिन के लिए ढेले लगाने और तफ़रीह के लिए आने वालों पर भी पाबन्दी लगा दी जाएगी। ऐसा ही किया गया। पाबन्दी के कारण उस शाम लोगों की आवक-जावक कम हो गई। नगर निगम के कर्मचारियों का अमला अपने साजो-सामान के साथ जब चमगादड़ों वाले पेड़ के पास पहुँचा तो दंग रह गया। वहाँ कोई पेड़ नहीं था। पेड़ अपनी चमगादड़ों सहित ग़ायब था। सिर्फ़ एक बड़ा सा खोखल सड़क के किनारे खुला पड़ा था।

इतना बड़ा पेड़ रातोंरात कैसे ग़ायब हो सकता है? किसी को यह बात समझ नहीं आ रही थी। ऐसी मशीनें भी शहर में नहीं थीं जो पेड़ को...और वह भी इतने

विशाल पेड़ को ज़मीन से साबुत उखाड़कर ले जाएँ। इतने बड़े पेड़ को कहीं ले जाया जाता तो भी सड़क चलते पचासों लोगों की नज़र में आता। काट-काट कर ले जाया जाता तो उसमें भी बहुत समय लगता। यह दिमाग़ चकरा देने वाली घटना थी। तत्काल नगर प्रशासन मंत्री और तमाम बड़े अधिकारियों को फ़ोन लगाए गए। थोड़ी देर बाद ही मंत्री और अधिकारियों का दल घटनास्थल पर पहुँच गया। आसपास मुआयना किया गया। अगर पेड़ को काटा जाता तो डगालों के टुकड़े, पत्तियाँ आदि कोई तो सबूत मिलता लेकिन ऐसा कुछ भी वहाँ नहीं था। खोखल के आसपास पेड़ की जड़ों के भी टुकड़े नहीं थे। बहुत देर की माथापच्ची के बाद सबने एक राहत की साँस ली कि बिना किसी मेहनत के चलो एक बड़ी बाधा ख़त्म हो गई। नगर निगम के अमले के साथ आए मज़दूरों ने तत्काल मिट्टी डालकर खोखल को भर दिया। बाक़ी काम तो सड़क बनाने वालों को करना था और उसमें अभी वक़्त था। इस काम के बाद नगर निगम का अमला भी लौट गया। रास्ते पर ट्राफ़िक रोकने के लिए लगाए गए बैरिकेड हटा दिये गए। ढेले वालों पर लगा प्रतिबन्ध भी हट गया। देखते ही देखते सारे शहर में यह ख़बर फैल गई कि चमगादड़ों वाला पेड़ अपने आप ग़ायब हो गया।

लम्बी गप्प हाँकने और अफ़वाहें फैलाने में इस शहर का कोई सानी नहीं। शाम होते न होते सारा शहर ग़ायब हो चुके पेड़ की जगह पर उमड़ने लगा। जब रास्ते चलता कोई दूसरे से पूछता कि...कों ख़ाँ काँ जा रए हो? तो एक ही जवाब हर दिशा से आता कि मियाँ चमगादड़ों वाले उस पेड़ को देखने जा रए हैं...जो ग़ायब हो गया। किसी ने यह सोचने की जहमत ही नहीं की कि जो ग़ायब हो चुका है उसे देखा कैसे जा सकता है। और जो दिखाई देगा वह ग़ायब कैसे हो सकता है। लेकिन लोगों का ताँता रुकने का नाम नहीं ले रहा था। जब हज़ारों लोग उस जगह पहुँचे तो देखा कि चमगादड़ों वाला पेड़ बिना किसी खरोंच के अपनी जगह मौजूद था। शाम हो चुकी थी इसलिए चमगादड़ें आकाश पर मँडरा रही थीं। लोगों को निराशा भी हुई और ख़ुशी भी कि पेड़ अपनी जगह सही-सलामत था। लोगों को लगा कि शहर ने अपनी फ़ितरत के हिसाब से ही यह अफ़वाह उड़ाई है। कुछ लोगों का ख़याल था कि पेड़ के ग़ायब होने की अफ़वाह ख़ुद सरकार ने उड़ाई है जिससे किसी भी तरह का विरोध न हो सके और पेड़ की लकड़ी को भी ठिकाने लगाया जा सके।

शहर के हज़ारों फ़ोन फिर घनघना उठे। कुछ ही पलों में हड़कम्प मच गया। मंत्री, संत्री और अधिकारियों का अमला एक बार फिर अपने लाव-लश्कर के साथ घटनास्थल पर हाज़िर हो गया। सब हैरत से ताक रहे थे। पेड़ मौजूद था।

एकदम पहले वाली ही जगह पर और पहले वाली ही शक्ल में। कोई समझ नहीं पा रहा था कि माजरा क्या है। प्रेस और मीडिया भी अपने कैमरे और माइक्रोफ़ोन्स के साथ आ धमका था। तरह-तरह के सवाल हवा में उछल रहे थे। चमगादड़ों की आवाज़ में कई बार सवाल और कई बार दिये जा रहे जवाब डूब जाते। न सवालों में कोई विविधता थी न जवाबों में। न सवाल पूछने वालों की अक्ल काम कर रही थी न जवाब देने वालों की। पेड़ की तरफ़ देखने से लगता था कि पेड़ सारे तमाशे पर धीरे-धीरे मुस्करा रहा है। ग़ायब होने का रहस्य या तो उसे पता था या चमगादड़ों को।

लंतरानियाँ नये-नये क़िस्से गढ़ने में मशगूल थीं। वहीं रेत घाट से नीचे उतरकर रँगरेजों के कुछ मकान थे। पेड़ के सामने से एक घाटी गिन्नौरी वाले तालाब की तरफ़ उतरती थी, जिसे रेत घाट कहा जाता था। वहीं रँगरेजों की एक बस्ती थी। माना जाता था कि जब किसी कपड़े पर बार-बार चढ़ाने के बाद भी रंग नहीं चढ़ता तो रँगरेज ऐसी ही अफ़वाहें उड़ा दिया करते हैं। अफ़वाह चल निकले तो कपड़े पर रंग चढ़ने लगता है। पेड़ के ग़ायब होने की अफ़वाह की तोहमत सरकार के माथे से होकर अब रँगरेजों के सिर आ गई थी। लोग कह रहे थे कि यह अफ़वाह रँगरेजों की ही उड़ाई हुई है। वर्तमान मेयर को बदलवाने के लिए यह अफ़वाह विरोधियों ने उड़वाई है। जितने मुँह उतनी बातें थीं। अनुमान की डोर लगातार लम्बी हो रही थी। जिसका दिमाग़ जिस दिशा में चलने लगता वह उधर ही निकल पड़ता। चमगादड़ों की तरह चाहे आदमी न उड़ पाए लेकिन दिमाग़ी उड़ान तो भर ही सकता है। आदमी की बिरादरी की एक मछली होती है और एक यह उड़ने वाली चीज़ इसलिए आदमी में भी दोनों ख़ूबियाँ पाई जाती हैं। जीवन में जिन्होंने तैरना तो दूर कभी तालाब के किनारे की सीढ़ियों पर खड़े होकर पाँव भी गीले नहीं किये वो भी दिमाग़ी गोता लगाने में उस्ताद थे। इसी तरह उड़ने का हुनर चाहे किसी को न आता हो लेकिन दिमाग़ी उड़ान भरने से भला किसी को कौन रोक सकता था।

आधी रात तक तमाशा चलता रहा। पुलिस ने जब डंडा बजाना शुरू किया तभी लोगों की भीड़ छँटना शुरू हुई। नगर प्रशासन की नये सिरे से मीटिंगें शुरू हुईं और एक बार फिर पेड़ को काटे जाने का निर्णय लिया गया। तारीख़ तय हुई और पेड़ के आसपास सख़्त पहरा बैठा दिया गया। इस बार प्रशासन ज़्यादा ही चौकन्ना था। किसी भी तरह की गड़बड़ी की कोई गुंजाइश नहीं छोड़ी गई थी। पेड़ काटे जाने के लिए जो तारीख़ तय की गई थी उसके एक दिन पहले ही पेड़ के आसपास पुलिस का पहरा बिठा दिया गया। दस-पन्द्रह पुलिसवालों की एक पूरी टुकड़ी पहरे पर थी। बीच-बीच में आसपास घूमकर गश्त भी लगाई जा रही थी।

लेकिन सुबह होती और नगर निगम का अमला पेड़ काटने पहुँचता इससे पहले ही, पता नहीं कैसे, हवा का एक झोंका आया और पहरे पर बैठे सारे सिपाहियों की पल भर को आँख लग गई। गश्त कर रहे सिपाही गश्त करते-करते ही सो गए और पेड़ के आसपास बैठे अपनी-अपनी जगह लुढ़क गए। मुश्किल से दो पल को आँख झपकी होगी और पेड़ ग़ायब हो गया।

एकाध बार की बात होती तो बात आई-गई हो जाती लेकिन ऐसा अब बार-बार हो रहा था। बात राष्ट्रीय और धीरे-धीरे अन्तरराष्ट्रीय आसमान में उड़ान भरने लगी थी। अब पेड़ के आसपास विदेशी मीडिया के लोगों ने भी अपना डेरा जमा लिया था। इस बीच ही कई हज़ार फ़ोटो उस पेड़ के चमगादड़ों के और ग़ायब होने के बाद बचने वाले खोखल के लिए जा चुके थे। शहर के अख़बारों और न्यूज़ चैनल्स पर इन दिनों बस एक ही ख़बर थी—चमगादड़ों वाले पेड़ की, उसके ग़ायब होने और वापस आने की। दो दिन बाद पर्यावरणवादियों की एक संस्था का एक जत्था भी घटनास्थल पर आ गया। उनमें कई नौजवान लड़के और लड़कियाँ थीं। ज़्यादातर लड़के और लड़कियाँ जीन्स और हरे रंग की टीशर्ट या कुर्ते पहने हुए थे। उनकी टीशर्ट्स पर अंग्रेज़ी में तरह-तरह के वाक्य लिखे हुए थे। उन्होंने आते ही जगह-जगह अपने पोस्टर और बैनर लगा दिये। मीडिया का आकर्षण अब बदल गया था। कैमरों के मुँह अब उनकी तरफ़ घूम गए थे। संस्था का सचिव मीडिया को अपनी बाइट दे रहा था। उसने कहा सवाल पेड़ के ग़ायब होने और वापस आने का नहीं है, सवाल चमगादड़ों के नैसर्गिक न्याय का है। वे धरना देकर बैठ गए थे और अपनी-अपनी मिनरल वाटर की बोतलों से पानी पी रहे थे। धरने के बाद ही उन्होंने एक सेमिनार की घोषणा भी की। इसी बीच किसी संस्था का एक बयान आया कि यह जादूगरों द्वारा किया गया कारनामा है। जिस तरह हिप्नोटिज़्म के द्वारा जादूगर बड़ी-बड़ी चीज़ों को ग़ायब कर देते हैं इसी तरह जादूगरों ने ही पेड़ को ग़ायब करने का कारनामा अंजाम दिया है। सत्ताधारी दल के एक नेता जो हमेशा ही कुछ ऊटपटाँग बयान देने के लिए मशहूर थे उन्होंने बयान दे दिया कि प्रतिपक्ष जादूगरों से मिलकर यह काम करवा रहा है। इस बयान के आते ही राजनीतिक चिल्ल-पों शुरू हो गई। सारे बयानवीर खम ठोंककर मैदान में उतर आए।

हर बार नगर निगम का अमला पेड़ काटने पहुँचता और पहरेदारों को झपकी आ जाती और पेड़ ग़ायब हो जाता। सरकार की ही नहीं लगता था कि सारे शहर की और वैज्ञानिकों की भी अकल घास चरने चली गई है। शहर के लोगों ने मान लिया था

कि चमगादड़ें ही पेड़ को लेकर उड़ जाती हैं। हालाँकि चमगादड़ों की संख्या जो भी हो इतने बड़े पेड़ को लेकर उड़ना उनके लिए सम्भव नहीं था।

शाम का वक़्त था। मैं और मट्टू तालाब की सफ़ीलों पर बैठे इसी मसले पर बात कर रहे थे। मट्टू ने कहा—चमगादड़ें भी अजीब झक्की हैं यार, अगर पेड़ को लेकर उड़ जाती हैं तो किसी दूसरी जगह पर जाकर अपना पेड़ रख लें और वहाँ मजे में रहें, जबरन पूरे शहर की नाक में दम कर रखा है।

किसी राह चलते ने कहा, 'आख़िर चमगादड़ें आदमी की ही बिरादरी में आती हैं...।'

तभी एक आदमी इस बातचीत में आकर शामिल हो गया...मट्टू की बात काटते हुए उसने कहा कि तुम्हें अपनी कार चलाना है तो तुम एक नई सड़क क्यों नहीं बना लेते, इन पेड़ों के पीछे क्यों पड़े हो...चमगादड़ें अपने पेड़ की जगह क्यों बदलें?

मट्टू को अपनी बात काटने वाले पर बहुत ग़ुस्सा आया कि एक तो बिना जान-पहचान जबरन बातों में ठुस आया और उस पर बात भी काट रहा है लेकिन जब तक मट्टू अचानक बातचीत में शामिल हुए उस आदमी को जवाब दे पाता, उस आदमी ने अपने दोनों हाथ हवा में फैलाए, ऊपर उठा और चमगादड़ों के बीच जाकर ग़ायब हो गया।

मोबाइल-झूठ

दिवाकर बाबू की जो छवि हमारे मन में थी उसमें उनका दाहिना हाथ अपनी हथेली में एक छोटा-सा मोबाइल दबाए हमेशा ही कान से सटा रहता था और वे ज़ोर-ज़ोर से किसी-न-किसी से बतिया रहे होते। लेकिन आज कई दिन बाद जब मैं उनकी बैठक में घुसा तो अप्रत्याशित रूप से मोबाइल उनके सामने रखी टेबिल पर शान्त पड़ा हुआ था। दिवाकर बाबू ने हाथ उठाकर कहा, आओ...। अभी उन्होंने आधा वाक्य ही बोला होगा कि मोबाइल बजने लगा। उन्होंने वाक्य को आधे में ही छोड़ा और मोबाइल पर बतियाने लगे। अक्सर ऐसा ही होता था। दिवाकर बाबू आधा वाक्य ही बोल पाते और मोबाइल बजने लगता। जब तक मोबाइल बन्द होता दिवाकर बाबू भूल चुके होते कि उन्होंने वाक्य कहाँ छोड़ा था। वे कोई दूसरा वाक्य बोलने लगते और फिर मोबाइल बजने लगता। मुश्किल से ही मैंने कभी उन्हें पूरा वाक्य बोलते हुए सुना था। उनके सम्पर्क सारे देश में फैले हुए थे। इस सम्पर्क क्रान्ति ने उनकी रचना-प्रक्रिया में बहुत दिलचस्प परिवर्तन किये थे। अब वे कहीं व्याख्यान दे रहे होते तब भी वे बहुत सारे अधूरे वाक्य बोलते। एक के बाद एक अधूरा वाक्य। श्रोताओं में जो दिवाकर बाबू को जानते थे, उनके अधूरे वाक्यों के अभ्यस्त हो चुके थे। बाक़ी श्रोता अनुमान लगाने की कोशिश करते या चुप रह जाते। लिखने में भी दिवाकर बाबू की भाषा अधूरे वाक्यों की भाषा बन गई थी। शायद वे देश के अकेले ऐसे रचनाकार थे जो सिर्फ़ अधूरे ही वाक्य लिखते थे और अधूरे ही वाक्य बोलते थे। मेरा कई बार मन करता है कि मैं एक लेख लिखूँ 'अधूरे वाक्यों का सौन्दर्यशास्त्र'।

कभी-कभी मैं सोचता हूँ कि मोबाइल हमारे देश में न आया होता तो दिवाकर बाबू का क्या होता? कप्पू होता तो तुरन्त कहता...तब दिवाकर बाबू अपने दाहिने हाथ का ज़्यादा उपयोग कर पाते। इस अद्‌भुत यंत्र की ईजाद से झूठ बोलना इतना

आसान हो गया था, कि झूठ बोलते हुए लगता ही नहीं था कि झूठ बोल रहे हैं। कमाल की सहूलियतें पैदा हो गई थीं। पुराना युग बीत चुका था जब एक झूठ को बनाने के लिए घंटों माथापच्ची करनी पड़ती थी। उसे बोलने से पहले सौ बार मन-ही-मन तैयारी करनी पड़ती। उस मशक्कत का अपना मज़ा था लेकिन उसमें जोख़िम भी कम न थे। झूठ पकड़ में आ जाने के ख़तरे थे और कई क़िस्म के डर भी। जरा सी चूक होते ही झूठ पकड़ में आ जाता था। हालाँकि नई प्रौद्योगिकी से पैदा हुई इस आसानी ने झूठ बोलने की सारी उत्तेजना...सारे रोमान को ख़त्म कर दिया था। सारी सृजनात्मक प्रक्रिया चौपट हो गई थी। अब झूठ बोलने के लिए पल भर भी सोचना नहीं पड़ता था। आदमी जैसे तमाम दूसरी बातें करता वैसे ही आसानी से झूठ बोल लेता। झूठ बोलने का कोई पश्चात्ताप भी नहीं होता। झूठ अब नैतिकता अनैतिकता से परे था। झूठ बोलना पाप है जैसे वाक्य अब न तो माँ-बाप अपने बच्चों से बोलते थे और न ही स्कूल के मास्टर ऐसे वाक्य अपने छात्रों से बोलते हुए पाए जाते थे। वास्तविकता अब सिर्फ़ आभासी वास्तविकता थी।

इस फ़ोन का नाम मोबाइल जिसने भी सोचा और रखा था, बहुत सही रखा था। पुरानी कहावत थी कि सच जब तक अपने जूते के तस्में बाँध रहा होता है, झूठ सारी धरती का चक्कर लगाकर आ जाता है। झूठ पहले भी तेज़ी से चलता था लेकिन अब तो वह आवाज़ की गति से चल सकता था। धरती के एक छोर से दूसरे छोर तक झूठ आराम से यात्राएँ कर रहा था। मैं मोबाइल नहीं रखता था। कई झूठ मुझे कई बार यात्रा के दौरान मिल जाते, बहुत तरस खाई नज़रों से मुझे देखते और मुँह फेर लेते।

दिवाकर बाबू लुका-छिपा कर झूठ नहीं बोलते थे। उन्हें जब किसी से बात नहीं करनी होती तो घर में बैठे चार लोगों के बीच ही मोबाइल पर कह देते कि मैं अभी बाहर हूँ परसों तक लौटूँगा तब सम्पर्क कीजिए और फ़ोन काट देते। दिवाकर बाबू हमारी सारी मंडली में उम्र में सबसे बड़े थे। वे साहित्यिक और सांस्कृतिक नेता थे। उनकी बात बिना जिरह किये सब मान लेते। कभी ख़ुशी-ख़ुशी और कभी मन मार कर। लेकिन उनकी बात को न मानने का कोई सवाल नहीं था। शाम सुरमई हो जाती, वे किसी दोस्त के घर पर रसरंजन कर रहे होते और शहर के ही किसी परिचित का फ़ोन आता तो मोबाइल उठाकर दिवाकर बाबू बिना किसी हिचक के कह देते कि अभी यहाँ उपाध्याय के घर बैठे हैं और भी लोग हैं...रसरंजन चल रहा है, तुम भी आ जाओ...हाँ...फिर उपाध्याय की तरफ़ मुड़कर पूछते—क्यों पूरी तो पड़ जाएगी...या कम पड़ेगी...फिर फ़ोन की तरफ़ मुख़ातिब होकर कहते—हाँ सुनो रास्ते से एक हॉफ लेते आना और दो सोडा भी और जरा जल्दी पहुँचो।

मुझे जाना भी है। लेकिन अगर रसरंजन उनके अपने घर पर हो रहा हो, हालाँकि ऐसा बहुत कम ही होता था, और किसी का फ़ोन आ जाता तो कह देते कि मैं बाहर हूँ, कल तक लौटूँगा।

दिवाकर बाबू की उम्र सत्तर पार हो चुकी थी। मोबाइल नाम का यह खिलौना इन दिनों प्रेम की उम्र से गुज़र रहे लड़के-लड़कियों के हाथ में होता ही होता था। अगर इस उम्र के लड़के-लड़की के हाथ में मोबाइल नहीं हो तो समझना चाहिए कि या तो उनका कोई लफड़ा नहीं है या उनकी जवानी में कुछ खोट है। प्रेम में झूठ बोलने की कला की सबसे ज़्यादा ज़रूरत पड़ती थी। आप जितना बढ़िया झूठ बोल सकते हैं उतने ही अच्छे प्रेमी हो सकते हैं। फ्लर्ट करने की कला में तो मोबाइल ने चार चाँद लगा दिये थे। युवा लड़के-लड़कियों का एक हाथ हमेशा कान पर ही रखा रहता जैसे वे किसी बात की तौबा कर रहे हों। अब झूठ बोलने के बाद तौबा करने के लिए हाथ को बार-बार कान तक ले जाने की कसरत नहीं करनी पड़ती थी। आप शहर में ही हों बल्कि कहीं आसपास ही हों तब भी आप आसानी से कह सकते थे कि मैं किसी दूसरे शहर में हूँ। यह सुविधा लैंडलाइन फ़ोन में नहीं थी। लगभग सभी शहरों में ट्रैफ़िक बढ़ गया था। अगर कहीं पहुँचने में देर हो जाए तो प्रेमी या प्रेमिका आसानी से कह देता कि मैं ट्रैफ़िक जाम में फँसा हूँ या फँसी हूँ। बाज़ार अपनी हर उपभोक्ता सामग्री उत्पाद के साथ एक झूठ बल्कि कभी-कभी तो कई झूठ तैयार करवाता था। हमारे समय में झूठ का एक नाम विज्ञापन भी था। झूठ की कई क़िस्में थीं लेकिन हमारी भाषा में झूठ का बहुवचन नहीं था। झूठ का बहुवचन बनाते ही वह क्रिया से संज्ञा में बदल जाता था।

(नोट : यह पंक्ति मेरी नहीं है। इसे कप्पू ने पढ़ते हुए कहानी के बीच टाँक दिया था। कप्पू अब नहीं है। इसलिए अब इस पंक्ति को मैं चाहूँ तो भी हटा नहीं सकता। मुझे तो यह भी नहीं मालूम कि कप्पू ने क्या सोचकर इस पंक्ति को लिखा था। नई प्रौद्योगिकी और बाज़ार ने हमसे, हमारे शहरों से, हमारे जीवन से अधिकांश स्पेसेस छीन ली हैं, ऐसे में अगर कहानी में या कविता में कोई ज़िद करके कहीं अन्तराल बनाता है तो मान लेना चाहिए कि यह लेखक का निष्क्रिय ही सही सत्याग्रह है : लेखक।)

हम लोग दिवाकर बाबू की बैठक में थे। हम लोग से मतलब कि मेरे अलावा भी कुछ लोग थे। कुछ मित्र थे, कुछ परिचित थे। दिवाकर बाबू की यह बैठक, बैठक भी है, स्टडी भी और आप चाहें तो इसे उनका ऑफ़िस भी कह सकते हैं। चारों ओर नई पत्रिकाओं और नई किताबों के ढेर लगे हैं। दिवाकर बाबू का मोबाइल बन्द होने का नाम ही नहीं ले रहा था। एक बात समाप्त होती तो दूसरी घंटी बजने लगती। बीच में इतना भी अन्तराल नहीं मिलता कि मैं दिवाकर बाबू से एकाध बात कह पाता। मैं बोर हो रहा था। समय गुज़ारने के लिए वहाँ रखी पत्रिकाओं के नये अंक पलट रहा था। दिवाकर बाबू के पास मोबाइल के अलावा लैंडलाइन फ़ोन भी था। लाल रंग का वह फ़ोन तखत के दाहिनी तरफ़ रखी टेबिल पर रखा था। उस पर सिर्फ़ उनके परिवार के लोग परिवार के लोगों के लिए ही फ़ोन करते थे। दिवाकर बाबू के परिचित मुश्किल से ही उस पर कभी फ़ोन करते। चालीस-पचास मिनट से ज़्यादा हो चुके थे लेकिन मोबाइल मुसलसल चालू था। इसी बीच एक घंटी बजी और दिवाकर बाबू ने फ़ोन उठाया। दिवाकर बाबू ने कहा...नमस्कार रघुनन्दन जी...और हम लोगों को दिखाकर माथा ठोंका। रघुनन्दन जी के फ़ोन आने से सभी घबराते थे। उनके फ़ोन का मतलब था कम-से-कम एक घंटे के लिए फ़ुरसत। हाथ दुखने लगता, कान की सुनने की क्षमता जवाब दे जाती और दिमाग़ सुन्न हो जाता। लेकिन रघुनन्दन जी का आत्मपुराण समाप्त नहीं होता। जब रघुनन्दन जी बोल रहे होते तो वे ज़्यादा से ज़्यादा हाँ...हूँ कहने जितनी ही जगह छोड़ते थे। इसमें सिर्फ़ सुनना होता था। उनकी नई प्रकाशित लम्बी कविता पर किस-किस आलोचक और किस-किस कवि ने क्या-क्या कहा है। उस कहे हुए में कौन उनकी मेधा से ईर्ष्या के कारण बोलने में कंजूसी कर गया और किसने कविता को कितना ग़लत समझा...उनका आत्म-प्रशंसा का ढंग कुछ अलग था। इसे आप व्याज स्तुति या व्याज निन्दा जैसी श्रेणियों से नहीं समझ सकते। कहेंगे कि अब देखिए मेरी जो अभी लम्बी कविता राम के मिथक को लेकर प्रकाशित हुई है, उसकी लोग निराला की राम की शक्ति-पूजा से तुलना कर रहे हैं...अब देखिए मैं लोगों को समझाता हूँ कि भाई राम की शक्ति-पूजा के और मेरी कविता के मिथक में अन्तर हैं...यह तुलना ग़लत है, यह कविता उसके आगे की कविता है...रघुनन्दन जी का फ़ोन सुनने के बाद लगता कि सारा साहित्यिक समाज इस समय सिर्फ़ रघुनन्दन जी की कविता पर ही सोच-विचार रहा है। रघुनन्दन जी के पास सरकार से मिला फ़ोन था। उसके बिल का भुगतान उनका विभाग करता था।

दिवाकर बाबू अभी मोबाइल पर पिछले घंटों से चली आ रही चर्चाओं के हैंगओवर में थे। पाँच मिनट बाद जैसे ही एक छोटी सी जगह दिवाकर बाबू को

बोलने को मिली तो उन्होंने लपककर कहा...रघुभाई, मैं अभी शहर से बाहर हूँ... एकाध दिन बाद...इतना कहना था कि दूसरी तरफ़ से रघुनन्दन जी ने इतनी ज़ोर का ठहाका लगाया कि ठहाका फ़ोन फोड़कर बाहर निकल आया और दिवाकर बाबू की पूरी बैठक में गूँज गया। एक मिनट को तो दिवाकर बाबू को समझ नहीं आया कि इसमें हँसने की क्या बात है, और वह भी इतनी ज़ोर से हँसने की...लेकिन दूसरे ही पल उनके दिमाग़ की बत्ती जली तब तक उधर से रघुनन्दन ने कहा...दिवाकर बाबू मैं आपसे लैंडलाइन पर बात कर रहा हूँ...मोबाइल पर नहीं...। दिवाकर बाबू सनाका खा गए। सन्देह के साथ उन्होंने अपने हाथ में लैंडलाइन फ़ोन के चोगे को देखा और बिना कोई उत्तर दिये उसे बन्द कर दिया।

दिवाकर बाबू अभी इस झटके से उबरे भी नहीं थे कि उनका मोबाइल बजने लगा। कुछ देर उन्होंने उसे नहीं उठाया...फिर बहुत बेमन से उठाया और कहा... अभी थोड़ी देर में तुम्हें फ़ोन करता हूँ...बाथरूम में हूँ...।

कपिल का पेड़

सर्दी ने सारे शहर को धर दबोचा था। पुल, पेड़, सड़कें और समय सब-कुछ कोहरे में डूबा हुआ था। जो घड़ी में बजता, बाहर बजता हुआ नहीं दिखता और सारे अनुमान ग़लत हो जाते। अमूमन इस शहर के मौसमों का मिज़ाज ऐसा नहीं था। मौसम, शास्त्रीय संगीत की अदा से शुरू होते और उठते। सर्दी एक लम्बे आलाप से शुरू होती और जनवरी में पहुँचकर झाला बजाती, लेकिन इस बार तो वह एकदम अखाड़े की ढोलक हो गई थी। कपिल ने झल्लाकर कहा—यह तो उद्दंडता की हद है। उसका सारा कार्यक्रम गड़बड़ा गया था, पहले ही वह आठ-साढ़े आठ तक उठ पाता था, जब खिड़की, दरवाज़े और रोशनदान से कूदकर आने वाले धूप के टुकड़े, उचकते-ठुमकते, लाँघते-फलाँगते पलंग पर चढ़ आते। लेकिन ये ख़रगोश भी अचानक भूमिगत हो गए, और उसकी नींद ने अपना खुलने का समय बदल डाला। वह कभी नौ बजे खुलती और कभी तो साढ़े नौ के भी बाद। नींद के यूँ बेवक़्त हो जाने के कारण वह फिर से सरकार से सख़्त नाराज़ था। उसका ख़याल था—सारी गड़बड़ का कारण पेड़ हैं। पेड़ों के साथ ग़लत सलूक नहीं होता तो सारे मौसमों का हाजमा ठीक-ठाक रह सकता था। इस शहर के आसपास बस्ती बसाने के लिए जंगल बेरहमी से काट डाले गए थे, वह तभी से नाराज़ था। पेड़ उसकी दुखती नस था। वह ग़ुस्से में चिल्लाकर कहता—'एक दिन सारे देश को रेगिस्तान दबोच लेगा, पेड़ काटने वाले जाहिलों, पेड़ के ख़िलाफ़ लड़ाई बन्द करो।' पेड़ों के बारे में वह हर किसी को, हर किसी वक़्त लम्बा-चौड़ा भाषण पिला देता। यह और बात है कि उसके घर के आसपास दूर-दूर तक कोई पेड़ नहीं था। इसीलिए वह हर वक़्त इस मकान को छोड़ देने की फ़िराक़ में रहता। वह कई सालों से एक मकान की तलाश में था, मकान से ज़्यादा एक पेड़ की तलाश में।

बाबू साहब की होटल में जिस शाम कपिल नहीं दिखता, दोस्त कहते, 'वह पेड़ की तलाश में गया होगा।' जब यह बात कही जाती तो पेड़ का मतलब प्रेम होता। कपिल काफ़ी दिनों से प्रेम करने की जुगाड़ में था। उसका ख़याल था कि इतने सारे तालाब, पेड़ और पहाड़ों वाला यह शहर केवल प्रेम करने के लिए ही इस धरती पर अवतरित हुआ है। प्रेम उसकी आत्मा में मुर्ग़े की तरह बाँग दे रहा था, और उसने कहा था कि उसका ख़ून सूर्योदय-सा सुर्ख और चमकीला हो गया है। मैं इस कहानी को शायद कुछ दिनों के लिए और टाल जाता लेकिन ऐसे समय में, जब शहर में पेड़ लगातार कम हो रहे हैं, और बचे हुए पेड़, जो बड़े हो रहे हैं, लगातार अकेले होते जा रहे हैं, कपिल की कहानी लिखने के लिए सबसे उपयुक्त समय है।

तो हाज़िर है क़िस्सा उन दिनों का।

जब कड़कड़ाती सर्दी में शहर की किटकिटी बज रही थी। जब कपिल एक लड़की से प्रेम करने का हवामहल बाँध रहा था। और जब कपिल पेड़, सर्दी, मुद्रास्फीति और क़मीज़ों के बारे में सबसे ज़्यादा परेशान था।

कपिल ने आम के पत्तों जैसे हरे रंग की एक क़मीज़ ख़रीद ली थी और अक्सर उसी को पहने रहता था। बाज़ार से गुज़रते हुए शोकेसों में लगे क़मीज़ देखने का उसे बेहद शौक़ था। कोई अपरिचित भी अगर अच्छी-सी क़मीज़ पहने हो तो कपिल की इच्छा होने लगती कि उस आदमी से दोस्ती कर ले। उसे तेज़ी से कोई भी जुनून सवार होता और उसी तेज़ी से उतर जाता। सारे शहर में उसके हमउम्रों की जितनी भी टोलियाँ थीं, वह किसी न किसी समय हर एक का स्थायी सदस्य रह चुका था। एक वक़्त था जब बजरिया में बैठकर वह आधी-आधी रात तक कैरम खेला करता। कैरम का जुनून उतरा तो चौक में शतरंज की बाज़ी जमने लगी। अट्टासूजे-ख़ाँ के पार्क में बैठकर गाँजा पीते और सट्टे का नम्बर निकालते हुए वह गणितज्ञों-सा तल्लीन रहता। सारे जुनून आते और उतर जाते और कपिल किसी नई चकल्लस में व्यस्त हो जाता। पाँच फुट दस इंच लम्बा, दुबला और बेहद बातूनी क़िस्म का यह जीव एक बैंक में क्लर्क था। नौकरी के बारे में उसका एक स्थायी वाक्य था 'ज़िन्दगी बरबाद हो गई है।' किसी दिन अगर बैंक में किसी अफ़सर से भिड़कर लौटा हो, तो बैंक और राजनीति का क्या सम्बन्ध है, इस बारे में वह आराम से आपको एक-डेढ़ घंटे चॉप सकता है। मतलब यह कि साढ़े पाँच के बाद अगर कपिल बैंक के बारे में बात करता दिखे तो समझ लीजिए कि कहीं गड़बड़ ज़रूर है।

तमाम सारे ऑफ़िसों की तरह उसका ऑफ़िस भी साढ़े दस बजे खुल जाता, कि 'आओ-आओ नौकरी-पेशा बाबुओ, सात घंटे के लिए मुझमें समा जाओ।'

कपिल के कमरे और ऑफ़िस के बीच फैली सड़क सिर्फ़ पन्द्रह मिनट लम्बी थी। नौ बजे भी नींद खुले तो वक़्त का टोटा नहीं होता। दो-तीन ही ऐसे काम थे जिनमें उसे वक़्त लगता था। दाढ़ी बनाना सबसे ज़्यादा वक़्तखाऊ काम था। रोज़-रोज़ शेव के लिए पानी गरम करना और मूड बनाना उसे उकता डालता। ऊब से लड़ते-भिड़ते वह दो-तीन सिगरेटें पी जाता। सिगरेट पीते हुए, सिगरेट कम करने का कीड़ा उसे काटने लगता और उसकी झुँझलाहट बढ़ जाती। दाढ़ी वह बढ़ा सकता था, उस पर दाढ़ी फबती भी थी, लेकिन एक तो वह प्रेम कर रहा था, और शुरुआत में बड़ी दिक़्क़त होती है। इसलिए उसने फ़िलहाल इस ख़याल को ख़ारिज कर दिया।

वक़्त बेढंगा हो तो हर काम बेढंगा होता है। कपिल की झल्लाहट अपने चरम पर थी। न पेड़ मिल रहा था न पेड़ वाला मकान और तिस पर नींद भी देर से खुल रही थी, पूरे एक घंटा। यह तो दिनदहाड़े वक़्त की चोरी है—उसे लगता। यूँ परेशानियों का कारण न सर्दी थी, न सुबह, और न ही नींद। सारी बतंगड़ की जड़ लड़की थी। लड़की जो एक दिन पेड़ की तरह, अपनी डगालें कपिल के सीने और बाँहों पर फेंककर उसे पूरी तरह ढाँप लेगी। यह कपिल का ख़याल था। कपिल के ख़याल में एज़रा पाउंड गुलाटी खा रहा था।

लड़की जिसे पेड़ होना था, उसका नाम अनिता था। अनिता बिस्वास। वह लड़कियों के कॉलेज में रसायनशास्त्र की व्याख्याता थी। उसकी नौकरी हाल ही में लगी थी। कपिल ने सोचा था, दोस्ती होते ही वह अनी से कहेगा कि इस नौकरी को छोड़ दो। अध्यापकी का धन्धा, वह भी इस देश में, केवल तोतों या घोंचू क़िस्म के लोगों के लिए है। प्रेम का ख़याल आते ही उसके पेट में गुलगुली-सी होने लगती, उसने सोचा था अनी से वह पूछेगा कि क्या प्रेम करते वक़्त पेट में कोई रासायनिक प्रक्रिया होती है। अनिता एक दुबली-पतली लेकिन ख़ूब गोरी लड़की थी। आमतौर पर बंगाली लड़की इतनी गोरी नहीं होती, लेकिन वह थी, और टमाटर वाले रंग की साड़ी में एकदम खिल उठती थी। 'खिलना जैसे किसी फूल का'—यह सुधीर ने कहा था, एक दिन यूँ ही झोंक में। सुधीर कपिल का बचपन का दोस्त था। कपिल जब से अपना घर छोड़कर अलग हुआ था तब से एक सुधीर ही था जो उसकी हर ख़ुशी और उदासी में हर वक़्त शामिल रहता था। कपिल के अन्दर वह चिरायते की जड़ की तरह फैला था, और उसकी नस-नस से वाक़िफ़ था। अनी ठीक पौने दस बजे कपिल के घर के सामने से गुज़रती थी। कपिल का ख़याल था कि अनी की रंगरुचियाँ और कपड़े पहनने के ढंग से ही लग जाता है कि वह सुरुचि सम्पन्न और घास की तरह फैले अनन्त और असीम प्रेम करने की क्षमता वाली लड़की होगी।

वह ठंड की जमी हुई हवा-सी बेहद धीरे-धीरे चलती थी। सबसे अद्भुत बात तो यह थी कि सुन्दर होने के बावजूद वह अभी कुँआरी थी यानी शादीशुदा नहीं थी। यानी वह एक विराट और उर्वर सम्भावना थी।

बात जब दोस्तों में आई और बातचीत में आया अनी का ज़िक्र तो कपिल ने ऐसा ठहाका लगाया जैसे यह प्रेम न होकर एक और शगल हो। जैसे कैरम या सट्टा या शतरंज। शगल नहीं था, कपिल की फ़ितरत ऐसी थी, वह अपने अन्दरूनी मामलों की किसी को हवा नहीं लगने देता, लग जाए तो ठहाका मारकर उड़ा देता—हवा को। हवा से मज़बूत पंख भला किसके! वह फक्कड़ और कड़ियल दिखता, वह चाहता भी यही था, भ्रम का प्रभामंडल बना रहे। जगमग-जगमग। बहुत अन्दर लेकिन एक व्यक्ति था जो निरन्तर एक पेड़ को तलाश रहा था, एक बहुत बड़े पेड़ को, कई वर्षों से। लगातार।

नौ साल या शायद इससे भी कुछ पहले से कपिल एक पेड़ तलाश रहा था। एक अपना पेड़, एकदम निजी, एक दिन ग़ुस्से और उदासी से भरा हुआ वह घर से निकल आया। बाहर आकर उसने कहा—'घर में पेड़ की गंध नहीं रही, दरवाज़े अब हथेलियों की तरह नहीं खुलते और खिड़कियों के पास मेरे लिए एक भी शब्द नहीं बचा।' सुधीर चाहता था, कपिल पढ़ाई पूरी कर ले, पर कपिल तत्काल नौकरी तलाश लेना चाहता था। वह ज़िद्दी था। दो-चार नौकरियाँ इधर-उधर कीं और जल्दी ही उसे बैंक में नौकरी मिल गई। उसने अपनी खड़खड़िया साइकिल को किसी रेस के घोड़े-सा तौलकर देखा और कॉलेज का फार्म भर आया। अनी भी कॉलेज में ही थी पर दोनों के विषय अलग थे। लैब में आते-जाते कभी-कभी अनी दिख जाती। मोहल्ले की ही लड़की थी, सो कपिल उसका नाम और घर-परिवार के बारे में पहले से ही जानता था। अनी उन दिनों इतनी सुन्दर नहीं थी। सुन्दरता नये कल्लों की तरह अभी-अभी उसमें फूटी थी। कॉलेज के दिनों में कपिल को लेकिन इतनी फ़ुरसत ही नहीं थी कि वह प्रेम-वेम के पंचात में पड़ पाता। नौकरी तब नई-नई थी। कॉलेज ख़त्म होते ही उसे साइकिल उठाकर भागना पड़ता। कॉलेज और ऑफ़िस के बीच का फ़ासला भी पूतना का बदन था। अपनी क्लास की ही लड़कियों से उसने कोई गुफ़्तगू नहीं की थी। जबकि उनमें इक्का-दुक्का ख़ूबसूरत भी थीं और कोशिश की जाती तो गुन्ताड़ा भी जम सकता था, ऐसा कपिल का ख़याल था। ख़याल में राग...?

हाथियों के झुंड-सा मोटा-ताज़ा समय गुज़र चुका था। घर छूटने से लेकर शतरंज छूटने तक। कुछ नये-पुराने दोस्त थे जिनके बीच अब भी कपिल अपनी शाम और छुट्टियाँ बिताता था। अब भी बातें ढेर सारी होती थीं, ठहाके लगते थे,

लेकिन उसे लगता चुटकुले तेज़ी से ख़त्म हो रहे हैं और लोग पुराने ही चुटकुले दोहराकर जबरन हँसने की कोशिश कर रहे हैं। एक दिन ख़लीफ़ा से उसने कहा—'धीरे-धीरे लोग बेहद अकेले होते जा रहे हैं। न कोई दीवार है न पिंजरा, लेकिन कहीं बहुत अन्दर गड़बड़ ज़रूर है, सारी दूर फैली हुई कोई चीज़ है, जो दिनोंदिन हमें अकेला कर रही है।' कपिल शायद अपने बारे में कहना चाहता था। लेकिन वहाँ ख़लीफ़ा था, सुधीर होता तो वह लोगों की जगह 'मैं' का इस्तेमाल कर लेता। यह नई बात उसके दिमाग़ में चलती रही। कोई भी बात उसके दिमाग़ में कई-कई दिनों तक चक्कर काटती रहती थी। इसी बीच एक दिन 'पोकर की होटल' में चाय पीते हुए कपिल ने फिर से यही बात निकाली। तब सुधीर और मैं दोनों ही मौजूद थे। 'मैं कहता हूँ सबसे बड़ा दुश्मन अकेलापन है।' उसने बिना किसी प्रसंग के यह वाक्य दे मारा। मैंने और सुधीर ने एक साथ उसे देखा, तभी उसने एक वाक्य और फेंका 'इस अर्थतंत्र को उखाड़ फेंकने के सिवा और कोई चारा नहीं।'

'यह चिरायते की जड़ है बच्चूराम।' सुधीर ने छूटते ही जड़ा। कपिल ने एक बार हमें देखा, वहाँ सुधीर की बात की कोई झाँई नहीं थी। उसने चाय का एक बड़ा-सा घूँट भरा और बोला—'मैं प्रेम करना चाहता हूँ।'—'करो किसने रोका है'—सुधीर ने कहा। और हम उठ लिये। सुधीर घर की तरफ़ चल दिया और हम ठंडी सड़क की ओर। जाते-जाते सुधीर ने कहा—'तुम अपने बैंक बैलेंस का क्या करोगे?' और मुस्कराता चला गया।

हर शाम ठंडी सड़क पर घूमने का शौक़ कुछ दिनों से ही चर्राया था। सड़क के दोनों ओर छोटे-छोटे तालाब थे। जिनमें सिंघाड़े उगाए जाते थे। पोकर की गुमटी से शुरू हुई बात अभी तक उसके दिमाग़ में चल रही थी और तालाब के पास आते-आते वह पूरे मूड में आ चुका था। वह शुरू हो गया—'प्रेम आदमी की सनातन इच्छा है, लेकिन क्या वास्तव में प्रेम किया जा सकता है? एक एकदम का, सचमुच का प्रेम, नहीं पार्टनर, ईश्वर से प्रेम करने जैसी कोई मूर्खता तो सम्भव है, लेकिन दो व्यक्तियों के बीच प्रेम...तुम ख़ुद सोचो यार...सोयाबीन में मन्दी और तिलहन चढ़ी वाले समाज में प्रेम हो या पेड़ कैसे सम्भव है? मुझे तो लगता है प्रेम और पेड़ दोनों की ही जड़ों को कोई मुद्रा-राक्षस खाए जा रहा है।' मैं हर बार की तरह उस दिन भी मूक श्रोता था, कपिल रास्ते भर इसी तरह बोलता रहा। एक लम्बा-चौड़ा प्रवचन सुन लेने के बाद भी मुझे उम्मीद नहीं थी कि कपिल किसी प्रेम के चक्कर में पड़ सकता है। वस्तुतः ऐसा कोई क़िस्सा सुनने में भी नहीं आया था। अपने अन्दरूनी मामलों को गुपचुप रखने में वैसे वह काफ़ी माहिर है। उसका बस चले तो वह एकदम गुपचुप प्रेम करे, गुपचुप शादी कर ले और बच्चों को भी

सिखा दे कि किसी को मत बताना कि तुम पैदा हो गए हो, लोग बेहद ख़राब हैं, वे तुम्हारी चिड़िये चुराकर ले जाएँगे। कपिल का बस लेकिन चला नहीं। ताड़ने वालों ने ताड़ ही लिया। काफ़ी हद तक यह शुरुआत अनी की ही तरफ़ से हुई थी।

वह ठीक पौने दस बजे गुज़रती। यह इतना नियमित था कि लोमा टाइम की तर्ज पर पौने दस को हम लोग 'अनी टाइम' कहने लगे थे। निकलने को तो उधर से जत्थे के जत्थे लड़कियाँ गुज़रती थीं, अमरूद के ठेलों की तरह। गर्ल्स कॉलेज का रास्ता था, और रास्ता काफ़ी गतिवान था। गैलरी में घूमते हुए ब्रश करना और साथ ही बीच-बीच में, सड़क को तक लेना कपिल का सुबह का कार्यक्रम था। इसी कार्यक्रम के दौरान एक दिन अचानक ही उसकी नज़र अलग-थलग अकेली जाती हुई अनी पर पड़ी, बहुत धीरे-धीरे ठंड की जमी हुई हवा-सी चलती अनी पर। और वह आश्चर्य से भर गया। आप चाहें तो मैं इसे काफकाई अन्दाज़ में यूँ कह सकता हूँ 'एक दिन जब श्रीमान 'क' की नज़र अनी पर पड़ी तो उन्होंने पाया कि उनकी हड्डियों में लाल सुर्ख़ सेबों से लदे पेड़ उग आए हैं।' कपिल ने अपनी डायरी में लिखा—'एक अनार था, खुला हुआ, और मैं पहली बार जान रहा था कि ओह! इस बदसूरत कत्थई छिलके के भीतर इतने चमकीले दाने हैं।'

इस घटना के बाद कपिल ने ब्रश करने का वक़्त बदल दिया और पौने दस से पहले तैयार होने लगा। यह बेहद तल्लीनता से शेव करता। शेव बिगड़ा तो दिन भी बिगड़ा। ठंड और नींद अब भी उसकी दुश्मन बनी हुई थी। अनी अपने वक़्त पर ही निकलती। कपिल का ख़याल था, इस देश की औरतों में सुबह जल्दी उठना महामारी की तरह फैला हुआ है। अनी घर से दो क़दम पहले क़रीब साठ के कोण पर क्षणांश के लिए नज़र उठाकर छज्जे की तरफ़ देखती और कपिल से आँख मिलते ही मुँह ही मुँह में जीभ घुमाते हुए बेहद हल्के-से मुस्कराती। कपिल को लगता, अनी हँसे तो ज़रूर झरने की तरह झलर-झलर हँसेगी। मुस्कराहट इतनी हल्की थी कि कपिल को लगता इस मुस्कराहट को उसके सिवा और कोई नहीं देख पाता होगा। इस ख़ामख़याली से उसे अन्दर हाँ अन्दर ख़ुशी होती। अन्दर एक तिलिस्म था। जहाँ वह अकेला था, एकदम अकेला। इस तिलिस्म तक आने वाली हर चीज़ को वह एकदम अपनी बना लेना चाहता था। गुपचुप छुपाकर रख लेना चाहता था कि कोई परिन्दा भी पर न मार पाए। बस वह चीज़ उसकी अपनी ही हो और अपना सब कुछ वह उस चीज़ को दे डाले। कच्चे कपास-सा उस व्यक्ति के हाथों में गिर पड़े और कहे लो मुझे 'कातो, धुनो और बुनो।' उसका बस चलता तो अनी के सामने भी वह पारसी थियेटर के अन्दाज़ में बैठकर, एक हाथ दिल पर और दूसरा फैलाकर कहता—'लो लो प्रिये! यह सारी धरती, यह सारा आकाश तुम पर क़ुर्बान है और इसी के बीच कहीं मैं भी हूँ।'

इस तिलिस्म में कपिल सबसे पहले माँ को लाया था, कि 'आओ और मेरे इस तिलिस्म में रहो।' माँ नाते-रिश्तेदारों से घिरी हँसी का एक ख़ज़ाना थी। उसकी अपनी एक अलग दुनिया थी और अलग पँचातें। कपिल के अलावा उसके दो लड़के और एक लड़की और थी। जब भी वह माँ को पकड़कर लाता, छोटू या बड़के में से कोई चला आता और माँ उसके साथ चली जाती। बातें छोटी थीं पर बड़ी होकर फैली थीं। छोटी-छोटी बातें बड़ी-बड़ी तोड़-फोड़ कर रही थीं। कपिल तिलिस्म में अकेला खड़ा लड़ रहा था। माँ, छोटू और बड़के को जितना लाड़ करती है उतना उसे नहीं करती, लेकिन दूसरे ही क्षण उसे लगता कि यह केवल उसके अपने दिमाग़ की उपज है। कपिल सोचता शायद मैं ही बड़के से जलता हूँ कि उसने पहले आकर सारा मक्खन चुरा लिया है, और छोटू से भी शायद ईर्ष्या कर रहा हूँ कि उसने मेरा सबसे छोटे होने का हक़ छीन लिया है। लेकिन इस पर वह ज़्यादा देर कायम नहीं रह पाता। उसे लगता उसे छोटू और बड़के से कोई शिकायत नहीं, शिकायत तो माँ से है। माँ का ही बँटवारा ग़लत है। धीरे-धीरे यह बात उसके गीले आटे से नर्म दिमाग़ में चिपककर बैठ गई। वह चिड़चिड़ा और चुप्पा होता गया। वह दिनभर और आधी-आधी रात तक घर से बाहर रहता। घर में ज़रा भी पूछताछ होती तो वह उखड़ जाता और झगड़ पड़ता। झगड़े बढ़े तो बढ़ते ही गए। एक दुपहर वह अपनी खड़खड़िया साइकिल उठाये घर से सदा के लिए निकल आया। हाँ दुपहर में, रात में नहीं। वह सिद्धार्थ नहीं था। वह जंगल की तरफ़ नहीं दोस्तों की ओर गया था। जिनके बारे में कपिल की राय थी कि वे उसे प्यार करते हैं और यह एकदम ग़लत भी नहीं था। सुधीर ने बिना भावुक हुए कहा था—'फिकर नाट।' और दोनों ने एक ज़ोरदार ठहाका लगाकर आकाश को थोड़ा और ऊपर धकेल दिया था।

एक पेड़ उखड़कर गिरा और कपिल का सारा संसार दो भागों में बँट गया। कुछ लोग थे जो पेड़ लाँघकर दोनों ओर आते-जाते थे। ज़्यादातर लोग इस या उस हिस्से में बँट गए थे। घर का अपना एक खेमा था, अपनी फ़ौजें, अपनी पुलिस चौकियाँ। कभी कपिल उनके सामने पड़ जाता, तो वे आँख बचाकर अपने को किसी काम में व्यस्त कर लेते, बाद को कोई बात खोदकर निकालते, नक्शे की तरह फैलाते और हमले शुरू हो जाते। उसके कानों में जब कोई बात पड़ती, वह गुस्से से फनफनाने लगता। वह उजड्ड और घमंडी हो चला था। हर वक़्त वह एक आक्रामक मुद्रा बनाए रहता। सारे बदन पर लौह कवच चढ़ाए घूमता यह योद्धा अन्दर से लेकिन एकदम मोम का गुड्डा था। जिसे अन्दर जाकर कोई हल्के से छू भी देता तो गंधक के पहाड़-सा उसका रोम-रोम बहने लगता।

कपिल को एक पेड़ की ज़रूरत थी। सख़्त ज़रूरत। लेकिन न तो मैं पेड़ था, न सुधीर। सुधीर की माँ में ज़रूर कोई हरी रोशनी थी, जो उसकी आँखों में पत्तों की तरह हिलती-डुलती थी। कपिल उसे अम्मा कहता। वह बेहद दुबली, नाटे कद की काफ़ी बूढ़ी औरत थी। भोली-भाली गँवई औरत। जो वर्षों से शहर में रहती थी लेकिन कपड़े गाँव के ही पहनती, और ठेठ मालवी में बोलती। उसकी मालवी में कुछ शब्द निमाड़ी के होते। इतनी बूढ़ी होने के बाद भी उसमें कमाल की फुर्ती थी। दिन-भर जाने किन-किन खटरागों में फँसी, हर वक़्त घर में चकरघिन्नी-सी ऊपर-नीचे दौड़ती रहती। हर वक़्त ख़ुश रहना और कुछ न कुछ बोलते रहना, उसकी आदत में शुमार था। कपिल को पेड़ दिख रहा था। सुधीर के घर में बचपन से ही उसके लिए कोई रोक-टोक नहीं थी। वह जाता और अम्मा को पकड़कर बिठा लेता। उसकी गोद में सर रखकर ज़मीन पर ही आड़ा पड़ जाता, अम्मा झिड़कती और 'कितना काम पड़ा है' का बहाना बनाती। लेकिन कुछ ही देर में उसकी अन्तहीन बातें शुरू हो जातीं और वह सब कुछ भूल जाती। शुरू-शुरू में वह कपिल को समझाती 'घर लौट जा, मैया रोती होगी' फिर पूछने लगती 'कोई तुझे लौटाने नहीं आया!' उसकी सारी बातें एकदम ठेठ होतीं, उसमें सहानुभूति जैसा लिजलिजापन नहीं था, केवल एक माँ थी। समझाने का जब कपिल पर कोई असर नहीं होता तो अम्मा की गालियाँ शुरू हो जातीं। 'मसान का दिया' से 'खोलड़े' तक की अनेक गालियाँ वह दे डालती। कपिल बीच-बीच में अम्मा को चिढ़ाता रहता और अम्मा की डाँट और लम्बी हो जाती। कपिल को इसमें मज़ा आता। अम्मा जब ख़ूब बरस चुकती तो गोदी से सर अलग कर उठ जाती। कुछ दूर जाकर पूछती—'हलुआ खाएगा?' हलुआ कपिल के लिए संसार की सबसे अद्भुत चीज़ थी। चाहे वह काहे का भी हो। एक दिन सुधीर के घर से वह हलुआ खाकर लौटा तो उसने हर दोस्त से कहा, 'मैं आज हलुआ खाकर आया हूँ।' उसने उस दिन डायरी में लिखा, 'किसी रात के अँधेरे में मैं इस छोटी-सी बुढ़िया को चुरा लूँगा, मुझे ऐसी ही अम्मा चाहिए, अम्मा मेहँदी की झाड़ी की तरह है—छोटी-सी, मेहँदी की झाड़ी नहीं, सुपारी का पेड़।'

मुझे लगा था—कपिल को पेड़ मिल गया है। कुछ ही दिनों बाद लेकिन वह फिर से अट्टासूजे ख़ाँ के पार्क में बैठने लगा। सुधीर ने टोका भी पर कोई फ़र्क़ नहीं पड़ा। वह ख़लीफ़ा के साथ घूमता रहता और हफ़्तों सुधीर के घर नहीं जाता। कई-कई दिन वह मुझे नहीं दिखता। उन्हीं दिनों एक दिन की बात है वह बाज़ार जाकर ढेर सारी किताबें ख़रीद लाया और बोला—अब पढ़ूँगा। मुझे जाने क्यों लगता था कि एक दिन वह कविताएँ लिखने लगेगा, लेकिन यह भला काम उसने नहीं किया, उसे डायरी लिखने का शौक़ था, और बहुत डायरियाँ उसने इकट्ठी कर रखी थीं।

अधिकतर डायरियों के बहुत कम पृष्ठ भरे हुए थे। ज़्यादा से ज़्यादा दो-दो चार-चार पंक्तियाँ-भर लिखी थीं। डायरियाँ कमरे में खुली पड़ी रहतीं, कोई भी उन्हें पढ़ सकता था, उसे कभी इससे कोई एतराज़ नहीं रहा। एक दिन यूँ ही डायरी पलटते हुए मैं एक पृष्ठ पर रुक गया 'सहगल समुद्र को गाता है, जन्म लेने से पहले अगर मेरी राय पूछी जाती तो मैं समुद्र होना पसन्द करता या सहगल, ताज साहब ने बताया था, सहगल के गाने की तीन अवस्थाएँ हैं, शुरू में नाक से, फिर नाक और गले से और तीसरे क्षण में सीने, नाक और गले तीनों से जोड़कर गाया।' डायरी पढ़कर मैं काफ़ी देर तक हँसता रहा। मुझे कुछ देर को लगा कि कभी रेडियो तक न सुनने वाले कपिल को शायद संगीत का नया जुनून सवार हुआ है, मैंने पूछा तो वह साफ़ टाल गया।

कई दिनों बाद जब कपिल एक दिन दिखा तो बेहद ख़ुश था और अपनी प्रिय हरी क़मीज़ पहने था, बोला—'कक्का के यहाँ से आ रहा हूँ।' यह नई ख़बर थी, लेकिन फिर यह वाक्य अक्सर सुनाई। देने लगा। मेरा और सुधीर का अनुमान था कि कक्का कपिल और घर के बीच पुल बन जाएँगे और एक दिन कपिल घर लौट जाएगा। कक्का कपिल के पिता के एकमात्र छोटे भाई थे। पहले कपिल कभी उन लोगों के निकट नहीं रहा, बल्कि जब कक्का, काकी या चचेरी बहनें आतीं वह चप्पल घालकर बाहर चला जाता। कपिल को किसी पुल की तलाश नहीं थी, जबकि काकी ने यह कोशिश की भी थी। उसे तो बस एक पेड़ चाहिए था और बात-बात में ही एक दिन उसने बिच्ची को पेड़ समझ लिया था। बिच्ची चचेरी बहन थी। कपिल ने अपने अन्दर जो जगह अपनी बहन के लिए बचा रखी थी, उसमें एक दिन उसे बिच्ची खड़ी दिखी थी। बिच्ची उससे छह-सात साल छोटी थी। एक चुप्पी और गम्भीर-सी दिखने वाली लड़की। वह दो-तीन दिनों के ही अन्तराल से बिच्ची के घर जाने लगा था। वह हर छोटी से छोटी बात को भी बिच्ची को बता डालना चाहता। जो कुछ भी दो-चार दिनों में घटता, वह सब कुछ जाकर बिच्ची को बता आता। कपिल का ख़याल था बिच्ची ही है जो उसकी हर बात को समझ सकती है।

बिच्ची के बारे में उसकी डायरियों के कई पृष्ठ भरे हुए थे। डायरी किस दिन की है यह जानना मुश्किल है, उसका छपी तारीख़ों से कोई तालमेल नहीं, डायरियाँ बरसों पुरानी हैं। कपिल ने कोई तारीख़ कभी डाली नहीं।

इस डायरी का आप भी थोड़ा जायजा ले लें।

1. बिच्ची जैसी ही एक बहन की तलाश में मैं वर्षों से भटक रहा हूँ, जंगल में नहीं अपने ही अन्दर, अन्दर के जंगल में, आत्मा के बियाबान में।

(आख़िरी टुकड़ा अजीब था ऐसी भाषा न तो वह बोलता था न लिखता था।)

2. क्या मैं किसी बंगला उपन्यास का पात्र हो सकता हूँ? मेरी बेहद इच्छा है कि एक दिन बिच्ची से कहूँ—ओ मेरी नन्ही माँ, मैं तेरी गोद में सर रखकर अनन्तकाल तक के लिए सो जाना चाहता हूँ, अपनी दुलारभरी नन्ही-सी हथेली से मेरी सारी पीड़ा दुलार दे।

(कुछ कोरे पृष्ठों के बाद एक पृष्ठ पर दो पंक्तियाँ हैं।)

3. बिच्ची इतनी छोटी है लेकिन उसके सामने पहुँचते ही मैं इतना बौना हो जाता हूँ कि बस एक ही उपाय होता है अपने को बचाने का, और मैं बड़प्पन झाड़ने लगता हूँ। ओह मेरा अहं...!

(इसके बाद एक पूरा भरा पृष्ठ है।)

4. क्या मेरा दिमाग़ चिड़ियाघर है, जिसमें रात-दिन जानवर चिल्लाते हैं? मैं किसी दिन फूट पड़ूँगा। इस शहर में ज्वालामुखी की चट्टानें हैं। लावा बहते-बहते ठहर गया है। पत्थर हो गया है। पत्थरों की तरह चुप हैं यहाँ के पहाड़। मैं चाहता हूँ बिच्ची समझे कि मैं उसका पूरा स्नेह, पूरा विश्वास पाना चाहता हूँ। पर यह सब कहना कितना कठिन है। भाषा कितनी लिजलिजी चीज़ है। मेरे दिमाग़ में तरह-तरह की स्टंट फ़िल्मों के सीन दौड़ते हैं। बिच्ची संकट में फँस गई है...बिच्ची तूफ़ान में घिरी है...बिच्ची आँधी में उड़ रही है...और चिल्ला रही है, मैं महाबली सा प्रकट हुआ हूँ...बिच्ची को बचा लाता हूँ...बिच्ची को पता चल जाता है...और मेरे जैसा भाई पाकर वह गर्व और स्नेह से भर जाती है।

(चार-छह पंक्तियाँ ख़ाली हैं फिर लिखा है।)

मैं बेहद कमीना हो गया हूँ। यह एक कमीनी सोच है जो पहले बिच्ची के लिए संकट पैदा होने से शुरू होती है। क्या चाहता हूँ मैं? मैं पेड़ के बारे में सोचना बन्द कर दूँगा और कहीं चला जाऊँगा। बिच्ची एक बहरे समुद्र का नाम है, मैं वहाँ एक गूँगे की तरह चिल्ला रहा हूँ।

डायरी पढ़कर कई सारी शंकाएँ एक साथ मेरे दिमाग़ में उपज रही थीं। क्या वास्तव में कपिल कहीं चला जाएगा? एक और पेड़ वृत्तान्त समाप्त हो गया था। सुधीर से जल्दी ही बात करूँगा मैंने सोचा। कपिल के बेहद बातूनी होने, निजी पत्रों और डायरियों को खुल्ला पटक रखने से मैं काफ़ी दिनों तक इस मुगालते में रहा कि वह एक खुली किताब-सा व्यक्ति है। बातचीत में वह काफ़ी समझदार लगता था, पर डायरी पढ़कर मुझे लगा कि उम्र से अट्ठाईस साल का यह दोस्त अन्दर से अभी केवल बारह-तेरह साल का बच्चा है। वह खुली किताब-सा दिखता भर था जिसकी आड़ में वह अपना चोर पेट छुपाए हुए था। शराब पीकर वह और ज़्यादा

सतर्क हो जाता, कई दिनों से दोस्तों के साथ शराब पीना भी उसने तक़रीबन बन्द कर दिया था। चोर पेट ही सारे झगड़े की जड़ था। वहाँ क्या था, मैं नहीं जानता। पर कुछ था ज़रूर और वह किसी के सामने इसे उलट देने को बेताब था। मुझे लगता एक दिन किसी पेड़ की जड़ में वह अपना चोर पेट उलट आएगा। मैं उस पेड़ की सारंगी बनाऊँगा और एक दिन सारी कथा उजागर हो जाएगी।

अनी क्या एक पेड़ का नाम है? उसने कहा नहीं, पाँचवाँ पेड़।

तब बोला पाँचवाँ पेड़—मुझे देखो और बताओ क्या मैं तुम्हारे सपनों से मिलता-जुलता हूँ?

तब बोला कपिल—हाँ, शायद, कुछ-कुछ, शायद एकदम, हू-ब-हू कपिल के पास अब एक ही काम था, अनी के बारे में सोचना और प्रेम का उलट-सुलट गणित जोड़ना। प्रेम के मामले में वह एकदम दूध की धड़ी नहीं था लेकिन कोई तीसमार ख़ाँ भी नहीं था। निर्णय के मौक़े पर अक्सर उसकी हवा खिसक जाती। वह लगातार उहा और पोह के बीच झूल रहा था। कभी वह एकदम निराश हो जाता, कभी वह इतने आत्मविश्वास से भर जाता कि उसे लगता लोगों में बन्द सारा प्रेम अचानक फूट पड़ेगा और वह उसमें डूब-डूब कर नहाएगा।

अभी सारा नाटक जहाँ का तहाँ था। न सूत-भर आगे, न सूत भर पीछे। अनी उसी तरह मुस्करा रही थी। कपिल उसी तरह देख रहा था। हाँ उसका दिमाग़ ज़रूर शेखचिल्ली का महल बन गया था। वह लगातार सोचता रहता, सोचता और निराश होता, निराश होता और सोचता। कभी-कभी खीज कर सोचता कि वह कल से अनी को नहीं देखेगा, लेकिन दूसरे ही क्षण एक तुरई की बेल अन्दर ही अन्दर ऊपर चढ़ने लगती। और वह दिनभर सड़कों पर रड़बड़ाता फिरता।

मैंने और सुधीर ने एक इतवार उसे धर दबोचा, उसने जेब से एक काग़ज़ निकाला और हमें पकड़ाकर निकल भागा, कि शाम को मिलूँगा। यह एक छोटी-सी कहानी थी जिसे कपिल ने किसी समाजशास्त्र की किताब से उतार लिया था। लगे हाथ यह कहानी भी आप सुन लें।

(यह कहानी एक आदिवासी कुनबे में अपने 'टोटम' के बारे में कही जाती है।)

एक आदिवासी था। एक बार वह यात्रा पर कहीं जा रहा था। चलते-चलते वह जब काफ़ी थक गया तो रास्ते के किनारे एक छायादार पेड़ देखकर उसके नीचे सो गया। उसे इतनी गहरी नींद आई कि वह रात तक सोता रहा। रात में जंगल के सारे जानवर निकले और मनुष्य की गंध पाकर पेड़ की तरफ़ बढ़ने लगे। पेड़ ने जंगली जानवरों को देखा और सोचा अब जानवर इस आदमी को खा जाएँगे। पहले तो पेड़ ने पत्ते गिराकर आदिवासी को जगाना चाहा, लेकिन वह नहीं जागा।

जानवर पास आते जा रहे थे। पेड़ सोच रहा था, यह आदमी मेरी गोद में सोया है, अगर इसे कुछ हो गया तो लोगों का विश्वास पेड़ पर से ख़त्म हो जाएगा। पेड़ के पास लम्बी-लम्बी डगालें थीं, जो पत्तों से भरी थीं। पेड़ ने पास आते जानवरों को देखा और जल्दी से अपनी डगालें झुकाकर उस आदमी को पूरा ढाँप लिया। जानवर आसपास भटककर गुर्राते हुए लौट गए।

कहानी के नीचे एक ही पंक्ति लिखी थी 'टोटम कहाँ है? मैं एक टोटम की तलाश में भटक रहा हूँ।' मतलब कोई प्रगति नहीं—कहानी पढ़कर सुधीर ने कहा। कपिल ज़रूर बेचैन था, हर हालत में वह फ़ैसला करना चाहता था। वह ऑफ़िस जाते हुए दूसरे दिन सुधीर के यहाँ आया और बोला—'मैं दुपहर में आकर भिंडी की सब्ज़ी खाऊँगा।' सुधीर ने पूछा—'क्या तुम छुट्टी पर हो?' 'हाँ मैं एक महीने की छुट्टी लेने जा रहा हूँ।' कहकर कपिल तेज़ी से चला गया। भिंडी की सब्ज़ी उन चीज़ों में एक थी जिनके बारे में कपिल अक्सर लम्बी और चौड़ी बकवास करता रहता। जब उसके भिंडी अनुराग का बखान शुरू होता, तो कम-से-कम आधे घंटे की छुट्टी हो जाती। वह कहता मैं अपनी वसीयत में लिखकर मरूँगा कि मुझे ईसाई पद्धति से दफ़नाया जाए और मेरे ताबूत में बीस किलो भिंडी की सब्ज़ी रखी जाए, क़ब्र के चारों ओर भिंडी के पौधे लगाए जाएँ...इसी तरह की बकवास वह करता रहता और भिंडी की सब्ज़ी खाते हुए अम्मा से लड़ियाने लगता।

एक माह की छुट्टी की दरख़्वास्त हाथ में लिये कपिल ने ऑफ़िस में प्रवेश किया। उसने सोचा था एक माह काफ़ी है और ज़रूरत पड़ी तो वह छुट्टी बढ़ा लेगा। उसकी बहुत-सी छुट्टियाँ बाक़ी थीं। उसके पेट में सूतजी चिल्ला रहे थे—'जाग जाग मेरे नन्हे महर्षि और लपक पड़, तय कर डाल सब कुछ, उठ कि प्रेम की वह सुनहरी घड़ी आ चुकी है जिसका तुझे बरसों से इन्तज़ार था।' वह वास्तव में लपककर गया था, लेकिन दुश्मन भी कमर कस के तैयार थे। काँच के केबिनों में काली फ्रेम की ऐनक चढ़ाए बैठे, थुलथुल खलनायक अफ़सरों को यह गँवारा नहीं था, कि कोई प्रेम के लिए छुट्टियाँ ले। छुट्टियाँ बीमारी के लिए थीं, किसी नाते-रिश्तेदार की मौत के लिए थीं, शादी-ब्याह के लिए थीं, किसी और ज़रूरी काम के लिए भी ली जा सकती थीं, लेकिन प्रेम के लिए छुट्टी का कोई प्रावधान नहीं था। (हाय हाय हाय यह कमबख़्त जालिम...दुनिया यह दुष्ट नौकरशाही... इसमें प्रेम के लिए कोई अवकाश नहीं) उसके मंसूबे ढह गए, सोचे-विचारे का बंटाधार हो गया। वह झगड़ पड़ा, आपातकाल था, आफ़त ही आफ़त का काल। ख़ूब लबर धों-धों मची और हुई चार्जशीट और फिर सस्पेंशन।

नौकरशाही का अपना अस्तबल था, बेहद आलसी और मरियल घोड़े एक विभाग से दूसरे में आ-जा रहे थे। कपिल दिनभर उनके आगे-पीछे दौड़ता रहता। पानी बदलने का उसे वक़्त ही नहीं मिल पाता। चिन्ता लगी रहती, मछलियाँ मर जाएँगी। लेकिन वकीलों को इसकी फ़िक्र नहीं थी। और अफ़सरों को! अफ़सर तो चाहते ही यह थे कि मछलियाँ मर जाएँ। बादलों और कोहरे-भरी सुबहें और शामें ऑफ़िस की दाढ़ में बिला जातीं। नये-नये कई हितैषी पैदा हो गए थे, जो आते-जाते दस-पाँच सीखें उसके खीसे में खोंस जाते। वह कसमसाकर रह जाता। वह झुँझलाकर पूछना चाहता—'ससुरों तुम्हें पता है एक पत्ती पैदा करने के लिए जड़ों की कितनी मिट्टी गोड़नी पड़ती है?' उसकी बस एक ही इच्छा थी कि किसी तरह मिट्टी को पकने से बचा ले। वह दिनभर की लचांड से लस्त-पस्त होकर घर लौटता और सो जाता।

एक के बाद दूसरा पेड़।
दूसरे के बाद तीसरा...फिर...
फिर...एक और पेड़

संयोग से उसका नाम नमीता था। बैंक के अहाते में एक बहुत पुराना ठूँठ था, जिसमें अचानक ही कल्ले फूटने लगे थे। कपिल की नज़र पड़ी तो उसने नमीता को दिखाया—देखो वह पेड़ हरा हो रहा है। नमीता टाइपिस्ट थी। कपिल ने सोचा, अगर वह स्टेनो होती तो वह अपने अन्दर चलते सारे कोहराम को उसे सुना डालता और उस सारे आन्तरिक द्वन्द्व की एक टंकित प्रति प्राप्त कर लेता, जिसे वह ख़ुद भी पूरा-पूरा नहीं सुन पा रहा था। नमीता लेकिन स्टेनो नहीं थी, वह अनीता की तुकबन्दी थी। दोनों ने मिलकर कोई जुगलबन्दी नहीं गाई थी। बल्कि दोनों अलग-अलग राग आलाप रही थीं। कपिल बीच में झूल रहा था। नमीता एक साँवली सी लड़की थी लेकिन उसकी आँखें किसी मांसाहारी पौधे के फूलों-सी बेहद चमकदार थीं। उनके प्रभाव क्षेत्र में पहुँच जाने के बाद, छूट पाना आसान नहीं था। ऑफ़िस काफ़ी लम्बाई-चौड़ाई में पसरा हुआ था, बीसियों कमरे और दर्जनों गलियारे थे; सैकड़ों लोग थे जो प्रतिदिन सात घंटे 'क्रेडिट-डेबिट' करते ख़ुश थे या दुखी थे, ब्लड प्रेशर या बवासीर या सरदर्द के स्थायी मरीज़ थे और सारे देश में बीमारी फैलाने में लगे थे। इस सबके बावजूद और झगड़े में बुरी तरह फँसे रहने के बाद भी, वक़्त निकालकर कपिल दिन में एक बार नमीता से ज़रूर मिल लेता। नमीता से मिलकर उसे थोड़ी राहत महसूस होती। कपिल के अन्दर एक नया द्वन्द्व शुरू हो गया था, जिसमें एक, दूसरे पर हथियार फेंक रहा था।

नमीता से शुरुआत सीधे दोस्ती से हुई थी, कपिल को कभी-कभी लगता क्या पता नमीता इसे मात्र दोस्ती तक ही रखना चाहती हो। वह हर दिन उसमें प्रेम का कोई संकेत तलाशने की कोशिश करता, पर कुछ भी हाथ नहीं लगता। थोड़ी-सी इधर-उधर की बातें होतीं और फिर घूम-फिरकर हर बात ऑफ़िस में चक्कर काटने लगती।

अनी को देखे हफ़्तों गुज़र गए थे। ऑफ़िस से लौटने के बाद कपिल सीधा अट्टासूजे ख़ाँ के पार्क की तरफ़ बढ़ जाता। वह अपनी पुरानी दुनिया में लौट आया था। ख़लीफ़ा चिलम बनाता, नौ-दस बजे तक चाय और चिलम चलती। फिर बाबू साहब की दुकान के पट गिर जाते और अन्दर देसी की बोतल खुल जाती। बाबू साहब, ख़लीफ़ा, लल्ला कंजर और कपिल, बस चार से कोई पाँचवाँ नहीं होता। बारह-एक बजे रात तक कपिल कमरे पर लौटता। ऑफ़िस का झगड़ा चढ़ी पर था, लल्ला पीने के बाद रोज़ कपिल से कहता, 'तुम एक बार मुझे अपने अफ़सरों के चेहरे बता दो—सालों के एक-एक के झाड़ू डालकर मोर बना दूँगा।' कपिल टाल जाता और लल्ला रोज़ गालियाँ बकता—'टुकड़े उड़ा दो सालों के, सूअर मारने के गोलों से मारो इन सूअर की औलादों को, साले समझते क्या हैं...'

पन्द्रह-बीस दिन नाटक चलता रहा और बिना किसी घाटे-लाभ के समाप्त हो गया। मामला बातचीत में तय हो गया। कपिल ने सिर्फ़ इतना ही कहा कि—पेड़ बच गया।

धूप का कद इन दिनों कुछ कम ज़रूर हो गया, लेकिन इस चकल्लस के कारण दिन पहले से भी ज़्यादा लम्बे और उबाऊ लगते। पन्द्रह-बीस दिन कपिल को दम मारने की फ़ुरसत नहीं थी, दिमाग़ में रात-दिन केस चलता रहता। सपने में फ़ाइलें ख़ूँख़्वार कुत्तों में बदल जातीं और पागल कुत्तों-सी उसे चींथ डालने को झपटतीं। मामला निपटा तो वह एकदम ख़ाली-ख़ाली हो गया। इतना ख़ाली जैसे एक लम्बी सुरंग, जिसमें चिड़ियाँ भी नहीं थीं।

कपिल कमरे की ओर जाते-जाते रुक गया, अपने एक कमरे वाले घर के बाहर लटका ताला उसे टाइम-बम लग रहा था। बस वह अभी चाबी लगाएगा और विस्फोट होगा। भड़ाम! और कपिल के चीथड़े उड़ जाएँगे। शून्य का विस्फोट। उसके हाथों में एक झुरझुरी दौड़ गई। कमरे पर जाने के बजाय वह दुकान पर खड़ा-खड़ा सिगरेट पीता रहा और लगातार अपने दिमाग़ में नाम दोहराता रहा। अनीता। पार्क। नमीता। सुधीर। काफ़ी देर तक साइकिल की तरह चक्कर लगाते रहे। साइकिल का हैंडिल पकड़कर कपिल ने कहा—गोल-गोल मत घूम, मुझे कहीं ले चल, ले चल जल्दी से, देख अकेलापन काफ़ी देर से मेरे पीछे लगा है, यह चॉपू एक बार

चिपक गया तो पूरे पन्द्रह-बीस दिन की कसर एक दिन में निकाल डालेगा, मुझे इससे बचा और कहीं ले चल।

साइकिल ने सुना, अपनी सीट पर कपिल को लादा और नमीता के घर की ओर चल पड़ी। थोड़ी-सी इधर-उधर डगमगाई लेकिन फिर सिविल लाइन्स तक बिना रुके चली गई। यहाँ से नमीता का घर पास ही था। साइकिल कॉलेज के पास रुकी और कपिल से बोली—'अगर तुम्हें सिगरेट-विगरेट पीने की तलब लग रही हो तो पी लो।' कपिल ने गुमटी से एक चाय पी, सिगरेट सुलगाई और नमीता के ख़याल में गोता लगा गया। उसने मुलाक़ात से मुलाक़ातों और भविष्य तक के बारे में सब कुछ सोच डाला। सड़क की ओर देखा और उसे लगा इस सड़क पर बेहद पेड़ हैं। पेड़ देखते ही उसे लगा कि उसका सोचना हरियाने लगा है। इतने सारे पेड़ों के साथ रहने वाले लोग ज़रूर ही बेहद सारा प्रेम करते होंगे। अभी सोचना जारी था। साइकिल, सिगरेट ख़त्म होने का इन्तज़ार कर रही थी, तभी गुमटी पर लगा न्योन लाइट का बोर्ड झपझपाने लगा और झपझपाता हुआ झपाक से बुझ गया। अँधेरा हो गया, घुप्प, पेड़ स्याह पड़ गए। अँधेरे की ऐसी-तैसी बोलते हुए कपिल ने साइकिल वापस मोड़ दी।

साइकिल समझ रही थी कि कपिल के सिर पर बेचैनी सवार हो रही है, अगर जल्दी ही इसका इलाज न हुआ तो कल से मन्दी का दौरा पड़ेगा और फिर से वह कई दिनों के लिए गुमसुम हो जाएगा। साइकिल ने कभी लहराकर और कभी पेड़ों की नीची डालों के नीचे से गुज़रते हुए कपिल को संयत करना चाहा। कपिल मन-ही-मन बुड़बुड़ाया, 'मैं इतना भोंदू क्यों हूँ?' साइकिल चुपचाप चलती रही। कपिल एक बार और बुड़बुड़ाया, 'प्रेम, तुम किस तोते की आत्मा में क़ैद हो, तोते तुम किस हमाम में क़ैद हो?' तभी साइकिल 'हमीदी हमाम कदीमी' के सामने से गुज़री और आगे बढ़ गई। अट्टासूजे ख़ाँ के पार्क पर पहुँचकर साइकिल ने कपिल को बाबू साहब के होटल पर उतार दिया। बोतल खुली हुई थी। कपिल ने इत्तिला दी—'मामला निपट गया।' सबने ज़ोर का नारा लगाया और शुरू हो गए कपिल लगातार पी रहा था। ख़लीफ़ा ने दो-एक बार टोका भी। लेकिन कपिल पीता रहा।

डेढ़ बज चुका था, ख़लीफ़ा ने टेबिल पर झूलते कपिल को उठाया, ऑटो में डाला और कमरे की ओर चल दिया। कपिल बीच-बीच में बुदबुदा रहा था।

एक पेड़ चाहिए...।

एक पेड़...मुझे...।

धूप

नींद से ज़्यादा अराजक कोई नहीं होता। जब उसकी मर्ज़ी होगी, दबोच लेगी और जब दिल चाहेगा, चट्ट से खुल जाएगी। जैसे मेरी आँखें मेरी आँखें न हों उसके बाप-दादों की जागीर हों। इतनी सुबह नींद खुल गई कि मैं अचकचा गया। अमूमन इतने सुबह मैं नहीं उठता पर नींद थी कि खुल गई। अब नींद में कोई दरवाज़े-खिड़कियाँ तो होती नहीं कि मैं अपनी मर्ज़ी से उन्हें खोल और बन्द कर पाता। सो जब नींद खुली, मुझे जागना ही पड़ा। बिस्तर पर कुछ देर पड़े रहने का मुझे अधिकार था, तो पड़ा-पड़ा ऊँघता रहा। बाहर साँवला-सा उजाला था। उसका साँवलापन कैलेंडरों के भगवान से मिलता-जुलता था। वह तक़रीबन हमारी नागरिकता की तरह ही साँवला था। मुझे कुछ-कुछ अच्छा लगा। शायद यह अच्छा लगना इसलिए हुआ होगा कि मैं घर-भर में सबसे ज़्यादा साँवला था।

मैंने कंगारू के बच्चे की तरह रजाई से गरदन उचकाकर बाहर का जायज़ा लिया। साँवला उजाला, ठंडी जमी हुई हवा में लिपटा था। क़रीब एक बड़ी चम्मच भर हवा मेरे मुँह में प्रवेश कर गई, शायद यह उस समय हुआ जब मैं बगासी ले रहा था। कक्का ने मुझे कई बार टोका है कि बगासी लेते समय मुँह पर हाथ रखना चाहिए पर याद नहीं रहता। यही भूल-चूक इस बार भी हुई थी। हवा धीरे-धीरे मुँह में घुलती हुई एक पतली नहर-सी मेरी गरदन में उतरने लगी। क्या हवा ग्लूकोस थी? नहीं होगी, लेकिन उस क्षण लगा जैसे हो। मैंने रजाई फिर गरदन तक खींच ली। नीचे सड़क पर झाड़ू लग रही थी। और मेरा पूरा कमरा सरसरा रहा था। जैसे रेत पर कोई नये जूते पहनकर चल रहा हो, या कई सारे लोग अंडे के कलफ़ लगी वर्दी में कवायद कर रहे हों।

यह कमरा ही ऐसा है। सड़क पर से कोई गुज़रता है, लगता है जैसे कमरे में ही चल रहा हो। अगर मैं कवियाने के मूड में आ जाऊँ, तो कह सकता हूँ

'आह कितना संवेदनशील है मेरा कमरा, सड़क की हर पदचाप को अपने में दोहराता हुआ।' लेकिन यह ख़ूबी नहीं है—भाई साहब! एक कर्फ़्यूग्रस्त रात में मेरा कमरा छावनी बन गया था।

वह रात शहर में गोलीकांड के दिन की रात थी। मैं सारी रात नहीं सो सका। मैंने सुबह-सुबह कप्पू से कहा—सारी रात मेरे सर पर घोड़े दौड़ते रहे। सारी रात मेरे दिमाग़ में सीटियाँ बजती रहीं। कई सारी जीपें मेरे ऊपर से गुज़र गईं और मैं रातभर नहीं सो सका। कप्पू ने आधी-दूदी बात सुनी और जड़ दिया—'तुम भावुक हो।'

कप्पू कहता है—गोलीकांड में मरने वालों की संख्या ही कितनी होती है? उससे ज़्यादा तो बाढ़-अकाल, नक़ली तेल और ज़हरीली शराब से लोग मार डाले जाते हैं। कप्पू हर वक़्त 'मार डाले जाते हैं' का उपयोग करेगा। कोई और होता तो कहता 'मर जाते हैं।' कप्पू के कहने से साधारण बात की भयावहता खुलने लगती है। कुछ हो, गोली चलने से उत्तेजना फैली थी, मैं उत्तेजित था, लोग भी, बहुत सारे लोग, बल्कि मैं समझता हूँ तक़रीबन पूरा शहर उत्तेजित हुआ होगा। कर्फ़्यू लगा हुआ था, वरना मैं मालूम करता। गोलीकांड में मृत हुए लोगों के बारे में 'ईश्वर की इच्छा' जैसा वाक्य निरर्थक हो गया था। कोई और कारण होता तो लोग मजे से इस वाक्य के वृत्त में घुसकर निश्चिन्त हो गए होते। ईश्वर की इच्छा से अक्सर बहुत-से लोग मर जाते थे। लगातार मर रहे थे। लेकिन ईश्वर कोई संसद नहीं है, सचिवालय है, चुनाव से उसे बदला नहीं जा सकता, इसलिए वह है, और लगातार है।

मैंने एक बार और कसकर जम्हाई ली, और 'अब उठ ही जाना चाहिए', सोचता हुआ उठ गया। मेरा अन्दाज़ कुछ इस तरह का था, जैसे उठकर मैं सुबह पर कोई एहसान कर रहा होऊँ। मैंने उँगलियाँ चटकाईं तो कमरा चट-चट चटकने लगा। झाड़ू की सरसराहट दूर चली गई थी। साँवला उजाला आसमान की छोरों पर इकट्ठा हो रहा था। धूप का एक पोस्टकार्ड कमरे के फ़र्श पर पड़ा था। डाकिए के आने का वक़्त अभी नहीं हुआ था। घड़ी देखकर नहीं, अन्दाज़ से मैंने सोचा था, कि डाकिए का वक़्त नहीं हुआ है। हवा के दरवाज़े किसी ने खोल दिये थे, और पतली-पतली कई सारी तिरछी हवाएँ दौड़ने लगी थीं। हवाएँ शायद आड़ी-लकीरों वाले कपड़े का गाउन पहने होंगी। उठते हुए खिड़की से आती एक तिरछी, पतली-सी हवा से टकरा गया। ऊपर से नीचे तक एक कँपकँपाहट दौड़ गई। यही ग़नीमत है कि हवा से टकराओ तो सर नहीं फूटता, जैसा कमरे के दरवाज़े से निकलते हुए कई बार होता है। मुझे पूरा यक़ीन है यह कमरा किसी बौने आदमी ने बनवाया होगा। मैं इस कमरे से तंग आ चुका हूँ। पिछले तीन साल से मैं इसे बदल डालना चाहता हूँ। मकान मालिक भी कई तगादे कर चुका है, पर इस शहर में कहीं कमरा नहीं है।

कहीं नहीं था वह कमरा जिसकी मुझे तलाश थी। बस एक यही कमरा था जो मेरे आसपास चिपटा हुआ था। जिसमें टीन की छत थी और जिसका दरवाज़ा छोटा था। अगर मैं इसका मालिक होता तो पहला काम यही करता कि इसके दरवाज़े ऊँचे करवा देता, जिससे सर तानकर आया-जाया जा सके। इस कमरे में खिड़की भी एक ही तरफ़ थी। जिससे हवा आती हुई तो दिखती थी लेकिन जाती हुई नहीं। कमरा फ़ोटोग्राफर की दुकान के ऊपर रखा हुआ है। जैसे स्टूल पर बैठा हो। जैसे मेरा कमरा चपरासी हो, कि अगर वह कुर्सी पर बैठ जाएगा तो अफ़सर की नाक नीची हो जाएगी। मैं एक दिन एक घंटे इसी बारे में सोचता रहा कि चपरासी के कुर्सी पर बैठ जाने से अफ़सर की नाक क्यों नीची होती होगी? कि अफ़सर की नाक जब नीची होती होगी, तो वह किस तरफ़ को नीचे होगी और कितने नीचे जाती होगी, घुटने तक या पैर के अँगूठे तक! मुझे सोचते-सोचते मज़ा आया कि अगर मेरे अफ़सर की नाक इतनी नीची हो जाए, कि ज़मीन चाटने लगे तो कितना मजेदार लगे! मुझे नहीं पता कि मेरा कमरा किस अफ़सर का चपरासी था, जो इस तरह बैठा था? मैं इसके दरवाज़े बदल डालना चाहता था, लेकिन इसमें बाथरूम भी नहीं था। सड़क की ओर निकला हुआ केवल एक बरांडा था जिसके एक कोने में पनालानुमा जगह थी जो नहाने-धोने के काम आती थी। पानी वहीं खुले में रखा रहता। इन दिनों रातभर का रखा पानी सुबह तक ठंडागार हो जाता।

मैंने भरपूर हिम्मत से काम लिया और बाहर रखी बाल्टी से पानी लेकर कुल्ला किया और मुँह धो डाला। पानी इतना ठंडा था कि लगा जैसे मुँह में कुल्फी जम गई हो। मैंने हिम्मत नहीं हारी, बालों में कंघी मारी और चप्पल फटकारता नीचे उतर आया। चाय पीने चौराहे तक जाना पड़ता है। चाय बनाने का खटराग मैं नहीं पालता, अपने उठे और 'जैन चाय-कॉफ़ी' की दुकान पर जाकर चाय गटक ली। यह सुविधाजनक कार्यक्रम है। मैं उधर ही बढ़ गया। दुकान के बाहर भट्टी सुलग रही थी, कुछ देर उस पर हाथ सेंकता रहा, पास ही दो ट्रैफ़िकमैन भी खड़े थे, वर्दी में। ड्यूटी पर जाने को निकले होंगे। वे आपस में बतियाते हुए चाय पी रहे थे। सड़क के इस किनारे पर धूप अभी नहीं आई थी। धूप की एक चौड़ी-सी पट्टी, सरकारी मदरसों में जैसी बच्चों के बैठने के लिए होती है, सड़क के दूसरे छोर पर बिछी हुई थी। वहाँ लाल रंग का शाल ओढ़े एक लड़की खड़ी थी, मैं उसे सूरत से जानता था, वह बग़ल की गली में रहती है, मज़हर डेरी के पास। मैं उसे ताकने लगा। वह दूसरी तरफ़ देख रही थी। शायद वह किसी का इन्तज़ार कर रही थी। थोड़ी ही देर में इब्राहिमपुरे के नुक्कड़ से उसकी छोटी बहन हाथ में पुड़िया लिये

निकली और वह लड़की उसके साथ चल दी। मेरी चाय भी ख़त्म हो चुकी थी। इस तरह मैंने सुबह के कार्यक्रम का एक ज़रूरी काम निपटा लिया था।

सुबह के साथ जुड़ी कई चकल्लसें अभी निपटानी थीं। इन्द्रधनुष की बग़ल से मुड़कर मैं घर की ओर मुड़ रहा था। इन्द्रधनुष रेडीमेड कपड़ों की दुकान है और उसके शोकेस में लगी क़मीज़ों को एक नज़र मैं अक्सर देख लेता हूँ। कभी-कभार वहाँ सस्ती क़मीज़ें आ जाती हैं। हमारे दोस्तों में जिसे भी इसकी जानकारी मिलती, वह तत्काल सारे दोस्तों को पहुँचा देता, कि सस्ती क़मीज़ें आ गई हैं। अभी दुकान नहीं खुली थी। सामने मस्जिद की सीढ़ियों पर कुछ लोग धूप ताप रहे थे। चौराहे वाले बिजली के खम्भे के नीचे धूप का एक चौकोर टुकड़ा पड़ा हुआ था। खम्भे के नीचे चार-पाँच पत्थर रखे हुए हैं। यहाँ कभी-कभी कोई मोची अपनी दुकान जमा लेता है। इन पत्थरों को अपने ढंग से खिसका-खिसकू के बैठने-बाठने के काम ले लेता है। इस समय उन पत्थरों पर दो-तीन लोग जमे हुए हैं, बीच में धुस्सा ओढ़े 'ताज साहब' बैठे हैं। 'ताज साहब' की सुबह हुए तो काफ़ी देर हो चुकी होगी। वे इस भरी सर्दी में भी पाँच बजे उठ जाते हैं और सड़कों पर निकल पड़ते हैं। दिनभर सड़कों पर घूमेंगे और रात जाकर सो जाएँगे। ताज साहब का घर कहाँ है? घर उनके साथ-साथ घूमता है। जिन दिनों जहाँ सोते हैं, घर होता है। कभी मथुरा बाबू के यहाँ, कभी शकीला के यहाँ या कभी अपने भाई के यहाँ काजिक कैम्प चले जाते हैं। ताज साहब ने न जाने कितने धन्धे किये, अब कुछ नहीं करते। नियमित रूप से बस सड़कों पर घूमते हैं और दारू पीते हैं। ग़ज़ल कहते हैं और अग़ल-बग़ल जो मौक़े पर मिल जाए, उसे लिखा देते हैं। ख़ुद लिखते नहीं। कभी क़लम नहीं, तो कभी ऐनक नदारद। लिखें कैसे? पिछली बार परसाई आए तो बोले—'ताज सर से पाँव तक शायर हैं।' शायर तो वे हैं ही, लेकिन ज़िन्दगी की कहानियों का भंडार है—उनके पास। उन्होंने 'एक आना' सवारी पर ताँगा चलाया है, होटल की मैनेजरी भी की और फ़िल्मों में गाने भी लिख आए। पर पहले भी पटियों पर थे, और अब भी पटियों पर हैं। भोपाल के पटिये टूटे तो बेहद दुखी थे। पिछले दिनों एक ग़ज़ल कही और मुझे लिखा गए, कि रेडियो के मुशायरे में पढ़ना है। एक शेर हमारे दोस्तों में कई दिन 'शेर' की तरह घूमता रहा—

इस रास्ते पर धूप न साया, फ़क़त फ़क़ीर।
सूरज फँसा हुआ है ऊँचे मकानों के दरमियाँ॥

यह 12 दिसम्बर, 1976 की बात थी। यानी दो दिन पहले की। मैं ताज साहब को आदाब अर्ज करके आगे बढ़ने को हुआ तो उन्होंने रोक लिया—'कुछ देर धूप में भी खड़े हो लिया करो, जाओगे और फिर कमरे में घुस जाओगे।' ताज साहब को पता है धूप मेरे कमरे में ढंग से नहीं आती। बात मज़ेदार थी पर वक़्त ताँगे में बैठकर चलता है। ताँगे में क्या, सात मज़बूत घोड़ों वाली बग्घी में। मैं कुछ देर रुक जाता, अगर इतवार होता, लेकिन इतवार नहीं था, ऑफ़िस था। सो 'मुझे ऑफ़िस जाना है'...कहकर मैं कमरे की ओर चल पड़ा।

जाते समय मेहतरानी का ख़याल ही नहीं रहा, शायद झाड़ते हुए वह आगे निकल गई होगी। आसपास होती तो मेरा ध्यान उसकी ओर ज़रूर जाता। एकदम कल्लो है, और ख़ूब-सारा पान खाए रहती है। थोड़ी देर झाड़ू लगाएगी और फिर फसड़का मारकर सड़क पर बैठ जाएगी, तम्बाकू मलेगी, फंका लगाएगी, कोई अग़ल-बग़ल दीखेगा तो उससे मज़ाक़ करेगी और एकाध गाली बकती हुई फिर झाड़ू चलाने लगेगी। घंटों उसका यही कार्यक्रम चलता रहता है। दिल्ली से लेकर नगर निगम के दरोगाओं तक सबको गाली देती है। सत्तर साल के दद्दू से लेकर मुन्ने मियाँ के स्टूडियो के दस साल के शरीफ तक सबसे मज़ाक़ करती है। 'हरामी के पिल्ले' उसका तकिया कलाम है और इसे वह किसी भी वक़्त, किसी के भी सम्मान में प्रयोग कर सकती है। वह आसपास नहीं थी। शायद ओडियन में 'चा' पीने गई होगी या सुलेमान के यहाँ पान खा रही होगी। सामने थोड़ा हटकर धूप का एक टुकड़ा और नज़र आ रहा था, जो कभी हल्का पड़ जाता, कभी एकदम तेज़ चमकने लगता, जैसे उसका वोल्टेज कुछ गड़बड़ चल रहा हो।

मैं ताला खोलने को मुड़ा ही था कि एक आवाज़ मेरी पीठ पर साँकल की तरह बजी...मैं मुड़ा, तो 'मियाँ इधर'...कहकर इसराइल भाई ने इशारा किया। सामने बीड़ी के कारख़ाने की सीढ़ियों पर वे धूप सेंक रहे थे। साथ में ख़ुर्शीद, दद्दू, रामलू, छोटे मुनीर और हरिया भी था। इसराइल मियाँ और दद्दू बीड़ी के कारख़ाने में ड्राइवर थे और बाक़ी सब मज़दूर थे। सबसे अच्छी-ख़ासी पहचान थी। बीड़ी मज़दूरों की जब लाल झंडा यूनियन बनी थी, तो सिद्दीक़ी और पुरोहित के साथ मैं भी इन लोगों के पास आने-जाने लगा था। फिर जब धागे-लेबल और न्यूनतम मज़दूरी की दर तय करने का आन्दोलन चला और हड़ताल हुई तो मेरा कमरा एक छोटा-मोटा ऑफ़िस बन गया। बीड़ी मज़दूरों का ऑफ़िस था, तो बीड़ी की गंध और बीड़ियों के ठूँठ भरे रहते। मैं सिगरेट से बीड़ी पर आ गया था। यह बदलाव क़िफ़ायती था। उन लोगों का मत था कि बीड़ी-सिगरेट के बनिस्बत कम नुक़सान करती है। पैसे का नुक़सान वास्तव में कम हो गया था।

उन दिनों यूँ भी बीड़ियाँ मुफ़्त ही मिल जाती थीं। सलाह-मशविरे रात देर तक चलते रहते। दो-तीन कारख़ानों में तालाबन्दी हो गई थी। कुछ मज़दूरों को मालिकों ने चलता कर दिया था। हालात बुरे चल रहे थे। ग़ुस्से के बावजूद कई मज़दूर परेशान थे और घबरा गए थे। रात देर तक हम लोग जाने कितने मालिकों की 'लू'-'लू' बोलते, बीड़ियाँ पीते, पैम्फ़लेट तैयार करते, कलेक्टर और मंत्रियों के नाम प्रतिवेदन लिखते और 'ओडियन होटल' तक जाकर पन्द्रह पैसे की 'कट-चा' पीते।

बात आई-गई हो चुकी थी। मज़दूरों में काम करने को जुटे यार-दोस्त तितर-बितर हो चुके थे। रामदुलारे और रीठे जेल में थे और सुल्तान को रेल हड़ताल वाले केस में चार महीने की सज़ा हो गई थी। सारा काम ठप्प हो चुका था। किए-कराए की बधिया बैठ गई थी। बस कुछ अधबनी यूनियनें बची थीं। वक़्त ने कुछ ऐसी गुलाँट खाई कि तिरंगियों के भाग में छींका टूटा, और वे सारे के सारे इन यूनियनों में ठुँस लिये। ये 'भगोड़े नेता' थे। पहले वे बसवालों की यूनियन में थे। लेकिन जब बसवालों की एक माह लम्बी हड़ताल का पटरा हुआ और कई सारे कंडक्टर और ड्राइवर निकाल दिये गए, इन नेताओं की ख़ूब फ़ज़ीहत हुई। बसवालों का कहना था कि नेताओं ने मैनेजमेंट से पैसा खाया है। ख़ूब हो-हल्ला मचा था और ड्राइवरों ने नेताओं की जमकर ताजपोशी की थी। कुट-पिट कर तिरंगिए भाग लिये थे। बस यूनियन के ये भगोड़े अब बीड़ी मज़दूरों और आरा मशीन के मज़दूरों में घुस आए थे और चन्दे पर ऐश फ़रमा रहे थे। ज़माना उनका है सो ऐश कर रहे हैं। 'केश' में ऐश है।

ताला खोले बग़ैर मैं मुड़ा और इसराइल भाई की आवाज़ से लटकता हुआ उनके नज़दीक पहुँच गया। लटकना मैं चाहता नहीं था, पर लटकना पड़ा। (क्या मैं किसी ऐतिहासिक फ़िल्म का नायक था, फानूस से लटकता हुआ। तो फिर मेरी तलवार कहाँ थी?) मुझे लगातार लग रहा था कि मुझे ऑफ़िस जाना है। मुझे सुबह पूरे समय यही लगता रहता है, कि ऑफ़िस जाना है। ऑफ़िस एक तलवार की तरह मेरी गरदन पर लटका रहता है। इसराइल भाई की जगह अगर और कोई आवाज़ देता तो मैं कह देता—कि 'मुझे ऑफ़िस जाना है।' पर उनसे नहीं कह पाया, सो उधर बढ़ गया। जिस कोण से उनके नज़दीक पहुँचा उस कोण पर सबसे पहले दद्दू सामने पड़े और मैंने अपनी बबुआई शिष्टता में पूछ डाला—'और दद्दू क्या चल रहा है?'

'मालिक का जूता चल रहा है मियाँ...मालिक का जू' ...शायद 'जू' बोलने से पहले वे एक भरपूर गाली देना चाहते होंगे, पर ज़ुबान से 'जू' फिसल गया तो 'ता' कहे बग़ैर ही किचकिचाकर उन्होंने दूसरी ओर थूक दिया। दद्दू बहुत कम बोलते हैं, पर बोलते तीखा हैं। सुबह-सुबह ऐसे वाक्य की उम्मीद मुझे नहीं थी।

लेकिन लगता है उनके अन्दर सारी रात मालिकों के ख़िलाफ़ एक नफ़रत इकट्ठी होती रही होगी। जो मौक़ा मिलते ही मुँह से कुचाँल मार गई। नफ़रत की धार इतनी तीखी और लम्बी थी कि मुझे अचानक यह अहसास हुआ कि इन दिनों रातें लम्बी हो गई हैं। मैंने कोई जवाब नहीं दिया। मैं मुस्कराया। बात मुस्कराने की नहीं थी लेकिन दद्दू भी मुस्करा दिये और सब हल्के से हँसे। धूप चमककर थोड़ी और खिल गई। अगर ठहाका लग जाता तो सारी सड़क धूप से भर जाती—शायद!

छाँव वाली लाइन की ओर धूप धीरे-धीरे अपनी हथेली बढ़ा रही थी, जैसे गिरा हुआ कबड्डी का खिलाड़ी पाले की लाइन छूने की कोशिश कर रहा हो। ओडियन होटल का लड़का छीके में पाँच-छह चाय ले आया था। ख़ुर्शीद ने एक गिलास मेरी ओर बढ़ा दिया। मैंने एकाध बार नखरा किया, फिर पीने लगा। नमक डली 'चा'। कई दिन से इस चाय का स्वाद छूटा हुआ था। कॉलेज जाने वाली लड़कियों के झुंड गुज़र रहे थे। मैं बीच-बीच में उधर ताक लेता। तभी अचानक किसी बात पर दद्दू और इसराइल भाई ने ज़ोर का ठहाका मारा, ज़रूर लड़की की कोई बात होगी। दोनों बुढ़ऊ एकदम रंगीन मिज़ाज हैं, इस उमर में भी। चाय ख़त्म होते-होते अन्दर बीड़ी के कारख़ाने से बुलावा आ गया और इसराइल भाई गाड़ी निकालने चल दिये। मैं फिर अपने कमरे की ओर लौट आया। कमरे के दरवाज़े के ऊपर वाले रोशनदान की सलाखों की परछाईं मेरे कमरे की धूप में बिछी हुई थी। सारी धूप को काली लकीरों से काटती हुई। मैंने ब्रश उठाया और सोचा कप्पू प्रेस आ चुका होगा। लेकिन तभी ख़याल आया कि वह आजकल रात की ड्यूटी में है, इस वक़्त सो रहा होगा। शाम को मिलेगा तो मैं उसे ज़रूर बताऊँगा कि आज मेरी नींद बहुत सवेरे खुल गई थी।

कप्पू क्या कहेगा?

घड़ी, तुम किताब हो न?

'टीपू चलो जल्दी से अपने जूते पहन लो!'

माँ की आवाज़ सुनकर टीपू को बड़ा अचम्भा हुआ। टीपू एक ऐसा लड़का था जो हर चीज़ को कुछ और समझता था। टीपू मन-ही-मन बुड़बुड़ाया 'जूते पहन लूँ...? लेकिन जूते कहाँ पहनूँ? क्या उड़ने वाले घोड़ों को जूते में बन्द किया जा सकता है?' टीपू ने अपने नर्म-नर्म, छोटे-छोटे पाँवों को देखा और छूकर कहा—'क्या तुम उड़ने वाले घोड़े नहीं हो? ऐसा कैसे हो सकता है, मैं तो कई बार तुम पर बैठ कर उड़ा हूँ, यहाँ-वहाँ की सैर की है...और उस दिन गिलहरी-परी ने भी तो कहा था कि तुम उड़ने वाले घोड़े हो। क्या तुम उड़ना भूल गए हो?'

माँ की आवाज़ एक बार फिर आई—'टीपू तुमने जूते पहने या नहीं?'

जूते टीपू के पास ही पड़े थे। टीपू ने एक जूते को पास सरकाया और उसके अन्दर झाँका 'अहा! यह तो छोटा-सा अस्तबल है। इसमें क्या उड़ने वाले घोड़ों को बाँधा जा सकता है?' टीपू को अचानक ही वो लाल-लाल जूते अच्छे लगने लगे। उसने सोचा घोड़ों को कभी-कभी सोना भी तो चाहिए। कितना अच्छा है यह घोड़ों को बाँधने का अस्तबल! लेकिन टीपू की दिक़्क़त यह थी कि इस समय बाहर बहुत चमकीली धूप खिली हुई थी और हरी-हरी घास चमक रही थी। फूलों पर तितलियाँ उड़ रही थीं और नीम के पेड़ से उसकी गिलहरी-परी बाहर आ रही थी। इस समय तो उसे उड़कर वहाँ पहुँचना था। इस समय घोड़ों को बाँध दिया तो काम कैसे चलेगा। उसने जूतों को पलंग के नीचे छिपा दिया और बाहर निकलने को हुआ। बाहर निकलते हुए उसने पलटकर देखा तो जूते पलंग के नीचे से दिखाई दे रहे थे। टीपू वापस पलटा, सोचने लगा, कौन-सी जगह हो सकती है जहाँ जूते छिपाए जा सकें। कोई जगह नहीं थी जो माँ की नज़र से बच जाती। टीपू को देर हो रही थी। तभी उसे दवात और क़लम दिखाई दी। उसने जादू की डिबिया की तरह दवात को

खोला और जादू की छड़ी की तरह क़लम को घुमाया...'गिली गिली फू...गिली फू...' मंत्र पढ़कर उसने कहा—'ऐ मेरी जादू की छड़ी इन जूतों को छुपा दे।' तब उस जादू की छड़ी से उसने एक अक्षर बनाया 'जू' और एक जूते को उसमें रख दिया फिर उसने दूसरा अक्षर बनाया 'ता' और दूसरे जूते को उसमें रख दिया। अब इन जूतों को टीपू के अलावा कोई नहीं देख सकता था। दोनों छोटे-छोटे जूते उन दो छोटे-छोटे अक्षरों में पूरी तरह छिप गए थे।

माँ की आवाज़ के जवाब में टीपू ने एक लम्बा हुँकारा भरा और बाहर की ओर भाग गया। बाहर आते ही टीपू को लगा कि आवाज़, आवाज़ नहीं पतंग की डोर है। उसे लगा आवाज़ भी एक छोर से दूसरे छोर तक जा सकती है तो इससे पतंग भी उड़ाई जा सकती है। पर पतंग नहीं थी। उसने आसपास नज़र दौड़ाई तो उसे एक रंग-बिरंगी तितली दिखी। 'अहा! इससे बढ़िया पतंग कौन-सी हो सकती है!' टीपू ने तत्काल उस तितली-पतंग में अपनी आवाज़ की डोर बाँधी और महीन सीटी की आवाज़ के साथ उसे आकाश की ओर फेंका। तितली-पतंग उड़ने लगी। टीपू मुँह ही मुँह में बुड़बुड़ाया—'मैंने ठीक सोचा था। आवाज़ भी एक डोर होती है और उससे पतंग उड़ाई जा सकती है। देखो मेरी आवाज़ से बँधी यह तितली-पतंग कितनी मज़े में उड़ रही है!'

उड़ते-उड़ते तितली कहीं चली गई। टीपू ने कहा—'पता नहीं मेरी पतंग किसने काट दी।' उसने ज़ुबान को मुँह में गोल-गोल घुमाकर अपनी आवाज़ की डोर को वापस लपेटा और नीम के पेड़ की तरफ़ चल दिया। गिलहरी, जिसे टीपू गिलहरी-परी कहता था, एक डाल पर दौड़ रही थी। टीपू बहुत देर तक उस पेड़ को चारों ओर घूम-घूम कर देखता रहा। फिर थककर बैठ गया। उसे समझ नहीं आ रहा था कि इस महल का दरवाज़ा कहाँ है। जहाँ से ये गिलहरी और चिड़ियाँ बाहर आ रही हैं? उसे लगा, हो न हो चिड़ियाँ भी परियाँ ही हैं, और ज़रूर उनके पास कोई जादू है जिससे वो इस महल के अन्दर आती-जाती हैं। इसी समय एक आदमी उस पेड़ के पास से गुज़रा। टीपू दौड़ते हुए उसके पास गया और नीम के पेड़ की तरफ़ उँगली उठाकर बोला—'क्या आप जानते हैं इस महल का दरवाज़ा कहाँ है?' आदमी ने मुस्कराकर टीपू को देखा और कहा, 'एक ज़मीन के नीचे और दूसरा ऊपर फुनगी के पास।' आदमी हँसता हुआ चला गया। टीपू ख़ूब ख़ुश हो गया। लेकिन अब समस्या थी कि उस दरवाज़े तक जाया कैसे जाए? इतना ऊपर चढ़ने की वो हिम्मत नहीं जुटा पा रहा था। टीपू पेड़ के तने से टिककर सोच रहा था, तभी एक निबोरी उसके सिर पर टपकी। टीपू चौंका। उसने निबोरी को उठा लिया और बोला—'तो यह है इस महल के राजा की मोहर!'

पता नहीं, राजा ने क्या सन्देशा इस मोहर से भिजवाया है? कुछ देर वो उस सुनहरी निबोरी को उलट-पलट कर देखता रहा—लेकिन कोई बात समझ नहीं आ रही थी। तभी उसने निबोरी को दबाया तो अन्दर से एक गुठली बाहर उचक आई। 'तो असल मोहर यह है, इस पर कितना अच्छा खोल चढ़ाकर भेजा है राजा ने!' टीपू उस गुठली को मुट्ठी में बन्द करके फिर सोच में डूब गया।

थोड़ी देर बाद ही टीपू महल के अन्दर था। महल के भीतर हज़ारों कोठरियाँ थीं, हज़ारों गलियारे थे। टीपू लगातार चल रहा था पर कोठरियाँ ख़त्म होने का नाम ही नहीं ले रही थीं। टीपू बुरी तरह थक गया था इसलिए सामने रखी कुर्सी पर जाकर धम से बैठ गया। 'क्यों, थक गए?' कुर्सी ने पूछा।

'हाँ!' टीपू ने कहा।

'चलो कुछ देर मेरी गोद में बैठकर सुस्ता लो...फिर आगे जाना।' कुर्सी ने कहा।

'तुम लेकिन हो कौन?' टीपू ने पूछा।

कुर्सी ने कहा—'हमारे यहाँ नाम रखने का चलन नहीं है। ये हर चीज़ का नाम रखना तुम लोगों का काम है। तुम्हीं बताओ कि तुम हमें क्या कहते हो?'

'मुझे अभी सारी चीज़ों के नाम पता नहीं, मेरा जो मन आता है मैं वही नाम रख लेता हूँ। दोस्त कहते हैं, मैं हर चीज़ का नाम गड़बड़ कर देता हूँ!'

'फिर भी तुम्हें क्या लगता है, मैं क्या हूँ?' कुर्सी ने टीपू को कोंचा!

'मुझे तो तुम एक बत्तख़ जैसी लगती हो, क्या तुम एक बत्तख़ नहीं हो?'

कुर्सी ने मुस्कराकर हामी भरी। उसे बत्तख़ कहाना अच्छा लगा। लेकिन टीपू सोच रहा था कि अगर यह बत्तख़ है तो यह उसकी तरह बोलती क्यों नहीं।

टीपू सोचते हुए आगे बढ़ गया। सामने एक सुराही और गिलास रखा था। टीपू को प्यास लग रही थी। वो जैसे ही सुराही की ओर बढ़ा, सुराही ने पूछा—'तो प्यास लगी है?'

'हाँ!' टीपू ने हामी भरी।

'ठीक है, मैं पानी तो तुम्हें पिला दूँगी, पर कहीं तुम यह तो नहीं समझ रहे हो कि मैं एक सुराही हूँ?' टीपू चकराया। कुछ देर तक उसके मुँह से बोल नहीं फूटे। फिर धीरे से कुछ सहमते हुए उसने कहा—'तो तुम क्या हो?' तभी पास रखा गिलास बोला—'तब तो तुम कहोगे कि मैं एक गिलास हूँ।' टीपू ने ग़ुस्से में कहा, 'नहीं, तुम गिलास नहीं हो, एक कुआँ हो।' सुराही मुस्कराई, बोली—'तुम्हें किसने बताया कि मैं सुराही हूँ और यह गिलास है?'

'अरे किसने क्या होता है...मेरी किताब में लिखा है...मेरी माँ ने बताया।'

'तुम चूहे हो! मेरी माँ ने तुम्हारे बारे में ऐसा ही बताया है!' सुराही ने कहा।

'ऐसा नहीं हो सकता। मैं एक लड़का हूँ। तुम्हारी माँ को, लगता है, कुछ पता नहीं', टीपू ने कहा। वो थोड़ा चिढ़ गया था।

सुराही को टीपू पर तरस आने लगा था। पुचकारते हुए बोली, 'नाराज़ मत होओ! लेकिन किसी चीज़ का कोई भी नाम तुमको बताया जाए तो उसे मान मत लिया करो। अरे चीज़ों से भी तो पूछो कि उन्हें कौन-सा नाम पसन्द है! समझे मेरी बात?'

'लेकिन चीज़ें कोई बोल सकती हैं?' टीपू ने पूछा।

'इतनी देर से क्या तुम मुझसे बात नहीं कर रहे हो? चीज़ों से बात करने के लिए, उनसे अकेले में बात करनी पड़ती है। चीज़ें हर किसी से बातें नहीं करतीं। दूसरों के सामने तो एकदम नहीं।' सुराही ने समझाया।

'लेकिन दूसरों के सामने बात करने से क्या होता है?'

'लोग चीज़ों को सिर्फ़ चीज़ें भर समझते हैं।'

'चीज़ें अगर चीज़ें नहीं होतीं तो क्या होती हैं?'

'हर चीज़ के भीतर एक चीज़ और होती है और शायद उसके भी भीतर एक और...इसे सिर्फ़ सपने देखने वाले ही जान सकते हैं।' सुराही ने हल्के ठंडे हाथ से टीपू की पलकों को छुआ।

टीपू थोड़ा आगे बढ़ा तो एक घड़ी उसे घूर रही थी। टीपू ने पास जाकर उसके कान में फुसफुसाकर कहा—'तुम एक किताब हो न?' घड़ी ने मुस्कराकर कहा—'एकदम ठीक समझे मेरे बच्चे।' 'पर तुम्हारे काँटे तो चिड़ियों की तरह उड़कर वापस घोंसले की तरफ़ जा रहे हैं।'

'हाँ, इसका मतलब है अब तुम्हें भी अपने घर जाना चाहिए।'

घड़ी ने शायद टा...टा...कहा। टीपू तेज़ी से घर की ओर चल पड़ा। घर पहुँचकर टीपू सीधा अपने कमरे में गया और किताब खोलकर बोला—'ओ मेरे काग़ज़ के हाथी मुझे जंगल की तरफ़ ले चल।'

काग़ज़ के हाथी पर बैठ टीपू जंगल की ओर चला गया।

यह कहानी बच्चों के लिए लिखी गई थी, और बच्चों की पत्रिका 'समझ झरोखा' में प्रकाशित हुई थी।

अख़बार

नियमित अभ्यास के तहत ही सुबह लोग थे। उजाला लेकिन बहुत कम था। अलग लोगों ने अलग-अलग ही एकबारगी सोचा था, कि शायद उनकी नींद जल्दी खुल गई। लेकिन बहुत से लोगों के पास घड़ियाँ थीं और घड़ी देखने की आदत भी।

उनका मुगालता ज़्यादा देर कायम नहीं रहा था और वे जल्दी ही जान गए थे कि उठने में रोज़ के बनिस्बत कुछ देर हो चुकी थी। उन्होंने सोचा कि शायद बादल होंगे। लेकिन धीरे-धीरे सड़कों पर एक शोर खड़ा होने लगा था, और जल्दी ही सबको पता चल गया था कि धुँधलका बादलों के कारण नहीं था। और उनकी घड़ियाँ भी ठीक थीं। सारा शहर खुले हुए अख़बारों से ढका हुआ था। लोग काफ़ी तादाद में सड़कों पर निकल आए थे दीदें फाड़े आकाश की तरफ़ देख रहे थे। खिड़कियों और छज्जों में औरतें और बच्चे भी थे। और ऐनक ठीक से बैठाते हुए बूढ़े भी मुंडियाँ उठाए खड़े थे। ओर-छोर तक कहीं भी आकाश नहीं नज़र आ रहा था। पंडाल की छत से खुले हुए अख़बार तने थे। रोशनी बहुत कम आ पा रही थी। और हवा एकदम से नहीं थी। उमस थी।

हादसा काफ़ी उत्तेजक था। लेकिन सुबह का वक़्त था। इसलिए लोग जल्दी-जल्दी वापस घरों में घुस गए थे। क्वाटर कहा जाता है। यह शहर एक उपनगर था। जहाँ कतारदार तक़रीबन एक से मकान थे। जिनमें एक साथ काम करने वाले, एक से लोग रहते थे। वैसे उनमें एक सिड़ावी अन्तर था। कुछ ऊपर के सिड़ाव पर बैठते थे। कुछ उससे नीचे के लेकिन बावजूद इसके वे एक ही मैदान के थे। लोगों के अन्दर आते ही, औरतें और बच्चे भी अन्दर आ गए थे। बच्चे स्कूल की तैयारी में जुट गए थे। सिलेट-पट्टियाँ बस्ते में भर रहे थे। औरतें रसोई के लग्गे में जुटी थीं। और आदमी हाजत और हजामत के कार्य में लीन थे।

वह अपने कमरे से नहीं निकला था। खिड़की से भी झाँककर देखने की कोशिश उसने नहीं की थी। शोर से ही उसने अन्दाज़ लगा लिया था। वक़्त के बारे में भी उसे नहीं पता था। उसके पास घड़ी नहीं थी। उसने कभी ख़रीदी ही नहीं। उसे घड़ी एकदम निरर्थक चीज़ लगती थी। उसका ख़याल था कि सारी कार्यवाही एकदम एकरस है। मोनोटोनस! और उसका इतना अभ्यास हो चुका है कि किस समय क्या काम करना है। कहाँ जाना है। कहाँ पहुँचना है। यह सब कुछ बिना घड़ी के भी अपने आप एकदम सही होता रहता है। समय का अन्दाज़ा, निर्धारित अंग ख़ुद-ब-ख़ुद लगा लेते हैं। काम के अनुसार ऑफ़िस के वक़्त शरीर तैयार हो जाता है। पैर जूते पहन लेते हैं। और निश्चित दिशा में चल पड़ते हैं।

वह इसीलिए निश्चित सा अपने पलंग पर अध-लेटा था। वह बिना कुछ सोचे गुमसुम-सा अध-लेटा था। तभी पिता अन्दर दाख़िल हुए थे। दरवाज़े से एकाध क़दम अन्दर। पिता उसके कमरे में इससे ज़्यादा अधिक अन्दर कभी नहीं आए। उनने वहीं से पूछा था, 'तुम्हें बैंक नहीं जाना है आज?' और मुड़कर बड़बड़ाते हुए चल दिये थे...'नौजवानों में वक़्त की पाबन्दी और महत्त्व दोनों ख़तम हो गए हैं, देश का क्या होगा...दायित्व आख़िर नौजवानों पर है...' इसके आगे की बातें अस्पष्ट होती चली गई थीं। उसे पता था कि वे कम-से-कम दो-चार मिनट और बोलते रहे होंगे। उसने यह भी जान लिया था कि यह सारे डायलॉग आज के अख़बार में किसी नेता के भाषण में छपे होंगे, और पिता काफ़ी देर से इन्हें उगल देने के लिए शिकार तलाश रहे होंगे। इसीलिए वह कभी पलटकर पिता से कुछ नहीं कहता। जानता है कि एक भी लफ़्ज़ कहने का मतलब था, पूरा अख़बार सुनना। वैसे नहीं बोलने के बावजूद भी कुछ न कुछ तो आए दिन उसे सुनना ही पड़ता था। उसे नहीं तो छोटू को। छोटू कॉलेज में पढ़ता था। और जितनी ख़बरें विद्यार्थियों को लेकर छपती थीं उन्हें मय समीक्षात्मक टिप्पणी के पिता छोटू को पकड़कर पेल दिया करते थे। बाक़ी कुछ माँ को। कुछ पड़ोसियों को, और कुछ उनके हमउम्र मित्रों को बर्दाश्त करना पड़ता। पिता दो-तीन बार अख़बार पढ़ते थे। अख़बार के अलावा वे कुछ न तो पढ़ते थे, न उनके पास था। न वे पढ़ना चाहते थे। अख़बार क़रीब-क़रीब उन्हें कंठस्थ हो जाता था। और वह दिनभर उसी को बाँचते रहते थे। जिस तरह लोग सुबह-सुबह प्रेशर बनाने के लिए जर्दे का गुटका खाते हैं, बीड़ी या सिगरेट पीते हैं। पिता पाख़ाने जाने के पहले सारा अख़बार चाट डालते हैं। पहले सफ़े से आख़िरी सफ़े तक की सारी ख़बरों को गले से उतारकर, अख़बार को सलीके से तह करके एक तरफ़ रख देते हैं और निश्चितता से पाख़ाने में घुस जाते हैं। उन्हें हाजत अच्छी होती होगी। वैसे उन्हें डिसेंटरी है और काफ़ी पुरानी है।

उन्हें जिन दिनों दस्त लगते हैं। उसका सम्बन्ध उन दिनों के अख़बार में छपी ख़बरों से ज़रूर कुछ न कुछ होता होगा, ऐसा उसका ख़याल था। लेकिन उसने जानने की कभी कोई कोशिश नहीं की थी।

उसे जब यह अन्दाज़ हो गया कि पिता बरांडे में जाकर, आरामकुर्सी पर फैलकर पुनः अख़बार के अध्ययन में डूब गए होंगे वह धीरे से पलंग से उतर आया और फ़ारिग होने चला गया। लौटते हुए वह मग्गे में गरम पानी ले आया था। उसने दाढ़ी बनाने का सामान निकाला और शेव करने लगा। दाढ़ी वह न तो चुस्त-दुरुस्त दिखने के लिए बनाता और न रोबदार दिखने को। यह उसकी आदत हो चुकी थी। नौकरी के ही एक अंग सी। वह झटपट तैयार हो-हाकर बैंक के लिए निकल लिया। बैंक पास ही था। सो वह पैदल ही आता-जाता था। सड़क पर रोज़ की तरह ख़ूब आवाजाही थी बस चलते-चलते लोग थोड़ा सा ऊपर देख लेते थे। शहर अब भी अख़बारों से ढका था। और लोगों में इससे काफ़ी कौतूहल था। कुछ ही दूर के बाद दो लोग और उसके साथ हो लिये थे। वे उसी के ऑफ़िस के लोग थे। वे दोनों किसी ख़बर को चटखारे ले-लेकर चुभला रहे थे। उसने सुनने की कोशिश नहीं की। बस स्टॉप के पास से गुज़रते हुए उसने देखा, वहाँ आज कोई 'क्यू' नहीं थी क्यों? वह अभी सोच ही रहा था कि उसके बग़ल वाले ने अपने बग़ल वाले से पूछ ही लिया। और बग़ल वाले के बग़ल वाले ने उत्तर देने से पहले सवाल जड़ा—तुमने आज का अख़बार नहीं देखा? कल दुपहर में साइंस कॉलेज के लड़कों और कंडक्टरों में मारपीट हो गई, तीन छात्र और दो कंडक्टर घायल हो गए। एक की तो हालत चिन्ताजनक है। पुलिस ने बारह आदमियों को गिरफ़्तार कर लिया है। इसलिए हड़ताल है। बग़ल वाले को आँकड़ों सहित याद था। सड़क पर औरतें भी बहुत कम थीं। लेकिन उसने पूछा नहीं। उसका ख़याल था कि पूछेगा तो बग़ल वाला उससे भी पूछेगा—तुमने आज का अख़बार नहीं देखा कल चार पुलिस वालों ने एक औरत के साथ जबरन...वह चुपचाप चलता रहा। उसके अग़ल-बग़ल चलते लोग लगातार किसी न किसी ख़बर का आदान-प्रदान कर रहे थे। वे सब परीक्षा देने जा रहे विद्यार्थियों में से ही थे। जो अपने-अपने अख़बार ज्ञान का अनवरत आदान-प्रदान कर रहे थे। ऑफ़िस पहुँचते ही वह सीधा अपने विभाग में घुस गया।

वह बैंक के मुख्यालय में नौकर था। मुख्यालय के जनसम्पर्क विभाग में। उसने अपनी सीट पर पहुँचकर ड्राअर से पैंडिंग काग़ज़ निकाले और टेबिल पर एक तरफ़ रख दिया। फिर ट्रे में रखे काग़ज़ों को निकाला और सामने रखकर देखने लगा, कुछ बिल्स थे। फ़ोटोग्राफरों के। सोवेनियर के विज्ञापनों के। होटलों के।

कुछ दूसरे ऑफ़िसियल करस्पांडेंस भी थे। अफ़सर सीट पर नहीं था। उसने चपरासी से पूछा—'साहब कहाँ गए?' 'बड़े साहब के पास' चपरासी ने बताया। एक मिनट के बाद ही उसने फिर पूछा—'बड़े साहब दौरे से लौट आए?' चपरासी ने बतलाया, 'पता नहीं।' चपरासी वापस चला गया। कुछ देर बाद उसे ख़याल आया कि उसका दूसरा प्रश्न बहुत मूर्खतापूर्ण था। बड़े साहब अगर लौटे न होते तो साहब कैसे उसके पास जाता। उसने ख़ैर के अन्दाज़ में सर झटका और सामने रखे करस्पांडेंस पर रिमार्क लिखने लगा। केबिन के बाहर दो टाइपिस्ट थे। उनके पास शायद कोई काम नहीं था। मशीनों की आवाज़ नहीं आ रही थी। वे किसी राजनीतिक ख़बर को लेकर बहस कर रहे थे। उसने जल्दी-जल्दी दो ड्राप्ट तैयार किये और चपरासी के हाथ टाइपिंग में भिजवा दिये। वह जल्दी ही कुछ और ड्राप्ट तैयार कर डालना चाहता था, जिससे टाइपिस्टों को भिजवा सके। लेकिन तभी अफ़सर आ गया था। अफ़सर हँसमुख जवान आदमी था। उसका ख़याल था अफ़सर अच्छा है। वह हर वक़्त मुस्कराते हुए बोलता है। उसमें अफ़सरियत की 'बू' नहीं है। गुडमार्निंग की अदला-बदली के बाद अफ़सर ने बताया कि वह बहुत व्यस्त है। अफ़सर ने यह भूमिका इसलिए तैयार की थी क्योंकि उस दिन के एक डेली पेपर में बैंक की बिगड़ती हुई सर्विसेज़ के बारे में किसी व्यापारी का एक पत्र छपा था। जिसमें बैंक की काफ़ी पिटाई तो थी ही साथ ही व्यापारी ने राष्ट्रीयकरण को भी आड़े हाथ ले लिया था। तैयार अफ़सर चाहता था कि वह उसका एक रिप्लाय कर दे। उसने अफ़सर से अख़बार ले लिया और सीधे अन्दर का पृष्ठ खोलकर 'लेटर्स टू एडीटर' के कॉलम में पत्र को पढ़ने लगा। उसे लगा व्यापारी का इल्ज़ाम काफ़ी हद तक सही है। परन्तु इसका कारण राष्ट्रीयकरण नहीं था। राष्ट्रीयकरण को संचालित करने वाली व्यवस्था थी। उसके पास कई तर्क थे। जो दिये जा सकते थे। जो सही भी थे। लेकिन यह तर्क नहीं दिये जा सकते थे। यह उसे पता था। उसने परम्परागत शैली में नर्म सा उत्तर तैयार करके 'एप्रूवल' के लिए अफ़सर के पास भेज दिया। और अख़बार वापस अफ़सर की टेबिल पर पहुँचा दिया।

ड्राप्ट टाइप होकर उसकी टेबिल पर आ चुके थे। टाइपिस्ट फिर से फ्री हो गए थे। और उनकी बहस पुनः शुरू हो गई थी। मुख्यमंत्री के चुनाव के ख़िलाफ़ पिटीशन की सुनवाई की जो रपट प्रकाशित हो रही थी। उसी को लेकर हवाई क़िले बाँध रहे थे। उसने सपाटे में कुछ बिलों के कवरिंग लेटर और ड्राप्ट किये और टाइपिंग में भेज दिये। टाइपिंग मशीन फिर खड़खड़ाने लगी। उसने राहत की साँस ली। वह काग़ज़-पत्तर समेटकर उठा और कैंटीन की तरफ़ चल दिया।

कैंटीन तीसरी मंज़िल पर था। लम्बा सा रजाई की खोलनुमा। बहुत सारी कुर्सी-टेबिल थीं। हर वक़्त वहाँ तीस-चालीस लोग बैठे रहते थे। बैठने वाले बदलते रहते थे। कुछ जत्थे जाते थे, कुछ आते थे। यह ऑफ़िस कैंटीन था। ऑफ़िस में पाँच सौ से ज़्यादा कर्मचारी थे। उसने काउंटर से एक चाय ली और एक टेबिल पर जाकर बैठ गया। वहाँ चार लोग पहले से बैठे थे। चाय पीते हुए वे क्रिकेट की बात कर रहे थे।

—कल विश्वनाथ ने चौदह चौके मारे थे—पहला।

—बारह थे—दूसरा।

—चौदह थे, मैंने आज ही पेपर में कन्फ़र्म किया है—पहला।

—पेपर मेरे यहाँ भी आता है—दूसरा

—इंगलिश का या हिन्दी का—यह तीसरा था।

—इंगलिश का और मैं आख़िरी पेज के अलावा कुछ नहीं पढ़तापहले ने बताया।

—ओह! तभी... चौथा हरामी था। वह ऐसी ही चुटकियाँ लिया करता था।

—सबने एक साथ ठहाका मारा। पहला तिलमिला उठा मेरी इंगलिश इतनी ख़राब नहीं है। बात 'पहले' की इंगलिश पर दंड पेलने लगी तभी चौथे ने बात को एक ओर मुकरी खिलाई—'कल नागपुर में हिन्दी की तो मैइयो हो गई' उसका संकेत विश्वहिन्दी सम्मेलन में हुए गदर से था। यह ख़बर उस दिन की बैनर न्यूज़ थी। वह धारा प्रवाह इस ख़बर के बारे में बता रहा था। वह चौथा ही था। उसने देखा। उसकी चाय ख़तम हो चुकी थी, वह अभी कुछ देर बैठना चाह रहा था। लेकिन वे चारों एक के बाद एक अख़बार की कतरनें उगल रहे थे। वह चाहता था कि चीख़कर कहे कि ये सारे सेठियों के दोगले अख़बार हैं और इनमें सही ख़बरें नहीं छपतीं। लेकिन उसने नहीं कहा वह सिगरेट सुलगाने को उठा। और सिगरेट जलाकर एक ख़ाली टेबिल पर जाकर बैठ गया। वह शान्ति से सिगरेट पी लेना चाहता था। लेकिन तभी पाँच-छह का एक जत्था आकर उसके आसपास जम गया। उनकी बात का विषय जे. पी. था। अन्य प्रदेशों में आन्दोलन की तैयारी और सम्भावनाओं के बारे में अख़बार के दावों का आदान-प्रदान कर रहे थे। अलग-अलग लोग अलग-अलग अख़बार पढ़े हुए थे, और एक-दूसरे से बाज़ी मार लेना चाह रहे थे। हरेक इस कोशिश में था कि वे अपने पढ़े अख़बार को ज़्यादा सही साबित कर सकें। बातचीत के बीच किसी ने प्रश्न सीधा उसी पर फेंका था—आपका क्या ख़याल है—यह मूवमेंट सफल नहीं होगा? वह सकपका सा गया। वह कुछ और सोच रहा था। शायद कुछ भी नहीं सोच रहा था। उसने जवाब नहीं दिया। वे फिर अख़बार बाँचने लगे। वह उठकर वापस अपने केबिन में आ गया।

अफ़सर, टाइपिस्ट और चपरासी कोई नहीं था। लंच पर चले गए थे। उसे राहत महसूस हुई। और उस थोड़ी सी देर में उसने दो सिगरेट पी और आँख बन्द करके कुर्सी पर थोड़ा आराम फ़रमाया।

लंच का वक़्त ख़त्म होने से पहले ही अफ़सर लौट आया था। चपरासी और टाइपिस्ट नहीं लौटे थे। अफ़सर हड़बड़ी में था। वह हर वक़्त हड़बड़ाता रहता था। जूनियर था। लेकिन उसकी हड़बड़ी हँसमुख थी। वह स्वयं हँसमुख और जवान था। और कुँआरा था वह सीट पर बैठ भी नहीं पाया था कि फ़ोन टनटनाने लगे, उसने फ़ोन रिसीव किया, फ़ोन बड़े साहब का था यह अन्दाज़ अफ़सर की घिघियाहट से ही लग रहा था। फ़ोन रखते-रखते उसकी हड़बड़ी और बढ़ गई। अफ़सर ने कहा—उसे मुख्यमंत्री के पास जाना है। और आज भी प्रेस क्लीपिंग वह तैयार कर दे। इसके साथ ही अफ़सर ने सारे अख़बारों का पुलिन्दा और एक लाल पेंसिल उसे थमा दी थी। अफ़सर कुछ काग़ज़ बटोरकर वापस बाहर निकल गया था। वह सीट पर बहुत कम बैठ पाता है।

अख़बार और पेंसिल लेकर वह अपनी सीट पर लौट आया था। अख़बारों में इन दिनों बैंक की विज्ञप्तियाँ बहुत छप रही थीं। जो प्रचार ही प्रचार थी। पिछले दिनों जब चेअर मैन ने एक क़स्बे में बारह ताँगे वालों को नये ताँगों के लिए लोन बाँटे थे तो मय फोटू के यह ख़बर सारे अख़बारों में बड़े-बड़े हेडिंग्स से प्रकाशित हुई थी। जबकि उसके बाद से आज तक कोई भी नया ऋण किसी ताँगे वालों को नहीं मिल पाया था। यह उसे पता था। लेकिन ताँगे वालों का कोई पत्र अख़बार वालों ने नहीं छापा था। क्योंकि प्रेस वालों को बैंक की विज्ञप्तियों के साथ विज्ञापन भी मिलता था। वह हेडिंग्स और दो-दो चार-चार पंक्तियाँ पढ़-पढ़कर मार्क करता जा रहा था। क़ैदियों को ऋण, दस्युओं का अपना रोज़गार शुरू करने के लिए। खेती करने के लिए इतने नये ऋण। लघु उद्योगों। लघु व्यापारों के लिए झुग्गी वालों को, शिक्षित बेरोज़गारों को। निचले तबक़े की उन्नति एवं विकास के कार्यक्रम के लिए वर्ल्ड बैंक इतने करोड़ और देगा। रिज़र्व बैंक आदि। सारे अख़बार मार्क करके उसने पुलिन्दा चपरासी को थमा दिया, कि प्रेस क्लीपिंग तैयार करके बड़े साहब को दे आए। चपरासी मार्क ख़बरों को काट-काटकर कोरे काग़ज़ों पर चिपकाने लगा। वह अपने दूसरे कामों में लग गया। वह सारे पेंडिंग बिल्स निकाल देना चाह रहा था। चपरासी कटिंग करते हुए दूसरे चपरासी से बतिया रहा था कि बेरोज़गारों ने दिल्ली में विशाल प्रदर्शन किया है। उन पर लाठी चली है, गोली चली है कुछ लोग मारे गए हैं। चपरासी हिन्दी का अख़बार पढ़ता है। वह चपरासी की बातें सुनने की कोशिश में, अपनी टेबिल का काम निबटाने लगा था।

शाम को ऑफ़िस बन्द होने पर वह तेज़ी से बाहर निकला। छोटे से शटर लगे गेट से जत्थे के जत्थे लोग निकल रहे थे। सिग्नल के खम्भे के पास मुड़कर उसने एक बार ग्राफ़िक्स की बिल्डिंग की ओर देखा। उसे लगा जैसे वह बिल्डिंग नहीं अख़बार छापने की एक विशाल मशीन है और दरवाज़ेनुमा छेद से लगातार अख़बार बाहर निकल रहे हैं। वह रुका नहीं और ज़्यादा देर उधर उसने देखा भी नहीं। वह घर की तरफ़ बढ़ रहा था। सड़कों पर कुछ झुंड गँदले से छोरों के उसे दिखाई दिये। वे कनकइयों के लूटने के लम्बे-लम्बे बाँस और लमडोरिये लिये हुए थे। और मज़े ले-लेकर ऊपर छत्ते से तने अख़बारों में निशाना ले-लेकर टोके मार रहे थे। ये बस्ती के घरों में झाड़ू लगाने, बरतन माँजने आदि के छोटे काम करने वालों के छोरे थे। उनने बाँसों और लमडोरियों से अख़बारों में बहुत से छेद कर मारे थे। ख़ासकर नेताओं के तस्वीरों में। तस्वीरों से उनकी यह दुश्मनी चलती ही रहती है। सिनेमा के पोस्टरों में भी वह हीरोइन की मूँछें बना डालते हैं। जाँघों के बीच छेद बना देते हैं। हीरो के चेहरे पर टोंके कर देते हैं। फिर चाहे पोस्टर धार्मिक पिक्चर का ही क्यों न हो। तस्वीरों को खंडित करना उनका एक खेल है। अख़बारों के फटे-मुड़े टुकड़े चाय की गुमटियों के बाहर पड़ी टेबिलों पर पड़े हुए थे। उन पर मक्खियाँ भिनभिना रही थीं। उसने महसूस किया कि कुछ-कुछ हवा सड़कों पर लोट रही है। लेकिन—सूरज ढल चुका था, और अँधेरा रिस रहा था। उसे लगा जैसे अख़बारी-इंक पिघल-पिघल कर सारे शहर पर फैलती जा रही है।

हर मनचाही चीज़ मुफ़्त

फेसबुक पर एक सन्देश था कि आप हर मनचाही चीज़ मुफ़्त में और घर बैठे पा सकते हैं। पहले तो मुझे लगा कि यह कोई गप्प है। इस तरह के विज्ञापन मैंने पहले भी कई देखे हैं। ऐसे विज्ञापन अपना रहस्य बाद में खोलते थे। लेकिन मैं इन दिनों फ़ुरसत में था। इस सूचना के नीचे किन्हीं लतिका जी का फ़ोन नम्बर भी था। शगल के लिए मैंने सोचा कि फ़ोन करके देखा जाए। मैंने फ़ोन लगाया। तो उधर से एक स्त्री आवाज़ ने कहा...मैं लतिका बोल रही हूँ फ़रमाइए मैं आपकी क्या सेवा कर सकती हूँ। मैंने कहा कि आपने हर मनचाही चीज़ मुफ़्त में उपलब्ध कराने का वादा किया है। क्या सचमुच ऐसा हो सकता है? लतिका जी ने कहा—बिलकुल। आप अपनी फ़रमाइश बताएँ।

मुझे यक़ीन नहीं हो रहा था। पहले से मैंने कुछ तय भी नहीं किया था। इसलिए जो भी मुझे तत्काल सूझा मैंने उसे बता दिया। मैंने कहा कि फ़िलहाल मुझे एक लाल रंग की कार चाहिए। एक बड़ा फ्रिज और एक एल ई डी टीवी। स्त्री आवाज़ ने कहा कि आपकी फ़रमाइश नोट कर ली गई है। मैं पूछता इससे पहले ही उस आवाज़ ने कहा ठीक ग्यारह मिनट और सात सेकंड बाद आपकी चीज़ें आपके घर पहुँच जाएँगी। हमारे कर्मचारी सारी चीज़ों को उनकी मुनासिब जगहों पर रख आएँगे। आपको फ़िकर करने की कोई आवश्यकता नहीं है।

मेरे पास अपार फ़ुरसत थी। छुट्टी का दिन था। मैं घर पर ही था। मैं फिर भी बेसब्री से चीज़ों का इन्तज़ार कर रहा था। आप यक़ीन करें वे ग्यारह मिनट और सात सेकंड गुज़ारना मुश्किल हुआ जा रहा था। लग रहा था कि सारी घड़ियाँ अचानक सुस्त हो गई हैं। मैंने कुछ दूसरे काम निपटा लेने के बारे में सोचा लेकिन किसी काम में मन ही नहीं लगा। मैं बार-बार घड़ी देख रहा था। ग्यारह मिनट में मैंने ग्यारह बार से भी ज़्यादा घड़ी देखी होगी।

मेरे बाबा बहुत नियम-कायदे वाले व्यक्ति थे। खाना खाने के एक घंटे बाद ही पानी पीते थे। वह अपने अन्तिम दिनों में अन्धे हो गए थे। इसलिए खाना खाने के बाद वे बार-बार समय पूछते। हम भाइयों में से किसी एक को कम-से-कम एक घंटे तक घड़ी देखने के लिए तैनात रहना पड़ता। एक घंटे में वे पच्चीसों बार समय पूछते। तब इस बात पर मुझे बहुत ग़ुस्सा आता था। मुझे लगता था कि बिना घड़ी के भी आदमी को समय का अन्दाज़ा हो सकता है। एक घंटा कब होगा यह उन्हें अन्दाज़ होना चाहिए। कई बार मैं थोड़ा झल्लाकर कहता कि जब एक घंटा होगा मैं आपको बता दूँगा। कुछ देर वह चुप हो जाते लेकिन कुछ देर बाद ही वह फिर समय पूछने लगते। आपको पता हो कि एक ख़ास समय अवधि में आपको कुछ मिलना है तो वह समय काटना कितना मुश्किल होता है इसे मैं आज समझ पा रहा था। ख़ैर...तो किसी तरह ग्यारह मिनट सात सेकंड बीत गए। कोई नहीं आया। कोई चीज़ नहीं आई। मैं समझ रहा था कि यह कोई बेवकूफ़ बनाने वाला खेल है। लेकिन मन के किसी कोने में एक दूसरी उम्मीद भी बची हुई थी। रहस्य और गहरा हो गया था और इसलिए उत्सुकता बढ़ गई थी। मैं इन्तज़ार करता रहा। एक मन हुआ कि दुबारा फ़ोन करके पूछूँ लेकिन तभी मुझे लगा कि जैसे ही मैं पूछूँगा उधर से मुझे अपमानित करने वाली कोई खिलखिलाहट सुनाई देगी...कोई कहेगा कि मूर्ख इस बाज़ारवादी समय में तुझे हर चीज़ मुफ़्त चाहिए...तू कौन-सी दुनिया में रहता है। मैं बहुत देर तक अपने को फ़ोन करने से रोकता रहा। बार-बार फ़ोन उठाता और फिर रख देता। एक झुँझलाहट-सी सवार होने लगी कि मैंने यह फ़ोन किया ही क्यों। मुझे पहले ही समझ जाना चाहिए था कि कोई चीज़ कभी भी मुफ़्त में नहीं मिलती। अपने मन से लड़ते-लड़ते मैं थक गया और आख़िरकार मैंने फ़ोन उठाकर नम्बर लगा ही दिया।

दूसरी तरफ़ वही परिचित आवाज़ थी...कहिए मैं आपकी क्या सेवा कर सकती हूँ? मैंने अपनी खीज को भरसक दबाते हुए कहा कि क्या आपके ग्यारह मिनट और सात सेकंड पूरे नहीं हुए।

स्त्री ने तत्काल मेरी आवाज़ पहचान ली। मैं उसका कोई भी और कैसा भी अगला वाक्य सुनने के लिए तैयार था। पर उसने कहा—अरे आपकी मनचाही सारी चीज़ें तो ग्यारह मिनट से भी पहले आपको पहुँचा दी गई थीं। आपने क्या अभी तक उन्हें नहीं देखा? मैंने कहा, लेकिन मुझे तो कोई चीज़ यहाँ नज़र नहीं आ रही।

—उधर अपनी डाइनिंग टेबिल के दाहिने हाथ पर देखिए वह बड़ा फ्रिज जो हमने भिजवाया था, रखा है। लगता है गरमी के कारण आपका गला सूख गया है और आपने बहुत देर से पानी नहीं पिया है, आप उस फ्रिज के पास जाइए,

दरवाज़ा खोलिए और उसमें से एक बोतल ठंडा पानी निकालिए और पीजिए। स्त्री आवाज़ ने कहा।

—आप मुझे बेवकूफ़ बना रही हैं। ऐसा कोई फ्रिज यहाँ नहीं है। टीवी भी मेरे कमरे में नहीं है और...।

—और शायद कार भी आपको अपने दरवाज़े पर नज़र नहीं आ रही है।

—ऐसी कोई कार है ही नहीं तो नज़र क्या आएगी!

—कसूर आपका नहीं है। (स्त्री आवाज़ पूरी तरह संयत थी। उसमें मज़ाक़ उड़ाने जैसा कोई भाव कम-से-कम मुझे महसूस नहीं हुआ।)

—कसूर आपकी आँखों का है। आपकी आँखें तो बाज़ार की अभ्यस्त हैं। वे उन्हीं चीज़ों को देख पाती हैं जो पैसे की लेन-देन करके आप ख़रीदते हैं। इनमें मन की चाही चीज़ों को देखने का माद्दा ही नहीं है। मुफ़्त में मिलने वाली मनचाही चीज़ों को देखने के लिए आपको अभ्यास करना पड़ेगा और फिर इन चीज़ों का उपयोग करने के लिए तो आपको और भी ज़्यादा प्रैक्टिस की ज़रूरत होगी...मैं आपको बताती हूँ...इसकी शुरुआत करने के लिए अपनी डाइनिंग स्पेस में जाइए। देखिए आपकी डाइनिंग टेबिल के बाएँ हाथ पर...नहीं-नहीं दाहिने हाथ पर हमारा भेजा हुआ फ्रिज रखा है। कितना सुन्दर सिल्वर ग्रे रंग का फ्रिज है। वह इतने आत्मविश्वास के साथ बोल रही थी जैसे सब कुछ उसे अपने सामने दिख रहा हो। उसने कहा...हौले से उसका दरवाज़ा खोलिए...ठंडे पानी की एक बोतल निकालिए और उसे सँभालकर...हाँ सँभालकर क्योंकि अभी इन चीज़ों को देखने के लिए आपकी आँखें अभ्यस्त नहीं हुई हैं...आप सँभलकर पानी नहीं पिएँगे तो हो सकता है पानी इधर-उधर बगर जाए और आपके कपड़े भीग जाएँ...आप देख भी नहीं पाएँगे और महसूस कर पाना तो अभी आपके लिए और भी कठिन है...ऐसे में आप बीमार हो सकते हैं...। तो लापरवाही बिलकुल मत कीजिए। कार को चलाते समय भी...इससे पहले कि उधर से फ़ोन बन्द होता मैंने ही फ़ोन बन्द कर दिया।

कुछ देर तक तो एक झल्लाहट मुझ पर तारी रही लेकिन कुछ देर बाद ही उस सारी बातचीत को याद करके मुझे मज़ा आने लगा। मैंने सोचा कि मैं एक बार फिर फ़ोन लगाऊँ। लेकिन जैसे ही मैंने अपने हाथ में पकड़ी हुई चीज़ की तरफ़ देखा तो पाया कि वहाँ फ़ोन नहीं एक कंघा था।

हँसी

श्रीमान अ. अपने टी.वी. के सामने बैठे हुए थे।

श्रीमान अ. को शुरू से ही अपना प्रथम नाम पसन्द नहीं था। इसलिए बहुत कम उम्र में ही उन्होंने अ. सहाय लिखना शुरू कर दिया था। न जाने कैसे एक दिन अ. और सहाय के बीच का बिन्दु ग़ायब हो गया और लोग उन्हें 'असहाय' कहने लगे। कुछ दिन तो मज़ाक़ में निकल गए, लेकिन जब पानी सिर से ऊपर होने लगा, श्रीमान अ. सहाय ने तय किया कि अब से वे अपना सरनेम भी लगाना छोड़ देंगे। तभी से अ. सहाय से वे मात्र श्रीमान अ. हो गए।

तो श्रीमान अ. अपने टी.वी. के सामने बैठे थे। कोई हास्य धारावाहिक चल रहा था। अगर बार-बार विज्ञापन में या उसके नाम के साथ ही यह न कहा जाता कि यह एक हास्य धारावाहिक है, तो यह समझना मुश्किल हो जाता कि वह एक हास्य धारावाहिक है। मुश्किल से ही कोई ऐसा दृश्य होता था जिस पर हँसी आती थी। हालाँकि कलाकार अपनी तरफ़ से पूरी कोशिश करते थे। चीख़-चीख़कर बोलते थे। गुलाटियाँ खाते थे। किसिम-किसिम से मुँह बनाते थे। कभी-कभी तो एक लम्बी-सी चड्डी के अलावा बदन के सारे कपड़े उतार डालते थे। पर हँसी नहीं आती थी। लगता था जैसे हँसी भी ज़िद ठानकर बैठी हो।

लेकिन उस दिन, जिस दिन श्रीमान अ. अपने टी.वी. के सामने बैठे और उस समय, जब टी.वी. पर एक हास्य धारावाहिक चल रहा था, कुछ ऐसा हुआ कि किसी दृश्य को देखकर श्रीमान अ. को बहुत मज़ा आया और उन्होंने ज़ोर से हँसना चाहा। उनका मुँह तो खुला पर हँसी नहीं निकली। श्रीमान अ. को बहुत आश्चर्य हुआ कि इच्छा होने पर भी वे हँस क्यों नहीं पाए! उन्होंने दुबारा हँसने की कोशिश की। पर वे दुबारा असफल हो गए। अब उन्हें झुँझलाहट होने लगी। झुँझलाहट के साथ-साथ एक डर उन पर हावी होने लगा। उन्हें लगा कि उनके अन्दर ज़रूर

कोई बड़ी गड़बड़ हो गई है। उन्होंने आईने के सामने खड़े होकर कई-कई बार कोशिश की, पर सब व्यर्थ। मन-ही-मन कई नये-पुराने चुटकुले याद किये, ये ऐसे चुटकुले थे जिन्हें याद करके वे अकेले में भी हँस लेते थे, लेकिन हँसी नहीं आई। श्रीमान अ. ने अपने परिवार के डॉक्टर को फ़ोन लगाया। डॉक्टर घर पर नहीं था। जब किसी काम को नहीं बनना होता था तो एक के बाद एक अड़चनें चली आती थीं। इन आने वाली अड़चनों के बारे में कोई भी नहीं जानता था कि वे रहती कहाँ हैं और कब, क्यूँ और किन सवारियों पर बैठकर आती हैं। वो जब आ जाती थीं तभी ध्यान जाता था कि लो आ गईं। डॉक्टर के फ़ोन पर सन्देश छोड़ने के बाद श्रीमान अ. वापस आकर अपने टी.वी. के सामने बैठ गए।

छत पर लगा पंखा धीरे-धीरे चल रहा था। उसकी हवा से टी.वी. के ऊपर रखा जोकर धीरे-धीरे हिल रहा था। श्रीमान अ. को एकबारगी तो लगा कि जोकर उनकी नक़ल कर रहा है। हालाँकि हर खिलौना आदमी की नक़ल करता हुआ-सा ही लगता था। आदमी भी अजीब शै था। वह हर चीज़ को अपनी ही तरह दिखने और बोलने वाली चीज़ में बदल देना चाहता था। परिन्दों और जानवरों की तो कौन कहे, वह तो पेड़-पौधों से लेकर, मेज़-कुर्सी तक को अपनी भाषा में बोलता हुआ दिखा देता था। कहानी जब तक छपे हुए हरूफ़ों में थी तो कल्पना के घोड़े दौड़ाने को मैदान बहुत लम्बे-चौड़े थे। छवियों में आने के बाद से सोचने की हदबन्दी हो चुकी थी। श्रीमान अ. ने जोकर से अपना ध्यान हटा लिया।

श्रीमान अ. का मन नहीं लग रहा था। उन्होंने टी. वी. बन्द करने को रिमोट उठाया ही था कि टी.वी. पर राष्ट्र अध्यक्ष का चेहरा उभरा। राष्ट्र अध्यक्ष ने सीधे श्रीमान अ. से आँख मिलाते हुए कहा—'घबराओ मत!' श्रीमान अ. अचकचा गए। यह नया अनुभव था। राष्ट्र अध्यक्ष ने कहा—'मैं तुम्हारी परेशानी जानता हूँ। तुम हँस नहीं पा रहे हो न! मैं ख़ुद भी नहीं हँस पाता। क्या राष्ट्र की जनता का यह कर्तव्य नहीं है कि वह भी हँसना छोड़ दे? मैं सोचता था कि लोग अपने कर्तव्य को समझेंगे, पर नहीं समझा लोगों ने। तो हमें मजबूरी में यह क़दम उठाना पड़ा। हमने उन प्रविधियों को विकसित किया, जिससे लोगों को हँसी से मुक्त किया जा सके। हँसने से ताक़त का अपव्यय होता है। इसलिए हमने तय किया कि अब से कोई नहीं हँसेगा। हँसने की जब कोई बात होगी तो हँसी को टी. वी. पर पीछे से बजा दिया जाएगा। हमने इसलिए सबकी हँसी को टेप में बन्द कर लिया है। इस तरह सब अपनी हँसी को सुन सकते हैं।' इसके बाद एक हँसी बजी और राष्ट्र अध्यक्ष का चेहरा ग़ायब हो गया।

नाम क्या है उर्फ़ अंडे चोर

अचानक ही उसे एक दिन इस शहर में देखा गया। कोई नहीं जानता था कि वो कहाँ से आई है। उसे ख़ुद भी नहीं पता था कि उसका घर कहाँ है। उसकी याददाश्त कहीं खो गई थी। इस याददाश्त के साथ उसका सारा अतीत खो गया था। उसका नाम खो गया था। याददाश्त न हो जैसे जीवनभर की कमाई की गठरी हो। कभी-कभी वो सूनी आँखों से कहीं सूने में एकटक देखती रहती। जैसे वो कुछ खोज रही हो। अपने आप को या फिर अपने नाम को ढूँढ़ रही हो। जब वो अपने आप में वापस आती तो दिनभर जामा मस्जिद के आसपास ही घूमती रहती। कोई कुछ खाने को देता तो खा लेती। भीख वो किसी से नहीं माँगती थी। रात को वो कहाँ रहती, ज़्यादातर पता नहीं चलता। उसकी उम्र ज़्यादा नहीं थी। इसलिए शाम होते न होते कुछ लोग उसके पीछे लग जाते। वो मुँह ही मुँह में हमेशा कुछ बड़बड़ाती रहती। उसकी बड़बड़ाहट को सुनने और जानने की बहुत लोगों ने कोशिश की। पर कोई तन्त नहीं निकला।

लोगों ने उसे कई नाम दिये पर किसी भी नाम पर उसमें कोई जुम्बिश नहीं हुई। सारे नाम व्यर्थ चले गए। कोई नाम नहीं होने से बहुत दिक़्क़त होती। नाम की ऐसी आदत थी कि लोग गायों और कुत्ते-बिल्लियों तक के नाम रख देते थे। उसे रास्ते से उठाना हो या कोई चीज़ देने के लिए बुलाना हो तो उसे इशारा करना पड़ता। उसकी पीठ अगर आपकी तरफ़ हो तो पास जाकर उसे कोंचना पड़ता। उसमें पागलपन के भी कुछ लक्षण थे। इसलिए लोग उसके पास जाने से घबराते थे।

दोपहर का वक़्त था कि बाज़ार में अचानक बहुत ज़ोर का शोर हुआ। वो आगे-आगे भाग रही थी, लोग उसके पीछे भाग रहे थे। चिल्लाते हुए—अंडे चोर... अंडे चोर। भागने वालों और तमाशा देखने वालों में से किसी को ठीक-ठीक पता नहीं था कि हुआ क्या है। शायद उसे भूख लगी होगी और उसने चाय की दुकान

पर रखे उबले हुए अंडों में से एक या दो अंडे उठा लिये होंगे। चोरी का कौशल उसके पास नहीं था। वो भाग रही थी। उसकी फटी-पुरानी धोती बार-बार उसके पाँवों में उलझ रही थी। भागने के बीच वो कई ठेलों से टकराई, कई बार गिरी। उसके हाथ-पाँव में कई जगह ख़ून छलछला आया था। कुछ लोगों ने उसे पत्थर भी मारे थे। फिर किसी ने आगे बढ़कर पीछे भागते लोगों को रोक दिया। लोग कुछ देर खड़े रहे फिर अपने-अपने रास्ते चले गए। वो भी एक तरफ़ जाकर बैठ गई। वो हाँफ रही थी और धीरे-धीरे सिसक रही थी। उसकी हर सिसकी जैसे एक लम्बी और अँधेरी सुरंग थी। उसमें उसकी बरसों की तकलीफ़ें कहीं छिपी हुई थीं। लेकिन इतना अँधेरा था कि कुछ भी देख पाना सम्भव नहीं था। ऐसा समय था कि हमारी हिंसा हमें लज्जित करने के बजाय और अधिक उत्साहित करती थी।

उस दिन के बाद लेकिन ऐसा हुआ कि जब भी कोई 'अंडे चोर' कहकर आवाज़ कसता, वो गालियाँ बकती, आवाज़ कसने वाले के पीछे दौड़ती, हाथ लग जाए तो पत्थर भी फेंकती। धीरे-धीरे उसकी आदत चिढ़ावनी बन गई। और एक नाम उसे मिल गया—अंडे चोर।

बग़ल की सीट

अब यह कहना तो ग़ैर ज़रूरी है कि पाप नरकपुरी और पुण्य स्वर्गधामी बचपन के दोस्त थे। मुहावरे में जिसे लँगोटिया यार कहा जाता है। अब मुझसे इस मुहावरे का मतलब पूछोगे तो कहूँगा कि जो यार एक-दूसरे की लँगोट पहन लेते हों। पता नहीं एक-दूसरे की चड्डी, बनियान और जुराबें पहन लेने पर भी जिन दोस्तों या भाइयों में झगड़ा नहीं होता, वे कहाँ पाए जाते हैं? पाप नरकपुरी थोड़े खाते-पीते परिवार के थे और शुरू से ही चलते पुर्जे थे। पुण्य गरीब घर के थे लेकिन गोरे थे, कुछ-कुछ चाकलेटी। वो अक्सर पाप से बचने की कोशिश करते। पाप जानता था, लेकिन पुण्य को तंग करने में उसे मज़ा आता था। इसलिए पुण्य जितना बचना चाहता, पाप नरकपुरी उसके उतना ही पीछे पड़ा रहता। देखने वालों को थोड़ी ग़लतफ़हमी भी होती। कुछ हमउम्र लोग कभी-कभी फ़िकरे भी कस देते।

हुआ यूँ कि गर्मी के दिन थे। धूप बहुत तेज़ थी और पुण्य स्वर्गधामी पसीना-पसीना होते, पैदल अपने स्कूल चले जा रहे थे। तभी उनके एकदम पास साइकिल की घंटी बजी। पाप नरकपुरी नई चमचमाती साइकिल पर सवार थे। थोड़ी ना-नुकर के बाद पुण्य को उसकी साइकिल पर बैठना ही पड़ा। साइकिल में पीछे कैरियर नहीं था। जैसा पहले ही हमने बताया कि पाप खाते-पीते परिवार के बच्चे थे अत: उनके घर में नौकर-चाकर भी थे। अब ऐसे लड़के को कोई आटा पिसाने तो जाना नहीं पड़ता था। सो साइकिल में कैरियर का सवाल ही नहीं था। देखते ही देखते ऐसा हुआ कि पुण्य हर दिन पाप की साइकिल के डंडे पर बैठे नज़र आते। पाप ने एक-दो बार पुण्य से कहा भी कि साइकिल चलाना सीख लो पर पुण्य ने साफ़ इनकार कर दिया।

कई दिन गुज़र गए। दोनों अपने काम-धंधे में लग गए। पुण्य के धंधे में बहुत कमाई नहीं थी। हुआ यूँ कि एक दिन पुण्य स्वर्गधामी काम पर जाने के लिए बस

स्टॉप पर खड़े थे तभी एक चमचमाता स्कूटर उनके पास आकर रुका। पुण्य पहले तो पहचान ही नहीं पाए। ग़ौर से देखा तो पता चला कि वह पाप नरकपुरी था। सारे बदन पर चरबी चढ़ गई थी। चमड़ी दिपदिपाने लगी थी। चेहरा सुर्ख था। सुनहरी फ्रेम का महँगा चश्मा आँखों पर चढ़ा था। पुण्य ने उसे मना करने की बहुत कोशिश की पर पाप को न समझना था, न वो समझा। पुण्य को स्कूटर की पिछली सीट पर बैठना ही पड़ा। फिर तो यह आए दिन की बात हो गई। पुण्य बचने के लिए कई बार रास्ते बदलता, पर पाप को पता नहीं कैसे मालूम पड़ जाता। अब पुण्य पाप के स्कूटर की पिछली सीट पर बैठा हुआ नज़र आने लगा।

मुहावरे में कहते हैं न कि इस बीच नदियों में बहुत पानी बह गया था। अब पानी और समय में क्या साम्य है यह पता नहीं। समय न तो पीने के काम आता था न नहाने-धोने के। ऐसा नहीं हो सकता था कि आप नदी में नहाकर निकले और आपने चड्डी समय में डुबोकर धो ली। बहरहाल मुहावरे को खींचने से क्या फ़ायदा। एक दिन की बात है पुण्य स्वर्गधामी सड़क पर चले जा रहे थे। चप्पल में कोई कील बार-बार चुभ रही थी जैसे अपना पुण्य होना ही चुभ रहा हो। तभी एक कार ने ठीक पीछे आकर जोर का हॉर्न मारा। पुण्य घबराकर पीछे हटे और लड़खड़ा गए, गनीमत यह हुई कि गिरने से पहले सँभल गए। ग़नीमत यह भी हुई कि किसी ने देखा नहीं। वरना लोग कहते आज पुण्य लड़खड़ा गया। गिर पड़ते तो कहा जाता पुण्य का पतन हो गया। ख़ैर, तो सँभलते-सँभलते पुण्य ने देखा कि कार में पाप विराजमान है। पाप के सामने पुण्य की ज़िद न पहले कभी चलती थी, न आज चली। पुण्य को पाप के बग़ल वाली सीट पर बैठना ही पड़ा।

इस तरह साइकिल पर आगे बैठने और स्कूटर पर पीछे की सीट पर बैठने के बाद जब से पाप ने कार ख़रीदी है पुण्य उसके बग़ल की सीट पर बैठने लगा है।

नई आँख

हुआ यूँ कि एक दुर्घटना में पुण्य की टाँग टूट गई और पाप की दोनों आँखें चली गईं। पाप अन्धा हो गया और पुण्य लँगड़ा।

पाप के पास पैसे की कमी न थी वो पुण्य के लिए एक व्हील चेयर ख़रीद लाया। पुण्य व्हील चेयर पर बैठा रहता और पाप पुण्य के निर्देशों के अनुसार व्हील चेयर धकाता रहता। कहने वाले कहते पुण्य पाप के धक्के से चल रहा है। कुछ जो पुण्य के पक्ष में थे कहते, 'नहीं! पाप पुण्य की गाड़ी खींच रहा है। बस सतयुग आने को ही है।' पाप नरकपुरी और पुण्य स्वर्गधामी इन जुमलों को सुनते तो धीरे मुस्करा देते। दोनों को हक़ीक़त मालूम थी।

हुआ यूँ कि इसी बीच कोई अज्ञात बीमारी फैल गई। पुण्य के कई रिश्तेदार इस अज्ञात और जानलेवा बीमारी की चपेट में आकर मरने लगे। पुण्य स्वर्गधामी के एक बहुत क़रीबी रिश्तेदार जब मरणासन्न थे तो मान-मनौवल कर पुण्य ने उनसे नेत्रदान करवा लिया। चार दिन बाद वे सज्जन स्वर्गवासी हो गए। पुण्य ने तत्काल डॉक्टर से कहा कि उस रिश्तेदार की दोनों आँखें पाप नरकपुरी को लगा दी जाएँ। डॉक्टर ने कहा कि दोनों आँखें एक साथ नहीं लगाई जाएँगी। एक ही आँख एक व्यक्ति को लगाई जा सकती है। काफ़ी बहस-मुबाहिसे के बाद पुण्य तैयार हो गया। उसने सोचा कम-से-कम एक आँख लग जाने से पाप को दिखने तो लगेगा। एक पुण्यात्मा की आँख लगने से हो सकता है कि उसके सोचने, समझने और देखने में भी फ़र्क़ पड़ जाए।

पाप को एक पुण्यात्मा की आँख जैसे ही लगी, उसके चरित्र में तेज़ी से फ़र्क़ आने लगा। अब कुकर्म करते हुए विवेक जाग्रत रहता। अब पाप पहले की बनिस्बत ज़्यादा चालाक हो गया था। वे धर्मात्मा क़िस्म के लोग जो पहले पाप को देखते ही दुरदुरा देते थे, अब उसे अपने पास बिठाने लगे। उससे गपियाने लगे। कभी-कभी कई मामलों में उसकी सलाह भी ले लेते। उसकी पीठ पीछे भी ये लोग कहते हुए सुने जाते कि पाप अब बदल गया, अब पहले की तरह नहीं है, समझदार हो गया है।

ग़ाइबबाज़

॥ पूर्व कथा ॥

यह एकदम ढीठ क़िस्म की कहानी है। ढीठ और नख़रैल। बरसों से मैं इसे लिखने की कोशिश कर रहा हूँ लेकिन जब-जब मैं कोशिश करता हूँ यह बीच रास्ते में फसड़का मारकर पसर जाती है। टस से मस होने का नाम नहीं लेती। नाक पर मक्खी नहीं बैठने देती। मैंने तंग आकर इसका नाम जिद्दनबाई रख दिया था। मैं तो इसे कभी का छोड़ चुका होता। लेकिन मैं एक वचन से बँधा था। कप्पू ने एक दिन अपनी इस आपबीती को सुनाते हुए मुझसे वादा लिया था कि मैं इस वाक़िये पर एक कहानी लिखूँगा। मैंने तब भी कप्पू से कहा था कि यार कहानी लिखना मेरे बस की बात नहीं। मैं ठहरा कवि, यूँ भी गद्य लिखने में बहुत दंड पेलने पड़ते हैं। तुम इसे किसी अच्छे कहानीकार को सुनाओ, वह इसे कहानी क्या,उपन्यास बना देगा। मुझे इसका उपन्यास नहीं बनवाना, कप्पू ने भड़ककर कहा, यह कहानी है और कहानी ही रहेगी। कप्पू तो कप्पू था। अड़ गया तो अड़ गया। मैंने तुरुप का दूसरा पत्ता फेंका कि तुम ख़ुद इसे क्यों नहीं लिख डालते, यक़ीन करो तुम लिखोगे तो मज़ा ही कुछ और होगा। कप्पू नहीं माना। मैंने झोंक में आकर वादा कर दिया। सोचा था, कभी मौक़ा देखकर कप्पू को पटाऊँगा। बात आई-गई हो गई। एक दिन कप्पू इस दुनिया से चला गया और आफ़त मेरे लिए छोड़ गया। और इस बार वह उस तरह नहीं गया था जैसा पहले वह अक्सर और चुपचाप कहीं चला जाता था। इस बार गया तो वापस नहीं आया। मैंने कई बार इस कहानी को हाथ लगाया। लेकिन कमबख़्त पुट्ठे पर हाथ ही नहीं धरने देती। मान-मनौवल की, ठोड़ी में हाथ लगाया, हाथ जोड़े, पाँव पड़े, नाक रगड़ी पर नहीं मानी। जब मैं थक-हार कर अपनी क़लम रख देता तो मेरी तरफ़ देखकर इस तरह मुस्कराती जैसे उसने कोई

बहुत बड़ी जंग जीत ली हो। लेकिन एक दिन शायद उसे मेरी हालत पर तरस आ ही गया। तरस खाती नज़रों से मुझे देखा और बोली—तुमने क्या पक्का इरादा कर लिया है कि मुझे लिखकर ही मानोगे...? मैंने कहा इरादा तो ऐसा ही है लेकिन लगता है, यह मेरे बस की बात नहीं। कोई कहानीकार होता तो एक मिनट में वह तुम्हारे सारे कस-बल निकाल देता और अब तक कभी का तुम्हें लिख-लिखाकर कहीं कोने में फेंक चुका होता। तुम जानती हो, मैं कहानीकार नहीं हूँ इसीलिए तुम इतना नख़रा कर रही हो। बोली तुम ऐसा सोचते हो तो यही सही, पर अब मुझे तुम पर तरस आ रहा है और सोचती हूँ कि तुम्हारा कल्याण कर ही डालूँ। तुम भी अपने वचन से बरी हो जाओ, तो मेरी भी जान छूटे...लेकिन मेरी एक शर्त है। मैंने कोहनी तक हाथ जोड़े और कहा कि हे जिद्दनबाई तेरी हर शर्त मुझे मंज़ूर है। उसने कहा बिना सुने शर्त मंज़ूर मत करो, बाद में कहोगे कि मुझे क्या पता था कि तुम ऐसी शर्त लगाओगी। मैंने आज़िज़ आकर कहा ठीक है बको, क्या शर्त है... बोली तुम मुझे डिक्टेट नहीं करोगे, निर्देश नहीं दोगे...तुम लेखक लोग अपने आप को जाने क्या समझते हो, तुम्हें लगता है कहानी तुम्हारी गाय है, तुम जिधर चाहोगे उसे हाँक दोगे लेकिन मैं ऐसी-वैसी कहानी नहीं हूँ, मेरे साथ यह सब नहीं चलेगा। तुम सिर्फ़ मेरा पीछा कर सकते हो। चाहो तो थोड़ी-बहुत जासूसी भी कर सकते हो।

मैं जहाँ चाहूँगी जाऊँगी, जिधर चाहूँगी मुड़ूँगी। जब चाहूँगी, जहाँ चाहूँगी पसर जाऊँगी। मुझे नहीं पता कि कप्पू ने तुम्हें क्या सुनाया है, हो सकता है कप्पू ने तुम्हें जो सुनाया हो या तुम्हें उसमें से जितना और जैसा-जैसा याद रहा हो, मैं उसमें, उससे कुछ अलग बातों को भी जोड़ दूँ। जो तुम्हें भी पता न हो। मैंने टोका लेकिन यह तो ग़लत है, कप्पू की कहानी में कुछ भी ऊटपटाँग नहीं जोड़ा जा सकता। तुम्हारी यही बुरी आदत है। वह चिढ़ गई। बात पूरी सुनते नहीं और बीच में टोका-टाकी करने लगते हो...। तुम कहानी को उतना ही जानते हो जितना कप्पू ने तुम्हें बताया लेकिन मैं तुमसे और उससे भी ज़्यादा जानती हूँ...क्योंकि असल कहानी तो मैं हूँ। फिर यार मैं कहानी हूँ, कोई नोटशीट नहीं। कहानी थोड़ी बातूनी होती ही है। उसके सामने, उसने थोड़ा गरदन तिरछी करके, ठसक दिखाते हुए कहा—आख़िरकार उसकी अपनी अस्मिता का भी सवाल है। मैंने थक-हार कर हथियार डाल दिये। वह मुस्कराई, बोली, बेफ़िकर रहो मैं किसी तरह का कोई अस्मिता आन्दोलन चलाने के मूड में नहीं हूँ। यह काम मैंने सम्पादकों के लिए छोड़ दिया है। उसने मेरी तरफ़ देखा और उचककर खड़े होते हुए बोली, तो चलो, उठो और मेरा पीछा करना शुरू करो...।

(पूर्व कथा समाप्त)

सुबह हो गई थी। शहर की तमाम सड़कों पर हॉकरों की साइकिलें निकल पड़ी थीं। लोगों के घरों में गोल-गोल लिपटे हुए अख़बार फिंकना शुरू हो गए थे। दसवीं का परीक्षा परिणाम खुलने की सुबह थी। लाखों धड़कनों और धुकधुकियों से भरी सुबह। फड़फड़ाते हाथों से अख़बार खोलते और उनमें अपना रोल नम्बर ढूँढ़ती आँखों वाली सुबह। सिर्फ़ गौरैया थीं जो हस्बेमामूल हर सुबह की तरह आज भी चहचहा रही थीं। अलबत्ता कप्पू के घर के सामने के आम के पेड़ पर एक काली दर्जिन-फुदकी अपनी छोटी सी पूँछ उठाए, चोंच से पत्तों को सीते हुए अपना घोंसला बनाने में जुटी थी। कप्पू को दर्जिन-फुदकी पसन्द नहीं थी पर उसका नाम पसन्द था। फुदकी शब्द की ध्वनि में कुछ ऐसा था कि उसका मन फुदककर उसके चेहरे पर आ जाता। वह अपने दोस्तों के घर जाता और वहाँ अगर छोटे बच्चे होते तो उनके ऐसे ही ऊटपटाँग नाम रखता रहता पटुआ, डुमडुम, डुबकी, फुदकी वग़ैरह। कप्पू अपना रिजल्ट जानता था। इस बार उसने तीसरी बार दसवीं में फेल होने का कीर्तिमान बनाया था। पिछले दो साल से वह अपना रोल नम्बर लिखकर कोरी कॉपी दे आता था। लेकिन इस बार जब वह अपना रोल नम्बर डालकर बाहर निकलने को हुआ तो इग्ज़ामनर ने उसे रोक दिया, कहा कि कम-से-कम एक घंटा तुम्हें बैठना पड़ेगा। अजीब बोरियत थी। कप्पू को समझ नहीं आया कि एक घंटा बैठकर क्या करे। पर बाहर जाने के सारे रास्ते बन्द थे। उसकी स्मृति कमाल की थी। वह जो पढ़ता या जो देखता, उसे याद हो जाता। उसने पिछले दिनों देखी फ़िल्मों को याद किया और फिर कॉपी खोली और एक फ़िल्म की कहानी लिखना शुरू कर दिया। एक घंटे में फ़िल्म की पूरी कहानी मय गाने लिख डाली। एक घंटा जैसे ही पूरा हुआ कप्पू ने जेब से एक बीड़ी निकाली, तसल्ली से उसे सुलगाया, दो-तीन कश लगाए और कॉपी इग्ज़ामनर को पकड़ाकर बाहर निकल गया। मन के किसी कोने में शायद इसीलिए शक का कोई छोटा सा कीड़ा कुलबुल कर रहा था। रमेश खुतरे ने कप्पू के चेहरे पर परेशानी की लकीरों को देखकर पूछा, क्या बात है कप्पू,क्या तुम्हें अपने फेल होने में कोई शक है या इस बार तुम पास होने के मूड में आ गए थे? अरे नहीं कप्पू ने अख़बार वाले से अख़बार झपटते हुए कहा, यह हमारा जो शिक्षा विभाग है इसे तुम नहीं जानते। यहाँ कुछ भी हो सकता है। कुछ ऐसे महान परीक्षक इस धरती पर होते हैं जो कॉपी जाँचते नहीं उछालते हैं। जो कॉपी टेबिल पर गिरी वह पास,जो लटक गई उसे लटका दिया और जो नीचे गिर गई वह फेल। क्या पता मेरी कॉपी कहाँ गिरी हो, किसी इग्ज़ामनर ने भरे-भरे पृष्ठ देखे हों और बिना यह देखे कि उसमें क्या लिखा है, नम्बर दे दिये हों, यहाँ हर चमत्कार सम्भव है और हर मूर्खता भी। तो दिक़्क़त क्या है, रमेश खुतरे ने

कहा। दिक़्क़त तो यही है यार। मुझे पास नहीं होना है। पास हो गया तो रोज़ी-रोटी छिन जाएगी। रमेश मुस्कराकर चुप हो गया। मुँह तक आई बात को उसने होंठों से बाहर नहीं कूदने दिया। कप्पू को हालाँकि रत्तीभर भी उम्मीद नहीं थी। फिर भी तसल्ली करने के लिए उसने अख़बार उठाया और रिजल्ट वाले पन्ने को ग़ौर से देखना शुरू किया। रोल नम्बर नहीं था। दो-एक बार देखकर जब पूरी तसल्ली हो गई तो उसने राहत की साँस ली। कप्पू चाहता तो दसवीं पास करना, मुहावरे में, उसके बाएँ हाथ का खेल था। हालाँकि कप्पू लेफ्ट हैंडर नहीं था। वह दाहिने हाथ के काम दाहिने हाथ से और बाएँ हाथ के काम ही बाएँ हाथ से करता था। वह बीए के छात्रों को ट्यूशन पढ़ा देता था। पढ़ना लगभग रोग की हद तक उसका शौक़ था। अपनी योग्यता को प्रमाणित करने के लिए उसे परीक्षा देना पसन्द नहीं था। उससे कहोगे तो कहेगा कि मुझे यह प्रमाणित करने की ज़रूरत नहीं कि मैं जानता हूँ। मुझे मालूम है कि मैं जानता हूँ। मैं जानता हूँ लेकिन दूसरों को यह क्यों बताऊँ कि मैं जानता हूँ। मुझे अच्छा लगता था,मुझे ज़रूरत थी इसलिए मैंने चीज़ों को जानने की कोशिश की। दूसरों पर रोब जमाने के लिए मैंने जानने की कवायद नहीं की। मुझे कोई नौकरी नहीं करनी है। करनी भी होगी तो मैं उसी की नौकरी करूँगा जो मेरी क़ाबिलियत के आधार पर मुझे नौकरी दे। काग़ज़ की डिग्री देखकर नौकरी देने वाले की नौकरी मैं नहीं करूँगा। कितने ही साले बड़ी-बड़ी डिग्रियाँ लेकर घूम रहे हैं, जिन्हें कुछ नहीं आता। हमारा सारा सिस्टम इन डिग्रीवालों ने ही चौपट कर दिया है। डिग्री की आड़ में बेअक्ली आसानी से छिप जाती है। कितना अजीब है मेढक की आड़ में गधा छिपा हुआ है।

शाहजहाँनाबाद को कभी शाहजहाँ बेगम ने बसाया था। कभी वह शहर बाहर का इलाक़ा था लेकिन धीरे-धीरे जो बाहर था वह शहर के अन्दर आ चुका था। वहाँ एक लगभग जर्जर होते सरकारी मकान में नेत्रहीनों का हॉस्टल था। यह हॉस्टल कप्पू का ख़ास अड्डा था। इस हॉस्टल की दुर्दशा के बारे में कप्पू कई बार स्थानीय अख़बारों में पत्र सम्पादक के कॉलम में लिख चुका था। इसलिए हॉस्टल का प्रभारी कप्पू को अक्सर टेढ़ी नज़र से देखता। शम्भूदयाल कप्पू का ख़ास दोस्त था। वह किसी पास के ही गाँव का लड़का था। वह नेत्रहीन था लेकिन उसने पिछले साल बी.ए. पास कर लिया था। हालाँकि इसमें जितना कमाल शम्भू का था, उससे कम कमाल कप्पू का नहीं था। यूँ उस हॉस्टल के सारे ही छात्र कप्पू के दोस्त थे। कप्पू अलग-अलग कक्षाओं में पढ़ रहे इन छात्रों के ख़ास मास्टर जी थे। उन दिनों नेत्रहीन छात्रों को परीक्षा में कॉपी लिखने के लिए एक सहायक दिया जाता था। लेकिन सहायक के लिए यह नियम था कि वह अधिक से अधिक नवीं पास या

दसवीं फेल हो सकता था। कप्पू दसवीं से ही शम्भू का स्थायी सहायक था। जिस दिन शम्भू का पेपर नहीं होता उस दिन कप्पू किसी दूसरे छात्र का सहायक बनकर चला जाता। परीक्षा के दिनों में इसलिए उसकी आमदनी कुछ बढ़ जाती। बाक़ी समय भी वह नेत्रहीनों को पढ़ाता रहता। बरसों से इसी तरह कप्पू का हाथ ख़र्च चल रहा था। सवाल फ़कत हाथ ख़र्च का नहीं था। कप्पू को इन छात्रों से गहरा लगाव था। कोई सामान्य सा लगता काम करना उसकी फ़ितरत में शामिल नहीं था। कप्पू सुबह बहुत जल्दी उठकर हॉस्टल चला जाता और दोपहर तक वहीं बना रहता। कभी-कभी रात को जब घर लौटने की इच्छा नहीं होती तो किसी छात्र के कमरे में जाकर टिक जाता।

कप्पू ने अपना रिजल्ट देखा, अख़बार को एक तरफ़ पटका और तैयार होने को ग़ुसलख़ाने में घुस गया। कप्पू जानता था, भाई नाराज़ होगा। वही हुआ। बड़के की बड़बड़ाहट उसे ग़ुसलख़ाने में भी सुनाई दे रही थी। उसने अनुमान लगाया कि अब बड़के तेज़-तेज़ क़दमों से कमरे में चक्कर लगा रहा होगा। कुछ देर बाद उसे बाहर के दरवाज़े के ज़ोर से बन्द होने की आवाज़ आई तो वह समझ गया कि बड़के ग़ुस्से में घर से बाहर चला गया है। रसोईघर से बरतनों को तेज़-तेज़ उठाने-धरने की आवाज़ें आ रही थीं यानी भाभी भी रसोई में घुस गई थीं। कप्पू ग़ुसलख़ाने से तैयार होकर बाहर निकला, एक किताब उठाई और मुस्कराते हुए बाहर निकल गया। कप्पू को ग़ुस्सा नहीं आया। कप्पू को पता था कि आगे-पीछे घर छोड़ना ही पड़ेगा इसलिए उसने काजीपुरे वाले अपने घर से दूर पुराने कबाड़ख़ाने में एक कमरा ले रखा था। उस कमरे का उपयोग कभी-कभार ही होता था। सब समझाते कि जबरन किराया देने की क्या ज़रूरत है। कप्पू के कई घर थे। भगवती का घर तो उसके घर जैसा ही था। कप्पू की माँ और पिता का निधन पहले ही हो चुका था। कप्पू घर से बाहर निकला तो रमेश भी उसके साथ-साथ लग लिया। रमेश ने कहा कि कप्पू लेकिन इस तरह कब तक चलेगा। उन नेत्रहीन छात्रों की भी माली हालत कोई बहुत अच्छी तो है नहीं। वे कब तक तुम्हारा ख़र्चा उठाएँगे। तुम कब तक उनके चक्कर में रहोगे। उनको मदद करना एक बात है लेकिन तुम्हें अपने बारे में भी कुछ सोचना चाहिए। कप्पू भड़क गया, सब अपने ही बारे में तो सोच रहे हैं। दूसरों के बारे में सोचने का तो जैसे रिवाज ही ख़त्म हो गया है। यह जान लो कि अन्धों की दुनिया उतनी अँधेरी नहीं है, जितनी हम आँख वालों की है। जिसमें एक कमी होती है उसमें एक दूसरी ख़ूबी उसकी भरपाई कर देती है। अन्धों के कान हमसे ज़्यादा चौकन्ने होते हैं, वो ज़्यादा बारीक आवाज़ों को सुन लेते हैं। शर्मा को ही देखो वो लगभग बहरा हो गया है, उसके आब्जर्वेशन हमसे ज़्यादा

बेहतर हैं। कप्पू की बात की कोई काट नहीं थी। जिस घटना को हम सबने देखा होता शर्मा ऐसी-ऐसी बातें उसके बारे में बताता कि सब मुँह बाए सुनते रह जाते। सोचते कि हमारी नज़र उन बातों पर क्यों नहीं गई। वह घटना कुछ अलग सी लगने लगती। कप्पू भावुक दिखने से अक्सर बचता लेकिन रात गए जब दो-तीन पैग अन्दर उतर जाते तो वह भावुक होने से अपने को रोक नहीं पाता। एक दिन बोला कि मैं किसी दिन अपनी आँखों पर पट्टी बाँधकर दिन भर घूमना चाहता हूँ। आँख वालों की दुनिया से ऊब गया हूँ, महसूस करना चाहता हूँ कि नेत्रहीन होना क्या होता है। रमेश ने बिना चूके कहा, गांधारी बनकर धृतराष्ट्र का दुख नहीं समझा जा सकता कप्पू।

कप्पू पुराने कबाड़ख़ाने वाले कमरे पर चला आया था लेकिन ग़रीबी में आटा और ज़्यादा गीला हो गया था। कमरे का किराया और दीगर ख़र्चों ने उसकी जेब के सूराखों को और बड़ा कर दिया था। गर्मी की छुट्टियाँ लग गईं थीं तो नेत्रहीनों का सहारा भी जाता रहा। कुछ नेत्रहीन छात्र अपने-अपने गाँव चले गए। हॉस्टल ख़ाली था। इसी बीच एक दिन जब दोस्त कप्पू के कमरे पर पहुँचे तो ताला लटका हुआ था। सुबह-शाम कई चक्कर दोस्तों ने लगाए पर ताला लटका रहा। कप्पू अचानक ग़ायब हो गया। बहुत ढूँढ़ मची। कहाँ-कहाँ नहीं ढूँढ़ा गया। पर उसका पता न चला। मनोहर ने एक दिन आकर घोषणा की कि कप्पू इलाहाबाद में है। किसी को यक़ीन नहीं हुआ। मनोहर को मनोहर कहने के बजाय सब फेंकू कहते थे। फेंकू की बात पर कौन भरोसा करता। सबने फेंकू को कुरेदना शुरू किया। उसने कहा माँ क़सम कप्पू मुझे इलाहाबाद में मिला था। कप्पू की फ़ितरत से दोस्त वाक़िफ़ थे इसलिए बेमन से यक़ीन कर लिया गया। लेकिन दोस्तों ने फेंकू पर कई सवाल दागे, इलाहाबाद में कप्पू कहाँ मिला था, वह क्या कर रहा था? कहाँ रह रहा था? उसकी हालत कैसी थी, वग़ैरह-वग़ैरह...फेंकू के पास किसी सवाल का कोई जवाब नहीं था। वह अपने पारिवारिक काम से इलाहाबाद गया था और एक दिन अचानक सड़क पर कप्पू से छोटी सी मुलाक़ात हुई थी। फेंकू ने उससे बहुत पूछताछ नहीं की थी। उसे पता भी नहीं था कि कप्पू बिना दोस्तों को बताए चुपचाप शहर से भाग आया है। फेंकू ने कहा उसे देखकर ऐसा तो नहीं लगा कि उसको कोई तंगी है या वह परेशानी में है। मजे में ही लग रहा था। उसने मुझे चाय भी पिलाई और नाश्ता भी कराया। उसकी जेब में पैसे भी थे। दोस्तों ने राहत की साँस ली और निश्चिन्त होकर कहा कि तब तो ठीक है। लेकिन जब फेंकू जाने लगा तो सबने एक स्वर में कहा, अगर यह बात ग़लत निकली तो तेरा टिकिट परमानेंटली इलाहाबाद का कटवा देंगे।

मैंने कहानी की तरफ़ देखा। मन-ही-मन कहा कि लगता है इस दुष्ट के इरादे ठीक नहीं हैं। अब यह मुझे इलाहाबाद की अपरिचित सड़कों पर भटकाएगी। लगता है यह मेरे धैर्य की परीक्षा लेना चाहती है। लेकिन मैं चुप रहा। सोचा कि जब सिर ओखली में दे ही दिया है तो अब मूसल गिनने से क्या फ़ायदा। लेकिन यह नौबत नहीं आई। मुश्किल से दो-तीन महीने ही बीते होंगे कि कप्पू पुनः शहर में अवतरित हो गए। कप्पू अवतरित हुए तो महीनों से बन्द उनके कमरे का दरवाज़ा खुल गया। दोस्त जब शाम को कमरे पर पहुँचे तो दृश्य बदला हुआ था। दस्तरख़्वान बिछा हुआ था। उस पर देसी की जगह रम की एक पूरी भरी हुई बोतल और गिलास सजे थे। दो-तीन प्लेटों में किसिम-किसिम का नमकीन था। कमरा जैसे कमरा नहीं अलीबाबा का ख़ज़ाना था। दोस्त पूछते इससे पहले ही कप्पू ने बता दिया कि वह इलाहाबाद गया था और वहाँ कोढ़ियों के आश्रम में काम करता रहा था। दो एक पैग गले के नीचे उतर गए तो रौ में वह बहुत देर तक कोढ़ियों के बीच काम करने के क़िस्से सुनाता रहा। कप्पू के पास कोढ़ियों की कई कहानियाँ थीं। बीच-बीच में उसके आप्त वाक्य चल रहे थे...हम परिवार...परिवार करते रहते हैं। क्या होता है परिवार। तुम उन कोढ़ियों से पूछो तब पता लगेगा कि परिवार कैसी इकाई है...। सारी आत्मीयता अर्थ की नींव पर अपना घर बनाती है। एक ईंट खिसकते ही सारा घर भरभराकर गिर पड़ता है। कोढ़ियों के आश्रम की बात से जो वितृष्णा सी मन में उपजी थी वह कप्पू के क़िस्सों से धीरे-धीरे ख़त्म हो गई। कोढ़ियों के आश्रम से बात चलकर शहर में भीख माँगने वाले कोढ़ियों पर आ गई और वहाँ से मास्टर की तरफ़ मुड़ गई।

कहानी रुकी और उसने मेरे कान के पास आकर कहा, यहाँ एक विष्कंभक है। मैं चुप रहा, बोलूँगा तो अभी नखरे करेगी और यहीं पसर जाएगी। मैंने कहा ठीक है, तुम्हें दिखे वो करो। मैं कोई दख़ल नहीं दूँगा।

॥ विष्कंभक : एक ॥

कप्पू ने वापस अपने शहर की ओर लौटते हुए ट्रेन में एक अजूबे को ढूँढ़ लिया था। वह रास्ता चलते दोस्त बना लेता था। मास्टर के साथ तो उसे ट्रेन में लम्बा समय मिल गया था। मास्टर से उसने दोस्ती गाँठ ली थी। मास्टर का असल नाम क्या था, यह उसे नहीं पता था। मास्टर ख़ुद भी अपना पुराना नाम भूल चुका था। उसके असल नाम से उसे कोई नहीं जानता था। वह भिखारियों का मेकअप-मास्टर

था और शहर दर शहर पूरे मुल्क में घूमता रहता था। उसका यही धंधा था। उसे दूर-दूर तक लाखों भिखारी पहचानते थे। वो सब उसके ग्राहक थे। अमूमन वह एक शहर में एकाध सप्ताह से ज़्यादा नहीं रुकता था। कभी-कभी मन लग जाता तो पन्द्रह-बीस दिन गुज़ार लेता। सप्ताह भर में वह शहर के अनेक भिखारियों का तरह-तरह का मेकअप करता। नये मेकअप के कारण उन दिनों उनकी आमदनी बढ़ जाती। साबुत आदमी को वह विकलांग बना देता। विकलांग भी ऐसा कि देखने वाले का हाथ अपनी जेब में जाने से रुक नहीं पाता। किसी को अन्धा, किसी को काना, किसी को कोढ़ी बना देता। लूला-लँगड़ा बनाना तो उसके बाएँ हाथ का काम था। वह कमाल का मेकअप मास्टर था। कप्पू ने भगवती को उसके बारे में बताया तो दूसरे दिन भगवती भी उसके साथ हो लिये। रास्ते में भगवती ने पूछा कि कहीं तुम मास्टर वाला धंधा सीखने के मूड में तो नहीं आ गए हो? नहीं यार कप्पू ने कहा मास्टर बहुत प्रोफ़ेशनल है। वह अपना काम किसी को नहीं सिखाता। जब किसी का मेकअप करता है तो किसी को अपने पास नहीं फटकने देता। मुझमें इतना सब्र नहीं है। मेकअप में बहुत पेशेंस की ज़रूरत है। मुझे तो उन भिखारियों के बारे में सोचकर ही घबराहट होती है। एक तरह के मेकअप में कई-कई दिनों तक रहना कितना मुश्किल है। अभिनेता तो नाटक ख़त्म होते ही अपना मेकअप धो पोंछकर अपनी असल शक्ल में आ जाता है लेकिन उन भिखारियों की सोचो जो लूले या लँगड़े या कोढ़ी का मेकअप करवा लेते हैं। मास्टर ऐसा मेकअप करता है जो कम-से-कम पन्द्रह दिन या महीने भर तक लगभग वैसा ही बना रहता है। महीने भर एक ही मेकअप और एक ही भूमिका में बने रहना कैसा लगता होगा, जबकि वो जानता है वह वो नहीं है, जो वह है इस समय। दान दाता को देखते ही वह एक भूमिका में आ जाता है और उसके पलटते ही अपने बग़ल वाले भिखारी से बात करते हुए बदल जाता है। दिन में कितनी बार वह असल और अभिनय के बीच आवाजाही करता है। क्या कभी-कभी उसे ऐसा भ्रम नहीं होता होगा कि वह वास्तव में वही है जो उसका मेकअप है। हम सब भी किसी न किसी मेकअप में ही रहते हैं। कौन है जो किसी न किसी मेकअप में नहीं रहता। भगवती ने फच्चड़ फँसाया, क्या हम जो दिख रहे हैं असल में वही हम हैं? भगवती ने सिगरेट का लम्बा कश खींचा और गुल को चुटकी बजाकर गिराया। भगवती को कभी-कभी इस तरह की दार्शनिक उक्तियाँ बोलने में मज़ा आता था। लेकिन जाने क्यों कप्पू को लगा कि भगवती का वाक्य उसको इंगित करके बोला गया है। उसने एक नज़र भगवती पर डाली और इससे पहले कि वह मुँह में आए वाक्य को गुटक पाता वाक्य बाहर उछल गया, तुम क्या मेरे बारे में कह रहे हो? भगवती मूड में थे।

बोले तुम्हारे बारे में भी यही सच है कप्पू। तुम क्या दसवीं में पास नहीं हो सकते थे। लेकिन अन्धों के मास्टर जी बने रहने के लिए ही तुम दसवीं पास नहीं करना चाहते। तुम्हें इसमें मज़ा आता है। कप्पू ने कहा लेकिन क्या किसी को उनकी तरफ़ से नहीं सोचना चाहिए? छोड़ो यार कप्पू, तुम तो पिछली बार कैलाश के इग्ज़ाम में उसके भी सहायक बनकर चले गए थे। वह तो अन्धा नहीं था। उसका तो साले का हाथ भी नहीं टूटा था। जबरन का प्लास्टर बँधवाकर उसने तुम्हें अपना राइटर बना लिया। कौन नहीं जानता कि वह पढ़ने में डब्बा है। दूसरों के लिए ही तुम पढ़ते रहते हो। सच तो यह है कि तुम दसवीं फेल का मेकअप करके घूम रहे हो। तुम वह नहीं हो, जो तुम दिखना चाहते हो। नहीं, कप्पू ने कहा, मैं दसवीं फेल दिखना नहीं चाहता बस उसकी आड़ लेना चाहता हूँ। कप्पू चुप हो गया हालाँकि कप्पू तुर्की ब तुर्की का उस्ताद था। आसानी से वह किसी के हत्थे नहीं चढ़ता था। पर वह समझ चुका था कि आज भगवती की सरस्वती जागृत है इस समय उससे बहस नहीं की जा सकती। भगवती और कप्पू जैसे ही स्टेशन के पास वाली गली में मुड़े, उन्हें सामने से आते मास्टर की सूरत दिख गई। मास्टर ने दूर से ही लम्बी सलाम ठोंकी। तीनों पास ही एक चाय की गुमटी के बाहर पड़ी बेंच पर जा बैठे।

भगवती ने कहा कि मास्टर तुम्हारे मेकअप का बड़ा चर्चा सुना है पर मास्टर हम तो तब मानें जब तुम हमारे कप्पू उस्ताद को दसवीं पास का मेकअप कर दो। मास्टर मुस्कराया बोला भगवती बाबू अगर अंग्रेज़ों का जमाना होता तो यह काम भी कर देता। तब दसवीं पास आदमी की भी एक धज होती थी। मैं तो कप्पू की ओर इशारा करके बोला—इन्हें रामचन्द्र शुक्ल बना देता। यह ज़ोर का झटका था जो लगभग ज़ोर से ही लगा। मास्टर के मुँह से रामचन्द्र शुक्ल का नाम सुनकर दोनों चकरा गए। मास्टर समझ गया। कुछ देर उसने दोनों के आश्चर्य का मज़ा लिया फिर बोला अरे यार मैंने हिन्दी साहित्य लेकर बी.ए. किया था। एक नाटक मंडली के साथ मेकअप करना सीख गया। नाटक में मेरा काम यही था। एक दिन नाटक मंडली ने तय किया कि विपिन कुमार अग्रवाल का वो नाटक है न तीन अपाहिज उसे स्ट्रीट प्ले की तरह करेंगे। कलाकारों का मेकअप मैंने ही किया। स्ट्रीट ड्रामा था किसी राह चलते भिखारी ने देख लिया। शायद भीड़ देखकर वह कुछ मिल जाने की उम्मीद में वहाँ आया होगा। दूसरे या तीसरे दिन वह ढूँढ़ता हुआ मेरे पास आ गया, बोला मास्टर हमारा भी वैसा मेकअप कर दो जैसा तुमने नाटक में किया था। पहले तो सोचा भगा दूँ। पर मैं कुछ कहता इससे पहले ही उसने कहा कि नहीं, मैं तुम्हारी फीस दे दूँगा...। मज़ा आ गया, यह पहला भिखारी था जो माँगने नहीं देने आया था। सोचा चलो शगल के लिए ही सही करके देख लेते हैं। हाथ तंग था और नाटक

वाले उन दिनों कुछ देते नहीं थे। साइड बिजनेस मिल रहा था। वह दिन था कि आज का दिन है अब तो यही रोज़ी-रोटी है भगवती बाबू। तो कप्पू का मेकअप तुम्हारे बस की बात नहीं, मैं तो बड़ी उम्मीद कर रहा था कि हो न हो तुम्हारे पास कोई तोड़ होगा,पर तुमने भी हाथ खड़े कर दिये मास्टर, चलो यार कप्पू इन तिलों में भी तेल नहीं...भगवती ने खड़े होते हुए कहा।

कुछ-कुछ बादल घिर आए थे। कप्पू ने भी कहा अब चलना चाहिए। मौसम अचानक ही बदल गया था। भगवती को लगा कि आज उसने कप्पू की कुछ ज़्यादा ही खिंचाई कर दी है। कप्पू पर हालाँकि कोई ख़ास असर नहीं दिख रहा था। दोस्तों की बातों का वह कम ही बुरा मानता था। मौक़ा लगने पर लेकिन वह अपना हिसाब-किताब पूरा कर लेता था। भगवती की आज रात की ड्यूटी थी। भगवती ने अपनी जेबें टटोलीं तो उसमें कुछ नोट कुरकुराए। भगवती ने कहा चलो...थोड़ा जश्न हो जाए। कप्पू ने पूछा किस ख़ुशी में? भगवती ने कुछ पल सोचा फिर बोला यार इस समय कोई बहाना नहीं सूझ रहा है, ख़ुशी पीने के बाद तय कर लेंगे, कोई न कोई ख़ुशी तो साली मिल ही जाएगी।

(विष्कंभक : एक समाप्त)

प्रिय पाठको! मैं इन विषयान्तरों के लिए क़तई ज़िम्मेदार नहीं। यह तो पहला ही क्षेपक था। कप्पू की कहानी में ऐसी कई उपकथाएँ हैं जिनके बारे में कप्पू को जानने वालों का हालाँकि मानना है कि वो सारी कथाएँ, उपकथाएँ प्रक्षिप्त हैं। उनका उसके जीवन से कोई ताल्लुक नहीं। लोगों ने वाल्मीकि, कबीर और तुलसी में जोड़ दिया तो कप्पू क्या चीज़ हैं। एक बात कहूँ, कहानी बातूनी ही नहीं होती, कान की भी कच्ची होती है, यहाँ-वहाँ से जो कुछ सुनती है, समझती है कि सब सच है। ख़ैर...।लेकिन मैं एक बात साफ़ कर दूँ कि ये सारी कारस्तानियाँ मेरी नहीं हैं। यहाँ मैं कप्पू की तरह सिर्फ़ कॉपी लिखने वाले की भूमिका निभा रहा हूँ।

नेत्रहीनों का हॉस्टल उजड़ चुका था। मास्टर अपने धंधे के चलते किसी अगले शहर की ओर चला गया था। कप्पू अपने घर आते-जाते रहते थे। बड़के का ग़ुस्सा उतर चुका था। बड़के के अलावा कप्पू का और कप्पू के अलावा बड़के का, अपना कोई नहीं था। बड़के कितना ही पिन्नाएँ पर वो कप्पू से प्यार करते थे। शहर में कप्पू के लिए चाय की दुकानें थीं, दारू पीने के ठिकाने थे, रोटी का भी जुगाड़ मुश्किल नहीं था, सिगरेट-बीड़ी भी उधार में मिल जाती थी लेकिन किसी भी संस्थान में उसकी योग्यता के लिए कोई नौकरी नहीं थी। कुछ न कुछ तो करना ही

था। बड़के ख़ुद भी कोई बँधा हुआ काम नहीं करते थे। बड़के की जान-पहचान ख़ूब थी, इसलिए उन्हें कहीं न कहीं कोई न कोई काम मिल जाता था। घोड़ा नक्कास में कालू भड़भूँजे का एक बड़ा सा मकान था। मकान क्या था, पूरा अहाता था। उसमें प्रवेश करने का एक बड़ा सा दरवाज़ा था, पुरानी हवेलियों जैसा। कालू भड़भूँजे हिन्दू उत्सव समिति के अध्यक्ष रह चुके थे। मोहल्ले में उनका दबदबा था। वह इलाक़े के दादा थे। आठ-दस पट्ठे पाल रखे थे। जो उनका इशारा पाते ही किसी की भी हड्डी-पसली तोड़ सकते थे। ज़रूरत पड़ने पर चाकू भी चला सकते थे। कालू भड़भूँजे अधेड़ हो चुके थे। पर देखकर अभी भी लगता था कि कभी अच्छा कसरती बदन रहा होगा। शहर के बड़े सट्टा सेठों में उनका भी नाम था। जानने वाले कहते थे कि कालू के सट्टे के अलावा भी कई धंधे हैं। कालू ख़ुद तो गद्दी पर कम ही बैठते थे पर सट्टे का धंधा अच्छा-ख़ासा चलता था। थाने का हफ़्ता बँधा हुआ था। पुलिस वाले सामने पड़ने पर उन्हें सलाम ठोंकते थे। यूँ तो कालू भड़भूँजे के अहाते पर छापा कम ही पड़ता था लेकिन कभी-कभी जब ज़्यादा दबिश होती तो वह अपने पास काम करने वाले दो-तीन आदमियों को गिरफ़्तार करवा देते फिर उनकी जमानत करवा लाते। सभी सटोरिये यही करते थे। पुलिस और सटोरियों के बीच ऐसी नूरा-कुश्ती चलती रहती थी। कई लड़के घूमते हुए अलग-अलग मोहल्लों में सट्टे की पर्चियाँ लिखते और ओपन का नम्बर खुलने से आधा-एक घंटे पहले आकर कालू भड़भूँजें के यहाँ अपनी पर्चियाँ और पैसे जमा करवा देते। मतलब अहाते में आकर अपना सट्टा उतार जाते। कालू भड़भूँजे की गद्दी अन्दर के एक कमरे में थी। वहाँ गादी तकिये लगे हुए थे। आसपास कई फ़ोन रखे थे। बाहर की गादी पर जब सारा धंधा इकट्ठा हो जाता तो, उनका ख़ास आदमी अन्दर आता और अगर किसी नम्बर पर ज़्यादा पैसा लगा होता तो फिर अन्दर की गादी के फ़ोन से उसमें से कुछ सट्टा इन्दौर में उतारा जाता। सट्टे का तंत्र भोपाल, इन्दौर और बम्बई के बीच चलता रहता था। इन्दौर के सेठ भोपाल से बड़े थे। इन्दौर-भोपाल के बीच धंधा फ़ोन पर हो जाता था। कहा जाता था कि इन्दौर के सेठों की मार पकड़ बम्बई के सेठ तक थी। कभी कोई ऐसा नम्बर खुल जाता जिस पर इन्दौर या भोपाल के सेठों का ज़्यादा पैसा लगा होता तो वो बीच में ही नम्बर बदल दिया करते। ये ऐसी कथाएँ थीं जिनके सही होने का कोई प्रमाण नहीं था लेकिन अक्सर सुनाई जाती थीं।

कप्पू इस बीच नौकरी के लिए कई जगह हाथ-पैर मार चुका था। जहाँ जाता सब उसे कुछ न कुछ करने की सीख देते...। कप्पू परेशान था। समझ नहीं पा रहा था कि करे तो क्या करे। कभी-कभी लगता कि शहर छोड़कर भाग जाए। पर भागकर जाए कहाँ। एक बार बाहर जाकर देख आया था। शहर छोड़कर रहना

उसके बस का नहीं था। कभी-कभी शराब पीकर भावुक हो जाता तो कहता कि साला दो जून की रोटी के लिए शहर छोड़कर जाना पड़े तो लानत है। इस शहर में इतने बरस दे दिये, इसमें साली दो वक़्त की रोटी नहीं पैदा हो सकती। इससे तो साला वह नवाबी दौर अच्छा था कम-से-कम कुछ निकम्मों को पालने के लिए उसमें इन्तज़ाम हो जाता था। एक दिन बड़के ने कप्पू से कुछ संकोच करते हुए कहा कि कालू भड़भूँजे से उसकी जान-पहचान है। अगर तुम चाहो तो उसके यहाँ पर्ची लिखने का काम कर लो...। कप्पू को ग़ुस्सा तो बहुत आया पर पी गया। दो-चार दिन इसी तरह निकल गए। एक दिन जेब में हाथ डाला तो बीड़ी भी नहीं थी। पैसा भी नहीं। उधार वाली दुकान भी बन्द थी। बहुत कोफ़्त हुई। बड़के की बात याद आई। डर एक ही था। कप्पू जानता था कि सटोरिये दबिश के समय अपने किसी न किसी आदमी को पुलिस के हवाले कर दिया करते थे। कप्पू को डर सिर्फ़ मार से लगता था। पश्ता कद और दुबला-पतला बदन। अपने शरीर की तरफ़ देखता तो लगता कि अगर किसी ने ज़ोर से दो-चार जमा दिये तो मुश्किल हो जाएगी। ख़ुद्दारी ऐसी थी कि अचानक टँगड़ी मारती और कप्पू चारों खाने चित हो जाता। इसी चक्कर में वह कई परिचितों से नहीं मिलता, ऐसी कई जगहों पर जाने को वह टालता रहता था, जहाँ नौकरी मिल सकने की सम्भावना हो सकती थी। एक शाम मंगू मिला तो कप्पू ने बड़के वाली बात उसे बता दी। मंगू इब्राहीम चूड़ीवाले के यहाँ पर्ची लिखने का काम करता था। मंगू ने तपाक से कहा—तो हो जाओ शुरू। कप्पू ने कहा यार डर लगता है। डर...अरे डर क्या है मंगू ने कहा, सारा मामला फिटफाट है। तुम तो अपने मेहल्ले या ज़्यादा से ज़्यादा कबाड़ख़ाने में पर्चियाँ लिखकर उतार आना, तुम्हें अपना कमीशन मिल जाएगा। कम-से-कम रोज़ का हाथ ख़र्च तो निकल ही आएगा। पुलिस की दबिश हो तो दौड़ लगा देना। अभी तो तुम्हारा कोई रिकार्ड भी नहीं है, कई दिन तो कोई हाथ नहीं डालेगा। मंगू ने बीड़ी पिलाई और ठेले से चाय मँगा ली। कप्पू को तलब भी लग रही थी। मन ख़ुश हो गया। मंगू ने रहस्य को थोड़ा और खोलते हुए कहा, कुछ दिन मेरे साथ रहो सारे गुर सिखा दूँगा। यार तुम्हारा दिमाग़ तो यूँ भी चलता थोड़े है दौड़ता है। किसी दिन देखो कि कोई नम्बर आने की उम्मीद नहीं है तो उसकी पर्चियाँ गादी पर जाकर उतारने की भी ज़रूरत नहीं। पैसे जेब में रखो। चार दिन में सब सीख जाओगे। एक दिन जब तुम सेठ बन जाओगे तो मैं तुम्हारी गादी पर पर्चियाँ काटा करूँगा। मंगू ने बातों ही बातों में कप्पू को इतने ख़्वाब दिखा दिये कि उसे लगा कि झाड़ू हाथ में लेते ही सारा दलिद्दर दूर हो जाएगा।

कप्पू को शुरू में दो-तीन दिन तो बड़ी झेंप लगी...मंगू का वाक्य ज़ेहन में

गूँजा...जिसने की शरम उसके फूटे करम। दो-चार दिन तो गली में छिप-छिप कर पर्ची लिखता रहा। फिर चार-पाँच दिन में सट्टा लगाने वालों को भी पता चल गया कि कप्पू पर्चियाँ लिखता है। अब कहीं आने-जाने की ज़रूरत ही नहीं पड़ती। किसी से पूछने की भी ज़रूरत नहीं पड़ती। किसी भी एक पटिये पर वह आसन जमा लेता। सट्टा खेलने वाले ख़ुद ही उसे तलाशते हुए आ जाते। वह सट्टा उतारने जाता तो चार-आठ आने का अपना नम्बर भी खेल आता। धंधा चल निकला था। पर्चियाँ लिखनेवालों की भी अच्छी-ख़ासी संख्या थी। मंगू के अलावा, चुन्नी पहलवान, शकील टुंडे और भी दर्जनों लोग काम पर लगे थे। बेपढ़े-लिखे या कम पढ़े-लिखे नौजवानों की अच्छी-ख़ासी तादाद यह काम करती थी। सटोरिया सेठों के भी कई अड्डे थे। सनसनी और उत्तेजनाओं से भरी एक अलग ही दुनिया कप्पू के सामने खुल रही थी। पर्चियाँ लिखने वाले नये दोस्तों में कई थे जो कई कई बार पकड़े जा चुके थे और पुलिस की मार के क़िस्से सुनाया करते थे। शकील टुंडे क़िस्से सुनाने में उस्ताद था। कप्पू ने कहा यार मुझे तो बस पुलिस से ही डर लगता है, पुलिस से भी नहीं पुलिस की मार से। टुंडे ने कहा यह डर भी कोई डर है। डर सिर्फ़ एक बार लगता है। फिर नहीं लगता। पहली बार पकड़ाओगे तो कुछ झापड़-वापड़ पड़ेंगे। इसके बाद पुलिसवाले भी दोस्त हो जाएँगे। सब जानते हैं। सबको हफ़्ता मिलता है। दिखाने को कभी-कभी मारपीट करनी पड़ती है। पुलिसवाले भी अच्छी तौर से जानते हैं। तुम क्या सोचते हो कि पुलिसवाले सट्टा नहीं खेलते? साले शाम होते ही इधर-उधर मँडराने लगते हैं। कभी-कभी चौकी में बुला लेते हैं। धीरे से आठ आने-रुपया थमा देते हैं। इस शहर के कम-से-कम चालीस-पचास परसेंट पुलिसवाले सट्टा खेलते हैं। वो साले क्या हाथ उठाएँगे। मैं तो न जाने कितनों को जानता हूँ। टुंडे ने पुलिस वालों के क़िस्से सुनाने शुरू किये तो,चुन्नी पहलवान भी शुरू हो गए। सब पुलिस के बारे में कप्पू की जनरल नॉलेज बढ़ाने में लगे थे।

टुंडे ने एक फ़िल्मी क़िस्म का डायलॉग मारा। मियाँ पूरी दुनिया ही एक सट्टा बाज़ार है। सब सट्टा खेलते हैं। कोई छिपकर खेलता है, कोई खुलेआम खेलता है। बड़े मुल्क बड़ा सट्टा खेलते हैं और छोटे मुल्क छोटा। बड़ा आदमी खेले तो जायज़, छोटा खेले तो नाजायज़। शरीफज़ादों के भरम में मत रहना। किसी दिन मेरे इलाक़े में आकर देखो इंजीनियरिंग और मेडिकल कॉलेज के स्टूडेंट आते हैं... अच्छे-अच्छे घरों के लड़के आते हैं। और तो और सेठानियाँ अपने नौकर-चाकर भेजकर सट्टा खेल रही हैं मियाँ, आप हैं कहाँ। टुंडे जब नई फ़िल्म लगती तो पर्ची लिखने के बजाय टिकिट ब्लैक करने चला जाता। उसे फ़िल्मों में जाने का शौक़ था। कभी-कभी मूड में होता तो कहता...क़िस्मत ख़राब है वरना मैं तो पन्द्रह बरस की

उमर में भागकर बम्बई गया था, साला कोई माई-बाप नहीं था वरना फ़िल्मों में होता। कप्पू लेकिन चुन्नी पहलवान या टुंडे की तरह खुलकर यह काम नहीं कर पाता। कई महीने बीत जाने के बाद भी वह छिपकर ही यह काम करता था। इसलिए उसका धंधा कभी एक सीमा से आगे नहीं बढ़ता। फिर भी कड़की आजकल उससे थोड़ी दूर-दूर रहती थी। जितना धंधा होता वह आठ बजे से पहले जाकर पर्चियाँ सौंप आता। कालू भड़भूँजे के अहाते में घुसते हुए भी उसे शरम आती। वह पहले आसपास देखता और फिर तेज़ क़दमों से चलता हुआ सपाटे से अन्दर घुस जाता। जल्दी से अपनी पर्चियाँ सौंपता और तेज़-तेज़ क़दमों से बाहर निकल जाता। वह ज़्यादा से ज़्यादा वक़्त पुराने कबाड़ख़ाने में गुज़ारता।

रुको! कहानी ने हाथ दिखाकर इस तरह रोका जैसे वह कोई सिग्नल पर खड़ी ट्रैफ़िकमैन (इसमें कोई लैंगिक समस्या हो तो ट्रैफ़िक वीमेन कह सकते हैं।) हो। मैंने पूछा अब क्या आफ़त आ गई? अपनी झल्लाहट को रोकने की मैंने भरसक कोशिश की लेकिन वह कूदकर बाहर आ ही गई। उस पर मेरे झल्लाने का कोई असर नहीं हुआ, वह एकदम शान्त थी, बोली मुझे एक क़िस्सा और याद आ रहा है। मैंने कहा, अब तुम हद से बाहर जा रही हो। उसने तुरन्त हिसाब चुकाते हुए कहा, मैंने तो पहले ही कह दिया था कि मेरी हद मैं ही तय करूँगी। मन में आया कि कहूँ, भाड़ में जाओ, पर कहा नहीं, कहा सिर्फ़ इतना कि चलो, सुना डालो।

॥ विष्कंभक : दो ॥

कबाड़ख़ाने का जुगराफिया बहुत आँका-बाँका था। कई झोल खाती, लचककर घुमरियाँ लेती गलियाँ थीं। क़दर मियाँ के महल के सामने चाय की जो दुकान थी उसके बारे में यह दावा किया जाता था कि उसमें शहर की सबसे बढ़िया चाय मिलती है। उससे आगे चलो तो एक तरफ़ पुराना कबाड़ख़ाना था और सड़क के दूसरी तरफ़ से कई गलियाँ निकलती थीं। इसी में कायस्थपुरे की गली थी जो बड़े महादेव की गली में खुल जाती थी। उस गली में भगवती रहते थे। इस गली के मोड़ पर ही एक गाँजे-भाँग की दुकान खुली थी। दुकान पर एक छोटा-सा बोर्ड लगा था जिस पर लिखा था—जिसने न पी गाँजे की कली, उस लड़के से लड़की भली। इस बोर्ड ने मोहल्ले के जवाँ मर्दों के सामने एक ऐसी चुनौती खड़ी कर दी थी कि

गाँजा पीने वालों की संख्या में एकाएक इज़ाफ़ा हो गया था। बिना मुड़े सीधे चलो तो सिंधी मार्केट की गली आ जाती। ठीक उस मोड़ पर जहाँ पुराने कबाड़ख़ाने की गली ख़त्म होती और सिन्धी मार्केट की गली शुरू होती वहाँ एक बड़ा सा भवन था। इसमें मध्यदेश अख़बार का दफ़्तर था। वैद्यनाथ वालों ने यह अख़बार निकाला था। बहुत ज़ोर-शोर के साथ अख़बार निकाला गया था। शरद जोशी उस अख़बार के सम्पादक थे।

प्रिय पाठको! आपको पहले ही सावधान कर दूँ, इस विष्कंभक के भीतर, एक विष्कंभक और है। क़िस्सों की यही मुश्किल है कि एक क़िस्से के अन्दर-अन्दर कई क़िस्से सोते रहते हैं। एक को छेड़ो तो दूसरा जागकर बड़बड़ाने लगता है। यह क़िस्सा भी तक़रीबन उसी दौर का है। इससे दुआ-सलाम किये बग़ैर छुटकारा नहीं, वरना आगे जाम लग जाएगा।

शहर में एक कवि थे अढ़ाऊ जी। बंसीधर अढ़ाऊ। अधेड़ के आसपास पहुँचती उमर होगी या कम भी होगी पर लगते वो अपनी उमर से कुछ बड़े ही थे। ऊँचे-पूरे और काफ़ी थुलथुल क़िस्म का जिस्म था। कन्धे पर हमेशा एक झोला लटका रहता था। खादी भंडार वाला झोला। उसमें उनके द्वारा विरचित खंड काव्य, महाकाव्य और अक्सर लम्बी कविताएँ भरी होतीं। अढ़ाऊ जी कवि थे। उन्होंने कई महाकाव्य और खंड काव्य रच डाले थे। खोये-खोये रहते थे। पेशाब करने के बाद अक्सर पैंट की जिप बन्द करना भूल जाते। कोई दूसरा जब तक उन्हें याद नहीं दिलाता, उनकी जिप खुली रहती। मोटे थे इसलिए जब बैठते तो खुली जिप के कारण दरवाज़ा फैलकर पूरी तरह खुल जाता। अढ़ाऊ जी आते हुए दिखते तो लेखक अपना रास्ता बदल देते। पकड़ाई में आ जाते तो बहाना करते कि बहुत जल्दी में उन्हें कहीं पहुँचना है। अढ़ाऊ जी के अगर कोई हाथ लग जाता तो वह रजिस्टर खोलकर अपना ताज़ा खंड काव्य सुनाना शुरू कर देते। अढ़ाऊ जी चार-पाँच पृष्ठ से छोटी कविता लिखने में यक़ीन नहीं करते थे। उनको झेलने की ताब जो जुटा लेता, वो उसकी शाम तर कर देते। शहर में यह माद्दा सिर्फ़ दुष्यंत में था। अढ़ाऊ जी को साधे रखना उन्हीं के बस की बात थी। दुष्यंत जैसा कहते अढ़ाऊ जी आँख मूँदकर मान लेते। दुष्यंत ने एक दिन अढ़ाऊ जी को समझाया कि तुम एक अत्यन्त प्रतिभाशाली कवि हो। जिस दिन लोग तुम्हें जानेंगे, हिन्दी के बाक़ी सारे कवि धराशायी हो जाएँगे। अढ़ाऊ जी ने गरदन झुकाकर मान लिया। दुष्यंत ने कहा, शहर से अभी मध्यदेश नाम का एक अख़बार निकला है। उसमें शरद जोशी सम्पादक हैं। तुम अपनी चार-पाँच कविताएँ लेकर उसके पास जाओ। उसे अपनी कविताएँ दो। पहले वह मना करेगा, नखरे करना उसकी आदत है। वह अपने आपको बहुत बड़ा

लेखक समझता है। कहेगा यहाँ कविता-वविता नहीं छपती। सच तो यह है कि वह बिना पैसा लिये किसी की कविता नहीं छापता। जैसे ही वह मना करे तुम एक दस का नोट निकालकर उसे दे देना। वह तुम्हारी कविताएँ छाप देगा।

अढ़ाऊ जी के लिए दुष्यंत की हर बात सन्देह से परे थी। अढ़ाऊ जी ने अपनी चार-पाँच कविताओं की प्रति बनाई और दूसरे ही दिन सीधे मध्यदेश के कार्यालय में पहुँच गए। शहर में ऐसा कौन दुर्भाग्यशाली था जो अढ़ाऊ जी को न जाने। शरद जी ने देखा तो उनका माथा ठनका पूछा—कहिए...अढ़ाऊ जी ने बिना कुछ बोले अपनी पाँच कविताएँ झोले से निकालीं और शरद जोशी के हाथ में थमा दीं। हस्बेमामूल शरद जी ने कहा...यह अख़बार है, इसमें कविताएँ-वविताएँ नहीं छपतीं...। शरद जी का इतना कहना था कि अढ़ाऊ जी ने अपने कोट की जेब से दस रुपये का नोट निकाला और शरद जी की तरफ़ बढ़ा दिया...। शरद जी को इस झटके की कोई उम्मीद नहीं थी। पिन्ने आदमी थे। गुस्सा आता इससे पहले ही लेकिन उनके दिमाग़ में बिजली कौंध गई...पूछा तुम्हें दुष्यंत ने भेजा है? अढ़ाऊ जी को पता नहीं था कि शरद जोशी और दुष्यंत के सम्बन्ध कैसे हैं। अढ़ाऊ जी ख़ुश हो गए। शरद जोशी ने बमुश्किल अपने ग़ुस्से को दबाया और अढ़ाऊ जी को विदा किया।

जुगराफिया शब्द का शहर में कई-कई तरह से इस्तेमाल होता था। गाहे-बगाहे ऐसा जुमला भी मसलन सुनाई दे सकता था कि साले को ऐसा हाथ दिया कि उसका जुगराफिया बिगाड़ दिया। तो जुगराफिया सिर्फ़ जगहों का नहीं लोगों का भी होता था। जो क्षेपक इस कहानी में हर कहीं घुस आते हैं ये सब कबाड़ख़ाने के जुगराफिया का कमाल है। विंध्याचल पर्वत की बात करेंगे तो उसकी गुफाओं का ज़िक्र होगा, गुफाओं में बने शैल-चित्रों का हवाला आएगा और उनके साथ हमारे पूर्वजों की भी बात निकलेगी ही। इसलिए शहर की बात बिना अढ़ाऊ जी के सम्भव ही नहीं थी। अढ़ाऊ जी हमारे शहर के आदि कवि थे। एक दिन कप्पू मिला तो उसकी हँसी रुकने का नाम ही नहीं ले रही थी। दोस्तों ने झिड़का कि यार कुछ बको भी कब तक हँसते रहोगे। बमुश्किल कप्पू ने हँसते-हँसते कहा बिचारे वेणु गोपाल पर चोट हो गई। एक स्वर से सबने पूछा क्या हुआ? वेणु गोपाल नये-नये शहर आए थे। शहर की फ़ितरत से अभी ठीक से वाक़िफ़ भी नहीं थे। एक दोपहर दुष्यंत से मिलने पहुँच गए। इतवार का दिन था। दुष्यंत के पास अढ़ाऊ जी बैठे थे। दुष्यंत कहीं निकलने की जल्दी में थे। वेणु को देखा तो उनकी बाँछें खिल गईं। तत्काल वेणु का परिचय अढ़ाऊ जी से कराया कि यह बहुत महत्त्वपूर्ण कवि हैं। मुक्तिबोध के बाद इतनी लम्बी कविताएँ हिन्दी में किसी ने नहीं लिखीं।

अढ़ाऊ जी से कहा कि ये वेणु गोपाल हैं। क्रान्तिकारी कवि हैं। पिछले दिनों कविता के लिए जेल जा चुके हैं। वेणु से बोले यार वेणु मुझे जरा सी देर का एक काम है। मैं आधे घंटे में आता हूँ तब तक तुम अढ़ाऊ जी से बातें करो, इनकी कविताएँ देखो, मैं बस गया और आया। कहकर दुष्यंत चले गए। अढ़ाऊ जी ने ज़्यादा इन्तज़ार नहीं किया। अपने झोले से अपनी कविताएँ और खंड काव्य के रजिस्टर निकाल लिये।

दुष्यंत तीन-चार घंटे तक वापस नहीं लौटे। वेणु गोपाल अढ़ाऊ जी की काव्य-कारा से लगभग दो-तीन घंटे बाद ही मुक्त हो पाए। शाम को मिले तो सिर फटा जा रहा था। दुनिया में कवियों को लेकर जितने चुटकुले बनाए गए होंगे, अढ़ाऊ जी उन सारे चुटकुलों से बने साक्षात् कवि थे। दोस्तों ने पूछा कि क्या हुआ? कई बार पूछने पर उन्होंने बताया कि अढ़ाऊ जी...। अढ़ाऊ जी का नाम लेना था कि सब समझ गए। टुंडे ने कहा, इसीलिए कहते हैं शहर के हरामीपन को जाने बिना शहर में अकेले नहीं घूमना चाहिए।

प्रिय पाठको! कहानी ने मुझे एक तरफ़ हटाते हुए कहना शुरू किया, मैं जानती हूँ यह जो मेरा कॉपी राइटर है, यह बहुत देर से मन-ही-मन मुझे गरिया रहा है। बिचारा अपने दोस्त से वादा करके फँस गया है। हालाँकि यह अपने को कवि कहता है, लेकिन ठुँसने की हर जगह कोशिश करता है। कहानी में ठुँसेगा, नाटक में टाँग अड़ाएगा और तो और आलोचना में भी कहीं-न-कहीं से ताक-झाँक करेगा, ऐसे लोगों को इस शहर में जीटी कहा जाता है, मतलब जबरन ठुँस। इन्हीं के लिए शहर में वह जुमला बोला जाता है, कपड़े न लत्ते बीच में बैठेंगे। अब हर जगह ठुँसोगे तो कभी न कभी तो लतियाए ही जाओगे।

कप्पू का क़िस्सा लेकिन थोड़ा अलहदा है।

कप्पू को कविता लिखने का शौक़ चर्राता तो वह कई कविताएँ एक साथ लिख डालता। कई बहुत मज़ेदार कविताएँ उसने लिखी थीं। एकाध बार रेडियो पर भी कविताएँ पढ़ चुका था। उसकी इस प्रतिभा को कम ही दोस्त जानते थे। कभी उसने अपनी कविताएँ छपवाई नहीं। कबाड़ख़ाने में ही एक और युवा कवि रहते थे। उनका उपनाम था धूमकेतु। धूमकेतु को ही सब कवि की तरह जानते थे। धूमकेतु ने बहुत परिश्रम के साथ अपनी जगह बनाई थी। वो नियम से कवि सम्मेलनों में जाते और नीचे श्रोताओं में बैठ जाते। दो-तीन दोस्त साथ होते, नहीं भी होते तो

अपने हाथ से ही पर्चियाँ लिख-लिख कर तब तक मंच पर संचालक के पास भिजवाते रहते, जब तक तंग आकर संचालक धूमकेतु को कविता पाठ के लिए न बुला ले। कभी-कभी कोई संचालक नई प्रतिभा को चांस देने के उत्साह में धूमकेतु को बुला लेता और धूमकेतु माइक पर आकर एक कविता के बदले दो-तीन कविताएँ पेल देते। धैर्य और सतत परिश्रम से क्या नहीं मिलता! धीरे-धीरे लोग उन्हें जानने लगे। किसी-किसी कवि-सम्मेलन में उन्हें फिलर की तरह बुलाया भी जाने लगा था।

कायस्थपुरे की गली के कोने पर भाँग की दुकान थी। गोवर्धन पहलवान की। गोवर्धन पहलवान का बदन अब पहले जैसा कसरती नहीं था। थोड़ी तोंद निकल आई थी। बदन ढलने लगा था। पर पहलवान थे और अभी भी हाथों में काफ़ी जान थी। नियम से ख़ुद भाँग घोंटकर अंटे बनाते थे। शाम से पहले ही दुकान के आसपास पानीं छींटकर दुकान लगाते, एक चमचमाती पीतल की थाली में लाल कपड़ा बिछाकर उस पर भाँग के छोटे-बड़े अंटे सजा देते। दुकान पर बैठने से पहले ख़ुद भी नियम से भाँग का एक बड़ा सा अंटा लगाते। शाम को उनकी धज देखने लायक होती। आँखें सामने कम, अदृश्य की ओर ज़्यादा निहारतीं। दुकान के ऊपर ही उनका छोटा सा घर था। गोवर्धन पहलवान की एक लड़की थी। पन्द्रह-सोलह की उमर होगी। लड़की जवान हो रही थी। पहलवान की दुकान पर आने वाले ग्राहक एक नज़र चुपके से ऊपर भी डाल लेते। कभी-कभी खिड़की या छज्जे पर लड़की दिख जाती। कप्पू बहुत दिन से आसपास मँडराते नज़र आ रहे थे। ताड़ने वालों ने कप्पू की नज़र को ताड़ लिया था। कभी-कभार कप्पू को छेड़ते तो कप्पू हँसकर टाल देता। हर कोई लड़की के झाँकने का इन्तज़ार करता। एक दिन कप्पू ने एक कविता लिखी। लाल स्याही से उसे एक काग़ज़ पर उतारा। उसके आसपास बेलबूटे भी बना दिये। कविता छोटी सी थी और बहुत जमा-जमा कर, ख़ूबसूरत हरूफ़ों में लिखी गई थी—

ओ मेरे दिल की मलिका
ओ कबाड़ख़ाने की नूरजहाँ
जाऊँ तो जाऊँ कहाँ
मैं तुझसे प्यार करता हूँ
पर भाँग के ठेकेदार
तेरे मुच्छड़ बाप से
डरता हूँ।

नीचे लिखा था यह ख़त मैंने अपने ख़ून में क़लम डुबो-डुबो कर लिखा है, इसे लाल स्याही न समझना। मेरे ख़त का जवाब देना। अपने नाम की जगह लिखा था—तुम्हारा सच्चा आशिक़।

इबारत के नीचे किसी का नाम नहीं था। दस्तख़त भी नहीं थी। मोहल्ले के एक छोटे लड़के को समझाकर चिट्ठी लड़की तक पहुँचा दी गई। लड़की घबरा गई। इतनी घबरा गई कि उसने चिट्ठी अपने बाप को दे दी। लड़की भी नहीं जानती थी कि चिट्ठी किसने भेजी है। बाप ने पूछा तो लड़की कुछ न बता पाई। पहलवान ने कविता पढ़ी तो उसे लगा कि ऐसी हरकत एक कवि ही कर सकता है। एक कवि ही ऐसी चिट्ठी और कविता लिख सकता है। उसने अपने जान-पहचान के लोगों से दरयाफ़्त किया तो पता चला कि इस मोहल्ले में तो एक ही कवि है उसका नाम धूमकेतु है। वो ही यहाँ-वहाँ कवि-सम्मेलनों में कविता पढ़ता रहता है। पहलवान तो पहलवान थे। धूमकेतु का पता-ठिकाना निकाला और एक दोपहर उसे धर दबोचा। धूमकेतु ने सारी क़समें खाईं पर पहलवान पर कोई असर न हुआ। जमकर धुलाई कर दी। लोगों ने बीच-बचाव न किया होता तो हास्य-व्यंग्य कविता का धूमकेतु अस्त हो जाता। बिचारा धूमकेतु भी नहीं जानता था कि वह किसकी हरकत के लिए पिट रहा है।

कुछ दिन बाद जब चेहरे की सूजन उतर गई और घावों पर पपड़ी जम गई तब धूमकेतु को पता चला कि यह हरकत कप्पू की थी। कप्पू को जी भरकर गालियाँ दीं। कप्पू को भी अन्देशा नहीं था कि यह आफ़त धूमकेतु के सर जाएगी।

(दूसरा विष्कंभक समाप्त)

इस नामुराद कहानी का पीछा करते-करते मेरे पाँव में छाले पड़ गए। सोच रहा था कि मेरा न सही कम-से-कम यह अपने पाठकों का ख़याल करेगी लेकिन इस कमबख़्त को न तो अपने पाठकों की कोई फ़िकर है, न अपने पात्रों की। आड़ी-तिरछी, ऊबड़-खाबड़ गलियों में भटकते-भटकते मैं बुरी तरह थक चुका हूँ और ऊब गया हूँ। बमुश्किल अब जाकर यह कहानी एक सीधी सड़क पर निकली है। कितनी देर तक यह इस सीधी सड़क पर चलेगी मैं कह नहीं सकता। मैं सिर्फ़ दुआ कर सकता हूँ कि ओ देने वाले इस कहानी को सद्‌बुद्धि दे।

कप्पू अपनी सारी पर्चियाँ लेकर कालू भड़भूँजे के अहाते की तरफ़ जा ही रहा था कि टुंडे न जाने किस गली से निकला और सामने आ गया। टुंडे के मिल जाने की इस समय उसे कोई उम्मीद नहीं थी। कप्पू अचकचा सा गया। टुंडे ने पूछा क्या

पर्चियाँ उतारने जा रहे हो? कप्पू ने छोटी सी हाँ के साथ मुंडी हिलाई। टुंडे ने कप्पू के हाथ से सारी पर्चियाँ लीं और उन्हें छाँटकर दो हिस्से बनाए। बोला इस हफ़्ते मिंडी दो बार आ चुकी है। कल ही मिंडी आई थी। आज किसी हाल में मिंडी नहीं आएगी। कप्पू का हाथ पिछले कई दिनों से तंग था। सिगरेट-बीड़ी वाले का भी उधार चढ़ गया था। अपनी घड़ी भी किसी कलारी में कप्पू गिरवी रख आया था। टुंडे का अनुमान बहुत कम ही ग़लत होता था। वह सट्टे का पुराना खिलाड़ी था। कप्पू को लगा कि टुंडे कह रहा है तो ठीक ही होगा। टुंडे ने कहा मिंडी की पर्चियाँ जेब में रख ले और बाक़ी की पर्चियाँ उतार दे। आज किसी हालत में मिंडी नहीं आएगी। टुंडे ने इतने विश्वास के साथ कहा कि कप्पू मान गया। लगा इस बहाने कुछ पैसे जेब में आएँगे तो उधारी चुक जाएगी। फिर भी कप्पू ने कहा कि अगर मिंडी आ गई तो मैं मर जाऊँगा। जिनने मिंडी लगाई है वो तो मुझसे वसूल करेंगे। टुंडे ने उस्तादों की तरह कहा, पागल हुए हो। ऐसे कैसे मिंडी खोल देगा। रतन खत्री इतना बेवकूफ़ नहीं है। उसने इस अन्दाज़ में रतन खत्री कहा जैसे वह उसका रोज़ का मिलने-जुलने वाला हो। रतन खत्री बम्बई का मटका सेठ था। वो ही रोज़ का नम्बर निकालता था। उसके बारे में कहा जाता था कि वो जब सट्टे का नम्बर निकालने आता था तो हर दिन उसके लिए ताश की फ्रेश गड्डी टेबिल पर रखी जाती थी। उसके हाथों में जादू था। वह दो पत्ते खोलता और फिर सारी दूर से आई सट्टे की जानकारी पर नज़र डालता और फिर उसके सहयोगी जो पत्ता निकालने को कहते, वो ही पत्ता वह गड्डी से खींचता और मजाल है कि कोई और पत्ता निकल आए। रतन खत्री सटोरियों का नायक था, जिसके बारे में तरह-तरह के क़िस्से मशहूर थे। टुंडे की बातों का जादू धीरे-धीरे असर कर रहा था। अन्दर एक धुकधुकी भी हो रही थी। पर घोड़ा नक्कास तक आते-आते कप्पू पर टुंडे का जादू चल चुका था। कप्पू ने अनुमान लगाया, क़रीब दो सौ रुपये बचने थे। लालच ने कप्पू को दबोच लिया। कप्पू ने बाक़ी की पर्चियाँ सौंपी और टुंडे और कप्पू अहाते से बाहर निकल आए। टुंडे ने कहा, आज रात जश्न होगा। कप्पू की हवाइयाँ उड़ी हुई थीं। टुंडे ने कहा, इतनी फटी में क्यों है यार, कुछ नहीं होगा और ख़ुदा न ख़ास्ता कुछ हो ही गया तो निपटेंगे। निपटेंगे...क्या ख़ाक निपटेंगे? उस भड़भूँजे से कौन निपटेगा? कप्पू झल्लाया। मैं भी अपना खाता बन्द करके आता हूँ। टुंडे तेज़ी से चला गया। कप्पू कबाड़ख़ाने की तरफ़ गया और वहाँ से कहीं और जाकर छिप गया। सन्देह का कीड़ा लगातार उसे तंग कर रहा था। वह नौ बजने का इन्तज़ार कर रहा था। जैसे-जैसे समय पास आ रहा था उसे यह भी फ़िकर हो रही थी कि इस तरह छिपा रहा तो कैसे पता लगेगा कि कौन-सा नम्बर खुला।

आसपास कोई फ़ोन भी नहीं था। इस बीच उसने न जाने कितनी बीड़ियाँ फूँक डाली थीं। उसे अब लग रहा था कि टुंडे की बातों में आकर उसने बहुत बड़ी ग़लती कर दी है। वक़्त लेकिन निकल चुका था। मन हुआ मथुरा बाबू की बैठक में चला जाए। वहाँ अभी बैठकी जमी होगी। कप्पू पहले भी वहाँ आता-जाता रहा था। मथुरा बाबू के कमरे पर पीने-पिलाने के लिए हिन्दी-उर्दू के कई लेखक आते-जाते थे। उनका कमरा लेखकों का एक स्थायी अड्डा था। कोई और आए या न आए मथुरा बाबू और अत्तू मियाँ तो वहाँ होते ही थे।

रात नौ बजा तो कप्पू छिपते-छिपाते गली से बाहर निकला और किसी से मालूम किया कि ओपन में क्या आया? किसी ने चलते-चलते कहा, मिंडी...। कप्पू ने सुना तो होश फ़ाख़्ता हो गए। लगा शायद ग़लत सुन लिया या हो सकता है उसने ग़लत बताया हो। अभी इधर-उधर से गलियों में छिपते-छिपाते कप्पू कहीं जाने का सोच ही रहा था कि टुंडे भी कहीं से निकल आया। कप्पू ने छूटते ही कहा, मरवा दिया न! अब क्या करूँ? टुंडे ने कहा, कहीं जाकर छिप जा। तुम सोचते हो कि इस शहर में छिपना आसान है, भड़भूँजे के आदमी मुझे कहीं भी ढूँढ़ लेंगे। कप्पू बुरी तरह डरा हुआ था। टुंडे ने कहा कि मैं क्या बताऊँ यार...यह तो हद ही हो गई...। कहकर वह भाग लिया। कप्पू ने मन-ही-मन हिसाब लगाया। जबलपुर जाने वाली इन्दौर बिलासपुर एक्सप्रेस जाने में लगभग दो घंटे थे। कप्पू एक लम्बे रास्ते से किसी तरह छिपते-छिपाते स्टेशन पहुँचा। जबलपुर का टिकिट लिया और छिपकर समय काटने लगा। दो घंटे का यह समय दो सदियों जैसा लग रहा था। एक ही डर था कि किसी ने भी देख लिया तो थोड़ी ही देर में कालू भड़भूँजे के आदमी आकर दबोच लेंगे। गाड़ी स्टेशन पर आई और जब चलने लगी तो कप्पू दौड़कर जनरल बोगी में चढ़ा और एक कोने में दुबककर बैठ गया। जबलपुर की गाड़ी में चढ़ तो गया लेकिन बार-बार एक ही सवाल उसके दिमाग़ को कुरेद रहा था कि इस तरह जबलपुर जाना क्या ठीक होगा।

उन दिनों जब कप्पू ने सट्टे की पर्चियाँ लिखना शुरू नहीं किया था। उसका मथुरा बाबू के कमरे पर आना-जाना लगा रहता था। लेकिन जब से कालू भड़भूँजे के यहाँ सट्टे की पर्चियाँ लिखना शुरू किया उसने मथुरा बाबू के कमरे पर जाना बन्द कर दिया था। एक तो मथुरा बाबू के कमरे पर जमने वाली गम्मद और सट्टे का नम्बर निकलने का समय एक ही था। चाहकर भी वह नहीं जा सकता था। दूसरा एक डर यह था कि मथुरा बाबू कम्युनिस्ट पार्टी के नेता थे। सारा शहर उन्हें जानता था। उसे लगता कि किसी न किसी ने ज़रूर मथुरा बाबू को बता दिया होगा कि कप्पू आजकल कालू भड़भूँजे के अहाते में देखे जाते हैं।

या कोई यह भी बता सकता था कि कप्पू सट्टे की पर्चियाँ लिखने लगा है। शहर में चुगलख़ोरों की कोई कमी तो थी नहीं। मथुरा बाबू को पता लग गया होगा तो किसी भी दिन शामत आ जाएगी। मथुरा बाबू किसी को बख़्शते नहीं। एक दिन हरिशंकर परसाई शहर में आए हुए थे। मथुरा बाबू ने कप्पू को भी सन्देशा भिजवाया था। परसाई जी का शहर में आना उन दिनों एक फड़कती हुई ख़बर होती थी। मथुरा बाबू और परसाई दोस्त थे, हमपियाला हमनिवाला थे। रात को पीने-पिलाने की बैठकी मथुरा बाबू के कमरे पर ही जमती। कप्पू को परसाई जी के कई लेख और कहानियाँ याद थीं। कप्पू ने अपनी याददाश्त का पिटारा खोला तो परसाई उसके मुरीद हो गए। महफ़िल ख़त्म हुई तो चलते हुए परसाई जी ने कहा कि कप्पू कभी जबलपुर आना। कप्पू ने भी बिना संकोच कहा कि ज़रूर आऊँगा। यही वाक्य था...जब वह कहीं भाग जाने के बारे में सोच रहा था तो यही वाक्य था जो बार-बार उसके दिमाग़ में बज रहा था। इसी वाक्य के कारण उसने जबलपुर जाने का तय किया था। उस पहली मुलाक़ात के बाद परसाई जी से दो-तीन मुलाक़ातें और हुई थीं। कप्पू को लेकिन फिर भी लग रहा था कि क्या उन मुलाक़ातों की डोर पकड़कर परसाई जी के पास जाया जा सकता है। कप्पू अन्दर से चाहे जितना संकोची हो लेकिन बेशर्म होने का नाटक वह बिना झिझक के कर लेता था। गाड़ी स्टेशन से बाहर निकल गई तो उसने राहत की साँस ली। दिमाग़ी थकान ने शरीर के अंजर-पंजर ढीले कर दिये थे। बर्थ पर आड़े होते ही कब आँख लग गई, पता ही नहीं चला।

आँख खुली तो ट्रेन जबलपुर के प्लेटफ़ार्म पर थी। बाहर निकलकर चाय पी और बीड़ी सुलगाई तो सारी थकान और डर काफ़ूर हो गया। कप्पू अपने रंग में आ चुका था। जेब में पैसे भी पर्याप्त थे। रिक्शा किया और परसाई जी के घर पहुँच गया। सुबह-सुबह परसाई जी ने कप्पू को देखा तो थोड़ा चौंके। परसाई जी ने उसे देखते ही पहचान लिया। पूछा, कैसे आए? कप्पू ने अपने अन्दाज़ में कहा, आपने कहा था कि जबलपुर आना तो आ गया। अब यहीं रहूँगा। परसाई जी उसके अन्दाज़ से वाक़िफ़ थे। थोड़ा मुस्कराए। चाय-वाय आई तो कप्पू ने अपनी कहानी सुना दी। परसाई जी को उम्मीद नहीं थी कि औपचारिकता में बोला वाक्य एक दिन उन्हें इस स्थिति में भी फँसा सकता है। पर अब कुछ किया नहीं जा सकता था। बोले ठीक है। अभी अपना बैग उधर रखकर तैयार हो जाओ। कप्पू अपने मन में बार-बार उठ रहे विचार को झटककर सुबह की तैयारी में जुट गया। परसाई जी समय का इन्तज़ार कर रहे थे कि अकेले में कुछ वक़्त मिले तो कप्पू को समझा सकें। पर कुछ देर में ही मिलने-जुलने वाले आने लगे। दोपहर इसी तरह बीत गई।

इस बीच कप्पू निकलकर एक चक्कर बाज़ार का लगा चुका था। दो दिन इसी तरह बीत गए। बीच-बीच में परसाई कप्पू को समझाने की कोशिश करते रहे। दो दिनों में वह यह तो समझ चुका था कि इस तरह भागे-भागे फिरने से काम नहीं चलेगा। परसाई जी पर भी वह ज़्यादा दिनों तक बोझ नहीं बन सकता। बेशर्मी के भीतर छिपी झेंप बीच-बीच में सिर बाहर निकाल रही थी। जबलपुर आए दो दिन हो चुके थे। शहर में चीज़ें थोड़ी थम चुकी होंगी, उसने सोचा। कालू भड़भूँजे का गुबार भी अब तक निकल चुका होगा। इस सबसे ज़्यादा उसे बड़के की फ़िकर हो रही थी। कालू भड़भूँजे ने ज़रूर बड़के को बुलाया होगा बिचारे को जबरन मेरे लिए गालियाँ सुननी पड़ी होंगी। मन यही सोच-सोच कर उदास हो रहा था। मन-ही-मन उसने सोचा, अब कुछ न कुछ करना ही पड़ेगा, फिर चाहे जो हो, देखा जाएगा। उसने वापस लौटने का तय कर लिया था। कप्पू की एक डायरी हमेशा उसके पास रहती थी। बीच-बीच में जब मन करता वह उसमें कुछ-कुछ लिखा करता। तीसरे दिन उसने रात की गाड़ी पकड़ी और सीट पर बैठकर कुछ लिखने का मन किया तो अपनी डायरी निकाल ली...पन्ने पलटते हुए अचानक एक पृष्ठ खुला। शायद यह कुछ दिन पहले लिखा था। लिखने से पहले उसने उस पृष्ठ को पढ़ना शुरू किया।

कप्पू की डायरी का एक पृष्ठ।

कमज़ोर की ताक़त। कितना अजीब सा वाक्य है। कमज़ोर की ताक़त। लेकिन जो शारीरिक और हैसियत में कमज़ोर होता है उसकी ताक़त उसकी अकल में वास करती है। अगर निराशा उसे आत्महत्या की तरफ़ न धकेल दे तो वह ख़तरनाक हद तक कारगर हो सकती है। यह ताक़त किसी भी अत्याचारी का मुक़ाबला करने की हिकमतें पैदा कर सकती है। ताक़तवर से ताक़तवर अत्याचारी भी कमज़ोर से नहीं जीत सकता। ताक़तवर सिर्फ़ अपनी ताक़त का इस्तेमाल करता है जबकि कमज़ोर नई-नई तरकीबें ईजाद करता है, अपने को बचाने की भी और अपने अपमान का बदला लेने की भी।

आज उर्दू की लुग़त पलटते हुए मुझे एक दिलचस्प शब्द मिला ग़ाइबबाज़। एक ऐसा खिलाड़ी जो बिना बिसात के शतरंज खेलता है। बिना बिसात की शतरंज खेलने का मज़ा ही कुछ और होता होगा। कल्पना की बिसात पर, कल्पना के मोहरे। जिसकी कल्पना की उड़ान जितनी ऊँची होगी, वह वैसी ही चाल चलेगा।

ताक़तवर अपनी चाल चलेगा, कमज़ोर अपनी। शतरंज में कई तरह की मातें होती हैं। यह बात एक दिन प्रसिद्ध पटियेबाज शतरंज खिलाड़ी बाबू ख़ाँ ने बताई थी। बाबू ख़ाँ अपने मोहल्ले के बच्चों को पटिये पर शतरंज खेलना सिखाते रहते थे। पहली चाल चलने से पहले ही सामने वाले से पूछते हैं कि कैसी मात खाओगे? शुतुरघुन्ना या पैदली। नया खिलाड़ी होता तो पूछता कि शुतुरघुन्ना क्या होती है? बाबू ख़ाँ मजे-मजे में शतरंज के बारे में बताते। शुतुरघुन्ना मात वह होती है जिसमें राजा को ऊँट के आसपास चक्कर लगवाकर मात दी जाती है और पैदली में मात पैदल से होती है। सामने वाला थोड़ा अच्छा खिलाड़ी होता तो सोचता बाबू ख़ाँ भोपाली हैं इसलिए ज़्यादा ही लम्बी फेंकते हैं। वह कह देता कि तो पैदली मात देकर बताओ...। बाबू ख़ाँ का दूसरा सवाल होता...किस पैदल से मात खाओगे... तुम्हारा जिस पैदल पर मन करे चूना लगा दो। उसी से मात होगी। बाबू ख़ाँ अद्भुत खिलाड़ी थे। जिस पैदल पर सामने वाला खिलाड़ी चूना लगाता उसी पैदल से मात दे देते। एक दिन इसी तरह की मात देते हुए बाबू ख़ाँ ने कहा था कि पैदल को कम मत समझो मियाँ। पैदल सबसे ख़तरनाक मोहरा है। वो चुपचाप अपने रास्ते बढ़ता जाता है और वक़्त आने पर वह जो मोहरा चाहे, उस मोहरे को पैदा कर लेता है। वो चाहे तो हाथी बन जाए, ढाईघर बन जाए, ऊँट बन जाए, चाहे तो वजीर बन जाए। वो बड़े से बड़ा क़िला ध्वस्त कर देता है मियाँ। बड़ी-बड़ी सल्तनतें उलट देता है। वह बड़े से बड़े राजा को मात दे सकता है। कमज़ोर की ताक़त उसकी चाल में होती है। नई चाल देखने के लिए आँख खुली और दिमाग़ चौकन्ना होना चाहिए।

(डायरी समाप्त)

अपनी ही डायरी पढ़कर कप्पू को मज़ा आ गया। साथ में कोई दोस्त होता तो कप्पू ने ख़ुद की पीठ ठोंककर कहा होता, वाह यार कप्पू क्या लिखते हो, क़लम चूम लेने का मन करता है। लेकिन इस समय कोई साथ नहीं था इसलिए, यह वाक्य उसने अपने मन में ही कहकर सन्तोष कर लिया। उसने पृष्ठ को दो-तीन बार पढ़ा। फिर डायरी बन्द करके अपने बैग में रख ली, आगे कुछ नहीं लिखा। डब्बे में ज़्यादा भीड़ नहीं थी। वह सीट पर आराम से अधलेटा हो गया।

सुबह-सुबह शहर पहुँचकर कप्पू अपने कमरे पर गया, इत्मीनान से तैयार हुआ। टुंडे को ढूँढ़ा और तैयार होकर सीधा कालू भड़भूँजे की गद्दी पर पहुँच गया। कप्पू को देखते ही भड़भूँजे के दिमाग़ का भाड़ दहकने लगा। ग़ुस्से के चने चट-चट करके

चटकने लगे। कई दिनों का जमा ग़ुस्सा था। फूटकर बाहर निकला तो थोड़ी देर तक तो भड़भूँजे के मुँह से गालियों के सिवा कोई दूसरा शब्द नहीं निकला। कप्पू चुपचाप खड़ा रहा, इतना निरपेक्ष जैसे ये गालियाँ किसी और को दी जा रही हों। कालू को जितनी गालियाँ याद आईं वो सब उसने दे डालीं। भड़भूँजा ग़ुस्से में चिल्लाया बड़के का ख़याल न होता तो तुझे टाँग पर टाँग रखकर चीर देता, मादरचोद मुझ पर चोट करता है...जो नुक़सान मुझे भरना पड़ा अब उसे कौन भरेगा...तेरा बाप...। आज के बाद अगर तू मेरी गादी के आसपास भी कहीं दिखाई दिया तो गाँड़ू तेरी हड्डियाँ भी नहीं मिलेंगी किसी को...। कप्पू एक शब्द भी नहीं बोला।

कालू जब चुप हुआ तो कप्पू चुपचाप अहाते से बाहर आ गया। स्टेशन जाने के रास्ते में उसने एक होटल पर रुककर छककर नाश्ता किया। नाश्ता करते हुए ही उसने एक काग़ज़ के पुर्जे पर कुछ लिखा और क़मीज़ की जेब में रख लिया। होटल से निकलकर पान खाया। एक सिगरेट और बीड़ी का एक बंडल ख़रीदा। सिगरेट सुलगाई और मजे में पीता हुआ स्टेशन पहुँच गया। पूछताछ काउंटर पर जाकर उसने कुछ मालूमात की और चुपचाप प्लेटफ़ार्म पर आकर टहलने लगा।

किसी ट्रेन के आने का एनाउंसमेंट हो रहा था और इसी बीच अचानक प्लेटफ़ार्म पर शोर मच गया। दो-तीन पुलिस वाले दौड़ते हुए आए और भीड़ को हटाते हुए पटरियों पर कूदे और पटरियों पर लेटे कप्पू को टाँगाटूली करते हुए उठाकर ऊपर ले आए। पुलिस वाले उसे झापड़ लगाते इससे पहले ही कप्पू ने बेहोश होने का नाटक किया और प्लेटफ़ार्म पर गिर पड़ा। पुलिस वाला चिल्लाया...पानी लाओ पानी...कप्पू बेहोश पड़ा था। एक पुलिस वाले ने उसकी क़मीज़ की जेब से झाँकती हुई पर्ची निकाली, पढ़ी और अपनी जेब के हवाले कर ली। पुलिस धकेलती हुई उसे थाने ले गई।

ऊपर पंखा चल रहा था और इंस्पेक्टर की टेबिल पर पेपरवेट से दबा कप्पू का सुसाइड नोट फड़फड़ा रहा था। कप्पू चुपचाप कोने में पड़ी बेंच पर बैठा था। तलब लग रही थी पर उसने बीड़ी नहीं पी। इंस्पेक्टर कई बार उस सुसाइड नोट को पढ़ चुका था। जिसमें लिखा था कालू भड़भूँजे ने मुझे अपमानित किया। मेरे साथ मारपीट की। जान से मारने की धमकी दी। मैं बहुत आहत हुआ हूँ। मुझे लगा कि एक गुंडे के हाथ से मारे जाने से बेहतर है कि मैं आत्महत्या कर लूँ। मैं कालू भड़भूँजे द्वारा किये गए अपमान से आहत होकर आत्महत्या कर रहा हूँ। मेरी आत्महत्या के लिए कालू भड़भूँजे के अलावा कोई भी ज़िम्मेदार नहीं है।

नीचे कप्पू ने अपने पूरे हस्ताक्षर किये थे। कालू भड़भूँजे न केवल थाने को

हफ़्ता पहुँचाते थे बल्कि वो दो बार नगर पालिका में पार्षद का चुनाव भी लड़ चुके थे। पुलिस जानती थी कि वो गुंडा है लेकिन उसकी हैसियत एक इज़्ज़तदार नेताजी नुमा आदमी की थी। इंस्पेक्टर ने दो पुलिसवालों को कालू भड़भूँजे को बुलाने के लिए उसके अहाते पर भिजवाया था। इंस्पेक्टर उसी का इन्तज़ार कर रहा था। उसने अभी तक प्रकरण दर्ज नहीं किया था। कालू भड़भूँजे ने सफ़ेद झक्क पोषाक में थाने में प्रवेश किया। दो चमचे और एक वकील भी उनके साथ था। इंस्पेक्टर ने उठकर उनको बैठने को कुर्सी की तरफ़ इशारा किया। कालू इंस्पेक्टर के सामने वाली कुर्सी खींचकर बैठ गया। पुलिसवालों ने भी उन्हें नमस्कार किया। इंस्पेक्टर ने कालू भड़भूँजे को कप्पू का सुसाइड नोट दिखाया। नोट पढ़कर कालू भड़भूँजे का ग़ुस्सा फिर भड़क गया, एक बड़ी सी गाली उनके मुँह तक आई लेकिन इंस्पेक्टर ने इशारा किया तो गाली को उसने होंठों में भींच लिया। इंस्पेक्टर ने उन्हें एक तरफ़ ले जाकर समझाया कि आपस में समझौता कर लें। केस दर्ज करना पड़ा तो आप मुसीबत में आ जाएँगे। कप्पू की तरफ़ इशारा करके कहा उस पर 309 का मामला बनेगा तो 306 का मामला आप पर भी बनेगा। आत्महत्या के लिए उकसाने का। कालू भड़भूँजे को भी क़ानून की अच्छी-ख़ासी जानकारी थी। दर्जनों केस उन पर चलते रहते थे। कालू भड़भूँजे के चेहरे पर परेशानी कवायद करने लगी। इंस्पेक्टर ने ताड़ लिया और लगे हाथ एक झटका और दिया...जुर्माने के साथ-साथ दस साल की सज़ा तक हो सकती है,सोच लें। अगर कप्पू को गिरफ़्तार करता हूँ तो आपको भी मुझे गिरफ़्तार करना पड़ेगा। कुछ भी हो सकता है। आप समझ सकते हैं। अदालत के बारे में आप बेहतर जानते हैं। बिना बात की बात इस तरह गले पड़ेगी इसकी उम्मीद उन्हें नहीं थी। कालू भड़भूँजे निढाल सा हो गया। साथ आए वकील ने भी कहा कि केस बिगड़ जाएगा। इंस्पेक्टर साहब ठीक फ़रमा रहे हैं। वकील ने उन्हें तसल्ली देते हुए कहा, आप फ़िकर मत करें, मैं बात करता हूँ। वकील कप्पू को एक तरफ़ ले जाकर समझाने लगा। वकील ने वकालत के कई दाँव-पेच आजमाए। कप्पू को समझाया कि आत्महत्या करने के जुर्म में तुम पर जुर्माना भी होगा और एक साल या इससे ज़्यादा की भी सज़ा हो सकती है। वकील नहीं जानता था कि वह किसे समझा रहा है। कप्पू उड़ती चिड़िया का पर देखकर भाँप लेता था। उसने भाँप लिया था कि कालू भड़भूँजे की पूँछ दब चुकी है। उसका पलड़ा भारी है। कप्पू ने दुम पर थोड़ा दबाव और बढ़ाते हुए वकील से कहा, मेरा क्या है वकील साहब। मेरे पास तो यूँ भी आजकल कोई काम नहीं है। जेल में रहूँगा तो कम-से-कम रोटी तो मिलेगी। मैं बहुत आहत हुआ हूँ। मेरा बहुत अपमान हुआ है। फिर वो ठहरा गुंडा मुझे कभी भी मरवा सकता है। अरे-अरे...इस तरह नहीं

बोलते वकील ने समझाया। वो तुमसे बड़े हैं। तुम्हें उन्होंने काम दिया था...गुस्से में कुछ कह दिया...मैं गारंटी लेता हूँ आज के बाद वो तुमसे कुछ नहीं कहेंगे। कप्पू ने कहा, आप नहीं जानते मुझ पर क्या बीती है। मुझे भागना पड़ा, मेरा बहुत रुपया बर्बाद हो गया है। वकील ने कहा, लेकिन उनका भी तो कितना नुक़सान हुआ। कप्पू ने भड़ककर लेकिन आवाज़ को दबाते हुए कहा, रीछ की गाँड़ में बालों का टोटा...वकील साहब इतने से नुक़सान से उनका क्या बनना-बिगड़ना है। वकील समझ गया था कि बिना कुछ लिये दिये काम नहीं चलेगा। वकील कालू और कप्पू के बीच फुटबाल बना हुआ था। कभी इधर आता, कभी उधर जाता। कप्पू से उसने पाँच सौ रुपये से बात शुरू की लेकिन कप्पू पाँच हज़ार से नीचे उतरने को तैयार ही नहीं था। कालू भड़भूँजे को बताया गया तो दाँत पीसते हुए उसने तीन-चार गालियाँ निकालीं, किचकिचाते हुए कहा...साले को यहीं गाड़ दूँगा। एक तो मेरा इतना नुक़सान करवा दिया ऊपर से पाँच हज़ार माँग रहा है। कप्पू पर कोई तनाव नहीं था। वो अपने नाम के अनुरूप इस समय एकदम निर्भीक नज़र आ रहा था। इंस्पेक्टर ने भी समझाने की कोशिश की लेकिन वह मानने को तैयार नहीं हुआ। कप्पू अड़ गया, उसने इंस्पेक्टर से कहा आप तो केस दर्ज कर लीजिए साहब और मुझे जेल भेज दीजिए। मैं कोई समझौता नहीं करना चाहता। कालू भड़भूँजे ने सुना तो ग़ुस्से में वो भी दनदनाते हुए थाने से बाहर निकल गए। चमचे भी पीछे-पीछे लपके। दो मिनट बाद ही लेकिन वो वापस पलटकर थाने में आ गए। इंस्पेक्टर से बोले ठीक है। जैसा सत्यानाश वैसा सवा सत्यानाश। उसने चमचे को इशारा किया तो उसने बैग से निकालकर पाँच हज़ार रुपये इंस्पेक्टर के हाथ में थमा दिये। रुपये उसने सँभाले और कालू भड़भूँजे को फिर एक कोने में ले गया। कालू भड़भूँजे ने उखड़ते हुए कहा अब क्या चाहिए? इंस्पेक्टर ने समझाते हुए कहा, इससे मामला नहीं सलटेगा नेताजी। सारे पुलिसवालों को केस मालूम है। इससे तो सिर्फ़ कप्पू का मुँह बन्द होगा। बाक़ी के मुँह भी तो हैं। उन्हें भी कुछ लेना देना पड़ेगा। कालू ने चमचे को इशारा किया। उसने अपने बैग से रुपये निकाले और इंस्पेक्टर को थमा दिये। रुपये कितने थे पता नहीं लगा। इंस्पेक्टर ने कप्पू को बुलाकर पाँच हज़ार पकड़ाए। कहा, आइंदा इस तरह की हरकत करोगे तो इतने सपाटे लगाऊँगा कि गिनते नहीं बनेगा। चलो नेताजी को नमस्कार करो और भागो यहाँ से। कप्पू बाहर निकल गया। इंस्पेक्टर ने चाय मँगाई तो कालू भड़भूँजे ने कहा कि आज की चाय तो हो गई, अब किसी और दिन पिऊँगा। इस बित्तेभर के चूहे ने साली इतनी बड़ी चोट की है...मन हो रहा था साले को यहीं मसल दूँ। अपनी हथेली दबी है वरना...।

कालू भड़भूँजे तेज़ क़दमों से अपनी जीप की तरफ़ बढ़ गए। चमचे जो थोड़ा पीछे रह गए थे दोनों ने एक-दूसरे की तरफ़ देखा, मुस्कराए। एक ने कहा, चूहे ने शेर की लँगोट कुतर डाली...। हँसी तो ज़ोर की छूटी लेकिन दोनों ने मुँह पर हाथ रखकर उसे दबा लिया।

कप्पू थाने से बाहर आया तो टुंडे, भगवती और चुन्नी सब उसी का इन्तज़ार कर रहे थे। कप्पू की जेब फूली हुई थी। सबने ज़ोर का ठहाका लगाया और कहा, चलो जीत का जश्न होगा और...बाक़ी का वाक्य गाड़ियों के शोर में डूब गया।